华西坝
校南路

吕帖 著

四川文艺出版社

图书在版编目（CIP）数据

华西坝　校南路 / 吕帖著. — 成都：四川文艺出版社, 2019.11

ISBN 978-7-5411-4611-4

Ⅰ. ①华… Ⅱ. ①吕… Ⅲ. ①回忆录–作品集–中国–当代 Ⅳ. ①I251

中国版本图书馆CIP数据核字（2019）第181009号

HUAXIBA XIAONANLU

华西坝　校南路

吕帖　著

责任编辑　罗月婷　王筠竹
封面设计　赵海月
责任校对　蓝　海
责任印制　唐　茵

出版发行　四川文艺出版社（成都市槐树街 2 号）
网　　址　www.scwys.com
电　　话　028-86259287（发行部）　028-86259303（编辑部）
传　　真　028-86259306

邮购地址　成都市槐树街 2 号四川文艺出版社邮购部　610031
排　　版　四川最近文化传播有限公司
印　　刷　成都蜀通印务有限责任公司
成品尺寸　165mm × 235mm　　开　　本　16 开
印　　张　20　　字　　数　230 千
版　　次　2019 年 11 月第一版　　印　　次　2019 年 11 月第一次印刷
书　　号　ISBN 978-7-5411-4611-4
定　　价　68.00 元

目　录

华西坝　校南路

冕宁知青生活杂忆

木匠杂忆

番　外

华西坝　校南路

刀儿

叫叽子　引子

篾匠师傅和裁缝师傅

弹绷子　口哨语言

打弹子　木走子儿

灭“四害”

蜂子　一广场　游泳　蝉子

《王婆婆在卖茶》　洋马儿

引　子

1955年全国大专院校进行院系调整，爸爸妈妈从山东医学院（以前的校名为山东齐鲁大学）调到四川医学院（以前的校名是华西协合大学，由英、美、加三国基督教会的五个差会——美以美会、公谊会、英美会、浸礼会、圣公会——共同开办，1953年更名为四川医学院）工作。爸爸妈妈与基督教会学校有缘，爸爸毕业于上海沪江大学（美南浸信会和美北浸礼会合办）1944届化学系，妈妈1948年毕业于上海仁济医院高级护士职业学校（英国伦敦基督教会开办）。爸爸妈妈于1950年到山东基督教共和大学（又名山东齐鲁大学）工作。

当时的四川医学院那一片区域，成都人称之为华西坝，在成都市的南门外锦江河南岸。华西坝很大，西边到浆洗街，南边到金陵路，东边到新南门，北边到锦江河边。华西坝里有很多宿舍区，广益坝、宁村（得名于抗战时迁来华西坝的金陵大学和金陵女子文理学院）、鲁村（得名于抗战时迁来华西坝的齐鲁大学）、西园、公行道、校中路、校东路、校西路、校南路、校北路、速中路……我家住在校南路3号。

进八教学楼西边的西校门，有一条东西方向的主要道路——校中路，校中路最东头到女生院。校中路从西向东，路北依次有第八教学楼、实习生宿舍、新礼堂、第六教学楼、二广场、第五教学楼、办公楼、图书馆、女生院。路南依次有护士学校、校中路1号和2号、第七教学楼、一广场、第四教学楼、第二教学楼、钟楼、第一教学楼、男生宿舍、学生一伙（学生一食堂）。

华西坝有个很大的操坝——一广场，西边是一条小河，小河西面是校西路和第七教学楼，李怡燕和蓝家宝就住校西路。后来第七教学楼前面修了学生二伙（学生二食堂）。操坝北边也是一条小河，河对面从西向东是新礼堂、第六教学楼、第五教学楼。新礼堂背后是校北路，吴大勇、李进、曹国正他们住在校北路。操坝东边是第二教学楼、钟楼，再东面就是校东路了，于岷雷、于岷晴、于岷红三兄弟，还有肖扬、肖悒、肖红、周忠放、吴正谷的家在那边，当时觉得校东路好远。

操坝南边最整齐，从西向东一字排着的八个院子就是校南路1号到8号。8号的东面就是荷花池和钟楼了。校南路1号有蒋年青家，2号有蒙平、徐世勇，尹开西兄弟，还有王伯伯——他夫人爱管我们小孩子，不让我们爬树、下河，我们称她“黑痣夫人”，都怕她。蒙平家餐厅有一个门铃，是一个木制的猫头鹰站在一段树木上，一拉下面的绳子，猫头鹰的嘴就啄得那段树笃笃笃地响。3号二楼是邹海帆邹伯伯家和李献家，一楼是冯大然冯爷爷和我们家。4号有徐家声。5号有盖健生。6号原来是招待所，不时举行舞会，好像还举行婚礼，后来搬来李义家。7号是刘尔康家和顾三河家。8号是孙梅华家。8号又叫“校长居”，现任校长居住于此，不任职后搬离。杨光理（咪咪羊）的外公张凌高是华西协合大学第一任华人校长，在校南路8号住过十七年。现在校南路8号还在，好像是外宾招待所，房子保存得还好，但院子小了很多。

校南路的八个院子占地不少，1958年修电车路（现在的人民南路）时，拆了徐家声他们住的4号一栋就够了，路修好后，5号的房子在路东边，3号的房子在路西，3号和4号之间的那棵皂角树现在还在快慢车道之间的绿化带站着。以前2号和3号之间靠近2号也有一棵大皂角树，比3号和4号之间的那棵皂角树大多了。后来拆了我们3号建了华西妇女儿童医院主楼。建好后2号还在，没有拆，再后来扩建时才拆的蒙平他们住的校南路2号。

校南路1号、2号、3号前面对着的操坝是一个南北向的标准足球场和四百米跑道，称为一广场。足球场东面也是操场，一直到8号门前，只是这块操场北面窄了，被四教学楼和二教学楼对面的单身宿舍楼切了一块。这一部分曾经被称为三广场。二广场在五教学楼和四教学楼之间，现在仍然在。

校南路背后是一条河，河南面是速中路的几栋楼。这里也被称为华西后坝。从西到东住着刘开兄妹，张先知五姐弟，陈青圣兄弟，祝元元、祝西元、祝小元三姊妹，何益、谢晋超、谢晋逸、谢晋达（三胖）四兄妹。速中路南面是教干院，再往南往西是金陵路、中学路（得名于华西协合预备学堂）、小学路（得名于金陵路小学）。有许多独门独户的院子，一些是抗战时期修的，很多有名人士曾住在那里。金陵路小学对面的骆园后来是医学院职工宿舍。

20世纪50年代，爸爸在给历历说着什么。

听说以前校北路住的是美国教师，广益坝住的是英国教师，校南路住的是加拿大教师。校南路1号到8号都是坐南朝北的独栋西式小楼，有青砖的围墙，有门房（现在8号的门房还在）。我们3号门房旁边有一棵紫藤，很粗，几个小孩爬上去都没事，我们叫它“蛇藤”。紫藤开花一串一串的，像葡萄那样吊着，紫色，果实像大豆荚。大门到小楼是一条三合土路，路两边是花园。花园里的花木由邹伯伯和冯爷爷打理。他们有很专业的工具，锄头、钉耙、木质的粪桶、扁担都与农民伯伯在田里干活的家伙一模一样，花剪、手锯、一大一小的花撬撬也是花工师傅才有的专业家当。

花撬撬是钢的，铁匠手工打制，木把是硬杂木。小花撬连木把通常三十到五十厘米长，撬口三到四厘米宽，栽花极好用，现在成都专业的绿化公司师傅也都用的它，不时在街上可以看到。

小花撬现在成都周边的乡场赶场时还有卖，听说青石桥花市也有，只是有的小花撬用砂轮磨过，过于精致，少了些味道。

大花撬连木把有一米到一米五长，撬口有八到十厘米宽，木把四五厘米粗，挖坑、撬石头、移树时切树根非常就手。现在温江和郫县的花木专业户用的都是它，个别的大花撬变成了铁把，也许是现在铁多了，且可以做木把的木头不好找了。

邹伯伯和冯爷爷的花撬，木把看上去油光水滑，花撬的钢铁部分前端白亮白亮的，后面一段闪着黑色的金属光泽，没有一点锈，一看就知道这工具不仅经常用，而且主人很爱惜，因为只有每次用过后都把泥土洗干净并且把水擦干才有这种状态。儿时并不清楚这个道理，以为工具都应当是这个样子，直到当知青收工后在河边洗脚时把锄头或钉耙洗干净再拿回家，第二天出工时肩上的家伙也呈现出这种状态，才明白了。

冯爷爷有几大盆兰草，花香不说，兰草叶子绿亮绿亮的，叶尖从来不焦，现在想来真是高手。邹伯伯的红苕花颜色多，花朵大，在华西坝数一数二。红苕花的根是块根，像红苕，花谢后邹伯伯要挖一些块根出来放在阴凉处，不知是要送人还是另栽。

院子里有好几棵棕树，树干的棕皮被棕匠割了，光秃秃的，只有最上面才有棕皮和树叶。棕匠们上树不用梯子，他们两只脚踩着一个粗粗的棕绳圈，用棕绳圈挂住树干，很快就爬上树了。棕匠们只要棕皮，不要叶子，那是留给我们玩的好东西。棕皮可以做蓑衣、棕垫、棕绳。那时很多床上铺垫的是稻草，垫棕垫的少。棕垫也分为两种，一种里外都是棕皮，另一种用棕皮包面，里面是在石头上砸软了的稻草。

冯爷爷和邹伯伯种花搭架时用细棕绳，棕绳经得住日晒雨淋。我十年前在青城山买了一把棕绳，园子里搭架时捆竹竿，整个夏天暴晒狠淋，秋天拆架后用水泡泡收好，一直用到现在。棕绳比麻绳结实多了。川西地区花儿匠扎盆景就只用棕绳，日晒雨淋好多年的盆景上面棕绳还挺结实。棕树的花是黄色的小颗粒，一大饼一大饼的，搓散了用细竹管吹了打仗玩儿，也是男娃娃喜欢的事情。

院子里三合土小路右边有一口井，红砂石的井沿和井圈，旁边柿子树上靠着一根竹竿，竹竿下端有一个孔。提水的桶梁上有一条绳子，把绳子穿过这个孔，再套住竹竿的前端就行了，提水时绳子绝不会松，水越重绳子越紧。水提上来后用手一抹，绳子就从孔里出来了，简单、方便、实用。经常有人去水井提水，竹竿油光水滑的。爸爸把西瓜装进网兜放在井里冰镇，那时除了实验室没有听说谁家里有冰箱。井边有两棵枇杷树，三合土小路到这里再往前就分岔了，一条直走，一条向东拐，直走的一条顺着3号楼房西边到后面小河边。沿途有这栋楼的侧面楼梯，有邹伯伯家的厨房。路的右边有一个自来水龙头，这是整个校南路3号共用的自来水龙头。旁边还有两丛竹子。

再往前，左边有两间东西向的大平房，向西的一间是邹伯伯家的柴屋，向东的一间是冯爷爷家的厨房。小河边在2号和3号之间有一个校南路2号和3号共用的旱厕。冯爷爷家厨房的东边是一大片小树林，向南一直到小河边，树木不高，好像是苗圃。后来小河边建了一排平房，那是除了邹伯伯和冯爷爷以外其他各家的厨房。每家有南北两间，一间厨房，一间住保姆。姜达岷家在最西头，我们家在最东头。这排平房是我们惹了牛角蜂后逃跑时首选的路线，蜂子不能从上面冲下来，只能跟在后面追，顺着墙根跑比较好对付它们。

水井边向东拐的三合土小路到了楼房前面被做成一个圆形，是车马掉头和停车的地方。上几级红砂石台阶后，左边是五六米宽的走廊，一直绕到楼房背后，二楼也是走廊。一楼正面进门后是一间很大的房间，是这栋楼房的客厅，有一个漂亮的木制旋转楼梯上二楼。楼梯尽头被二楼的地板盖住，这一块地板揭开后才可以上楼。一楼是冯爷爷家，二楼是邹伯伯家。设计建造这栋楼时考虑只住一家人，从客厅旋转楼梯上二楼。楼房侧面的新楼梯比较窄而且比较陡，大概是把楼上楼下分给两个教授后，才在后面新建了楼梯供邹伯伯家上楼。

篾匠师傅和裁缝师傅

校南路1号和2号之间有竹林，成都地区最多的那种竹子，好像叫慈竹，通常用来编东西。有时请了篾匠师傅来院子里编竹货，席子、箵箕、篼篼等。他们的篾刀挂在腰旁，刀架是一段竹子做的，对着削出两条槽，就可以插刀了，简单实用。篾匠师傅破竹子时一只手提着长长的竹子，一只手用篾刀从竹子大头向小头把它从中破开，那个姿势加上篾刀过竹节时声音嗵嗵嗵的，我们看去他们好威风。

他们有一道工序叫划（撕）篾条，一手提着竹片，一手用篾刀把竹片从中分成两片，直到竹片成为很细的细条，凉席、篼篼、箵箕这些竹货都要用很细的篾条。篾刀有厚度，划篾条时并不是用刀口切，而是用刀体把竹片挤开。刀体前进时师傅们要左右摆动刀口，使篾刀始终走在竹片的正中，就像踩着道路上的中心线，竹片被分为同样宽窄的两片。我和许多小孩一样试过用篾刀分篾条，但不论我们是否摆动刀口，刀一定会偏离中心线，就像中心线画成一边四车道一边零车道。有师傅笑着告诉我们：“眼高手低。”这句话当时并不理解，后来才知道世界上有很多事情都是看着容易做起来难，“眼高手低”这四个字的确入木三分。

还有一道工序叫撕青篾。分好的篾条有厚度，因为篾条上有篾青也有篾黄。篾青是竹子外面的竹子皮，绿色，也称为青篾，篾青不仅光滑结实而且有韧性。篾黄是指竹子里面的那一层，黄白色，没有韧性。很多篾货只用篾青做，比如凉席、篼篼、筲箕，图的是结实。师傅们用刀在篾条头开个口，然后就只用手撕，撕的时候或弯篾青或弯篾黄用以控制篾青的厚度。虽然师傅们不让我们撕，说是容易割到手，但是偷偷试过的小孩不少。结果是不仅撕不好，几乎每个敢于一试的小孩都会被割破手，篾青的边缘和刀子一样锋利。

成都地区的竹子多，很多东西都用竹子做，背篼、箩筐、筲箕、板凳、茶馆竹椅、竹屏风、滑竿、躺椅，竹子搭的房子门、窗、墙壁，全是竹子。晒衣服没有人拉绳子，全是竹子的晒衣竿，两头架在三根竹子做的三脚架上。晒衣服时段婆婆会告诉我们把衣服翻过来晒衣服里子，免得晒败色。那时成都蓝天白云，太阳厉害。段婆婆经常对我们说“我是维向你的”，小孩子哪里懂得到，多年后每每想起，段婆婆那瘦小的身体，头上戴着帽子，颤巍巍的样子，历历在目。

不知是当时商店里的衣服贵，还是商店少，很少听到在商店里买衣服的，多数是去商店买布料。大人娃娃的衣服都是请裁缝师傅到家里来做。裁缝师傅带着他的家当，有长短粗细不同的针、打着铜钉的竹尺、画线的薄粉饼、很大的剪刀。还有两样东西现在的裁缝可能没有了，一个是肚子里烧木炭的熨斗，很有趣。熨斗全身都是铁做的，只有上面的提手缠了厚厚的布，现在想想应是个翻砂件，铸铁做的东西。熨斗的屁股上有个门，用一段铁丝挂着个小铁门，从这里放木炭进去。前面有根很粗的短烟囱，烟囱口后面的景物在热气中会“飘动”。另一个是粉线包，是一个布做的圆柱形小包，两头的口收紧，有一条白线穿出来，包里装着白粉，像黑板上写字掉下的粉笔灰，裁缝师傅像木匠使用墨斗一样用它在布料上弹出笔直的线。

当时的门板有很多不是铁合页上的，门的两头边上自带有门轴，往上一抬门板就可以取下来，取下一块门板放在条凳上就成了裁缝师傅的案板。单衣、夹衣、棉衣，有的还会做西装，西装的肩膀和前胸要垫东西，好像是米汤打的布壳，垫肩好像会使用棕丝做，做鞋也要用到布壳。全部手工缝制，一家做了另外一家接着做，要做很多天。

1968年底，康宁、吕历、陈智竹在川医广益坝宿舍十栋前。广益坝九栋和十栋宿舍建于1964年，每一套宿舍内都有厨房和厕所。康宁家住十栋1号，我家住十栋3号。

弹绷子

男娃娃打鸟的工具叫弹（tán）绷子，后来知道其他地方有叫弹弓的。弹绷子由叉叉、橡筋、包皮组成。包皮用皮子做，皮匠处有。一个破球也可以剪很多，足球的皮太厚，排球的皮薄，比较合适。用时皮子的里要向外，不滑。橡筋通常都是汽车内胎剪的，弹力好的橡筋可以拉很长，被称为“活”，受欢迎。“死”橡筋拉不长，一般不选。红色的橡筋少见，而且往往很活。要是有人说“我昨天看见校北路曹国正有一把红橡筋的弹绷子”，那是很令人羡慕的，并且下次遇到一定会让他拿出来试试，当然他也挺得意。医用橡胶管听说很活，但不记得见过真有人用，那时候大人公私分明，从不会把单位的东西带回来给小孩子玩。弹绷子的叉叉我们通常使用木头的，铁丝做的没有人用，“档次”太低，用着都不好意思。木头叉叉全是自制的，在暴蛇蚤（女贞）树上选一树枝，它应当符合以下条件：首先，主干直径1.5至2厘米，太粗或太细手握起来都不舒服；第二，主干长有对称的两条横枝，两条横枝粗细相同，在同一个平面上；第三，这根树枝不高，能够被削下来。制作时先把横枝以上的主干截去不要，然后把两根横枝向主干弯曲，交叉后用绳子固定，使两根横枝的下端弯成两个半圆，半圆的大小要合适，因为叉叉的开口不能大也不能小。如果弯不动，或者弯的半径太大，可以把横枝下端的内侧削去一些，就好弯了。不要剥树皮。用火烤两根横枝的下端，不要烤煳，但要基本烤干。放几天让它干燥，如果急用，要烤得干一些。完全干燥后，形状就被固定了，不会再变。切去横枝的上端，使留下的两根横枝下端围成好看的形状，像个喝红酒的高脚杯子。主干留够手握的长度，切去多余部分。修平各个切口，把树皮去掉，颜色白的说明烤得很好，部分地方发黄的次之，如有烤焦的颜色则手艺太差太撇。

要找到两条粗细相同并长在同一个平面上的横枝很不容易，如果找不到符合要求的树枝，可以分别选两枝有一条横枝的树枝拼着做，只是需要先把两根主干分别削出一个平面，拼成一根主干后用绳子固定，其余的工序就相同了，这样拼成的叉叉叫镶叉。好的镶叉也很漂亮，它的手把是用细绳子密密地缠绕着的，出汗也不滑。

叉叉的木料以暴蛇蚤树居多，可能是因为这种树比较多，而且树上容易找到对称的两根横枝。叉叉的顶级木料是茶蜡树（白蜡，西昌冕宁又叫虫树，它长蜡虫），它细腻、光滑，做成叉叉有象牙般的感觉。这种极品只有到比牛头堰（华西坝南面，接近现在的二环路）更远的地方才有可能找到。把橡筋绑到叉叉上和把包皮绑到橡筋上，需要两个人，一人把橡筋扯着，另一人绑。绑的人动作要快，因为想把橡筋有用的部分尽可能多留，留给固定的橡筋头就很短，橡筋要回弹，扯的人指尖拿不稳。绑的

1968年下半年，华西坝的朋友们在二广场合影。背后是怀德堂（华西协合大学事务所、办公楼），1915年动工，1919年建成。

前排左起：丘希圣、曹国正、罗克柱、李进、吕历、平正、吕帖。

后排左起：罗传湘、曹泽奇、钟适存、毛日章、丘希文、方建新、岳焕勋、邓长春、林吉曙。

拍摄者是钟自存，照相机是他爸爸的德国RODENSTOCK（罗敦斯德）牌120相机。很多120相机一卷胶卷拍十二张照片，这部相机可以拍十二张、十六张或八张。这张照片是八张的大底片。

1968年华西坝二广场，华西坝子弟。前排左起：王蔚岷、吴大怡、方建新、毛日康、钟适存、王嘉亮、邓长春。后排左起：李进、吕历、丘希圣、毛日章、钟自存、杨华、朱新国。

人如果动作慢了，只好重新来。绑橡筋通常用铺盖线，而且要舔上些口水，这样可以绑得紧。也有人说用细橡筋绑得比铺盖线紧，我们试过，好像差不多。

弹绷子的子弹选小石头，大小和玻璃弹子差不多，圆一点的为好。因为装小石头，衣兜和裤兜经常要补。为了提高射击精度和杀伤力，也去工厂里捡过冲床冲下的小铁块，铁块比石头小，好用，只是不好捡。用铁块打玻璃不仅孔很小，声音也很小，不易被人听到。速中路后面教育干部进修学院有一个图书馆，图书馆的落地大窗户上面我们的“杰作”不少，都是一些很小很小的洞。（那里原来是华西协合预备学堂，也叫华西协合大学附中，后来搬到城里青龙街，改名为13中。因为华西坝的娃娃喜欢踢足球，华大附中的足球也很好，这个校风一直保持到青龙街，1966年以前13中的足球在成都市数一数二。）

叫叽子

秋天男娃娃喜欢斗叫叽子。有人说叫叽子就是蟋蟀，我觉得好像不是。电影里斗的蟋蟀是圆头，斗的时候用牙咬，大且胖的易胜。我们叫这种虫为“油蛮”，它全身特别是头油光光的，肥胖，看起来蛮得很。油蛮我们看不起，捉了喂鸟，个越大体越肥的鸟越喜欢。我们的叫叽子又叫“棺材头”，它的头是平的，形状很像正面看到的木制棺材大头，那时城里有棺材铺，棺材大头都是对着门外的，确实很像。其实这是公虫，母虫也是圆头。我们的叫叽子个头比油蛮小，斗的时候只用头顶，不用牙咬，不野蛮。

养叫叽子和斗叫叽子的笼笼是我们自己用竹子做的。选粗细和颜色都合适的竹子，一头留节。用小刀（也有用雕刀的）把竹子的一半镂空雕成栅栏样的细条，栅栏是房间的窗户，透过窗户可以观察它，没雕的那一部分是地板。新笼笼的地板干净，老笼笼的地板上有它们的屎屉屉点点，洗不掉。笼笼不留节的那端横着开个口用于插隔板，是房间的门。如果是斗笼，则中间要开个插隔板口，好用隔板把两个要斗的叫叽子分开。雕得好的笼笼每一根细条粗细非常均匀，而且细条是圆的，细条的两头有花纹，竹子做的插板虽然很小，提手上也可以刻花纹，好的叫叽子笼笼是不可多得的艺术品。弹绷子叉叉做得漂亮的娃娃做叫叽子笼笼也肯定巴适，姜涪陵（姜波儿）、蒙平、二弟历历是校南路的高手。大人们说从小看大，大概也包括动手能力，后来姜涪陵是惠州出名的牙科医生，蒙平是医疗器械公司的专家。

捉叫叽子先要听它叫，声音大叫得亮的是好虫，轻轻搬开石头再吹气它会跳出来，捉的时候要小心，它的大腿容易掉。笼笼里可以喂它星星草，要斗架之前通常喂点辣椒，据说吃了打架要凶一些。两只叫叽子都放进笼笼后，抽出隔板，用草茎做的细丝挠它尾巴处它们会向前走，走到一起就用头顶，胜者扇着翅膀叫，败者低头不语。

20世纪70年代，华西坝幼儿园院内，背景楼房是幼儿园，前排左起：姜涪陵、周加熙、毛日章，成都16中初63级同学。手里是气枪，当时华西坝很多家都有，上海工字牌的和北京东方红牌的为多。

20世纪70年代，华西坝广益坝宿舍区十栋6号姜涪陵家门前。广益坝宿舍区九栋和十栋是1964年建的平房，各六家，各家有厨房和卫生间。以前传教士建的独栋别墅没有卫生间，厨房在别墅外面。

刀 儿

男娃娃都喜欢刀子，因为它太有用了，我们喊它刀儿或者刀刀儿。铁皮做的铅笔刀是不屑用的。当时我们不知道甘孜白玉河坡藏刀、云南德宏户撒刀、新疆英吉沙刀这些中国名刀，更不知道瑞士军刀、美国BUCK732这些外国好刀。我们只区别棒刀和槽刀，棒刀没有血槽，槽刀有血槽。那时极少有人使用刀面电镀过的刀子，那时刀子的刀面就是钢的本色。

刀的外观并不重要，我们关心刀的钢火好坏，这里说的钢火主要是刀的硬度。钢火可以试，试钢火的方法是把刀子互相对削，主削的刀如果削起来打滑，则主削的刀钢火差。对换主被削位置，削起来不打滑，原来主削的一定会被削个小缺口，也证明对换后主削的刀钢火好。钢火好的刀磨一次管很久，很硬的东西也削得动，钢火不好的刀可以磨快，而且很容易磨快，但很快就用钝了。那时我们对刀子的钢火很在乎，如果有人说“校西路李怡燕的刀钢火好”，遇到他是一定要比试比试的。这种试钢火的方法简单有效，几十年后大足卖刀的人即用此法证明刀的钢好，当时颇有遇到知音的感觉，原本不想买刀的我也买他一把。后来

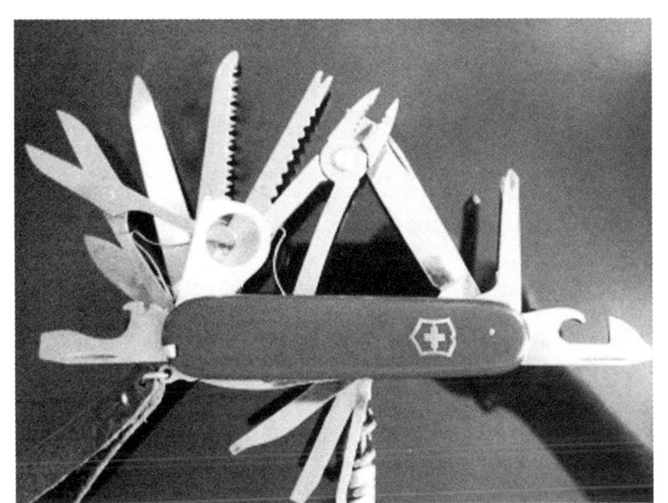

瑞士军刀「冠军」。（摄影：蒙平）

BUCK732，全刀哑光。（摄影：蒙平）

知道了瑞士军刀、美国BUCK732、德国双立人与北京王麻子、杭州张小泉在外观上确有奔驰与普通桑塔纳的差别。再后来听说在德国双立人只是大众厨刀品牌，并不是最好的，它的钢火软，银样镴枪头。

华西坝的男娃娃都喜欢刀。历历、李进、三弟、四哥、皮蛋是同一个生产队的知青，20世纪70年代他们都买过一把多件刀。当时多件刀很少见，也比较贵。历历90年代初去瑞典，最主要的购物是买了一套组合工具和三把有齿的英国刀回来。他说那把刀的广告有两个画面，一个画面是那把刀锯角铁时掉铁粉，使你相信它的钢火好。另一个画面是刀切一个熟透的西红柿时居然没有流什么汁水出来，显示它的锋利程度。他毫不犹豫买了三把，我们三兄弟一人一把。

刀用钝了要磨，那时没有油石，粗磨用红砂石，称为起口子，磨的时候会随水掉很多沙下来，刀石很快就凹了，这种红砂石起口快，但刀口不锋利。细磨用硬一点的砂石，刀口会锋利一些。最后用很细腻的青石磨，磨出来的刀口非常锋利，也称为荡口子。砂石的磨刀石华西坝到处都有，水井边和自来水管边往往埋有专用的磨刀石。小河边的条石很多被割草的镰刀磨出了形状，很好找。当时有不少割草的人，割兔草和猪草。这种被磨出形状的砂石随处可见。青石极少，磨刀匠有青石，青石他们放在条凳下面的口袋里，固定在条凳上面粗磨用的也是砂石，不像现在用砂轮和油石。刀是否磨好可以用眼睛对着刀口看，磨得锋利的刀看不见刀口，如果还看得见刀口就需要继续磨。当然也用手试，那是一种感觉，说不清楚。因为会磨刀，下乡磨斧头轻车熟路，当木匠时磨刨铁也无师自通。

近年，曹国正搞了个“华西坝朋友的天空”网站，华西坝儿时的朋友们联系多了个好渠道，并且每年春节都有一次聚会。有一年聚会时丘希圣说“名刀网”可以去看看。我去了两次，才知道世界之大，各国名刀无数，爱刀者众多，我的刀刀儿知识几乎为零，很是惭愧。一次和于岷晴、丘希圣去蒙平家，看到他做的几把刀刀儿。他拿出一把我不认识的好刀，丘希圣脱口而出：“BUCK732”，说是美国的知名好刀，还说这把刀有一个特点是单手开刀，马上演示给我们看。那真是好家当，手感非常舒服，特别是钳子和刀，拿在手里有刀人一体的感觉。刀、钳子、螺丝刀、剪刀以及刀把，全刀都是哑光，一点都不反光，很沉稳，人见人爱。立即请蒙平代买三把，我、历历、丹丹一人一把。后来又请他代买了十几把送给朋友。丘希圣拿出随身带的瑞士军刀，蒙平拿出一把配件更多的瑞士军刀，丘希圣又是脱口而出“冠军，瑞士军刀的经典版，我这是一把标准多用”。那天我们几个用儿时最原始的比钢火的办法比试几把刀的硬度，仿佛回到了童年。

绝大多数爱刀者的刀放在抽屉里，看看而已。但华西坝的朋友身上带刀的人肯定不在少数，历历和丘西圣常年带一把中号瑞士军刀在身边。我以前带中号，这几年带一把小号。带刀一是为了用着方便，另外，儿时耍刀的经历也是带刀的重要因素。拿到这把BUCK732没有几天，一不小心它就“咬”了我一口，感觉很像刮胡子的刀片割了手，非常锋利。

二弟赠送的河坡藏刀。甘孜州白玉县河坡乡是格萨尔王的兵器生产地，据说藏刀以河坡刀为最。好的河坡刀都须定做。

三把民族刀。最长的是四川省白玉县河坡乡藏刀，铜把铜鞘。中间是云南省德宏州陇川县户撒乡户撒刀，木把木鞘。最小的是新疆喀什地区英吉沙县英吉沙刀，牛骨和铜做的刀把，牛皮刀鞘。这三把刀对削比钢火，英吉沙第一，藏刀第二，户撒刀第三，当然，结果只代表这三把刀。

一广场

一广场包括足球场、四百米跑道、跑道外的沙坑和草地。足球场的草我们叫巴地草，草茎一节一节的，甜，茎节处长出根抓地，不怕踩，不需护理修剪，听说是外国品种。跑道好像是细炭灰铺的，就是学校食堂的煤炭灰用细筛子筛过的那种，摔一跤肯定破皮。球场外的草地上多是白花三叶草，也有车前草、鱼鳅串、豆腐草、奶浆草。豆腐草可以预测明天下不下雨，很多小孩子都玩过。兔子在草地上最喜欢奶浆草。还有一种草的果实像个小西瓜，虽然只有2毫米大，但是一条一条的花纹和西瓜一模一样。一广场旁边有很多好东西。把一串红、美人蕉的花摘下来，花尾巴放到嘴里吸一吸，甜的。铁树的枝条把皮削掉也是甜的。有一种叫“洋烟”的草本藤蔓，藤中心有细孔，晒干后点着可以吸一口白烟在嘴里再吐出来，学大人吐烟圈。也有吓人的“藿麻”（学名叫荨麻），不小心碰到它会又痛又痒。

有一种我们叫锯锯藤的草本藤蔓，后来知道它的学名叫葎草。叶子的形状与荨麻相似，也是手掌样，有几瓣，只是叶片比荨麻小。藤和叶片两面都有刺手的毛，只是远不及荨麻厉害。锯锯藤的藤有棱，靠近地面的老藤有韧性，打急抓的时候可以当绳子用。有一种草长得比较高，可以到小孩子的大腿，也比较结实和茂盛。我们把两棵草都抓一把，上面打一个结，做成绊马绳，如果有人从中间走过或者跑过，一定摔一跤。

跑累了躺在草地上，闻着草香，看着云彩的变化，真舒服。大雁"一会儿排成一字，一会儿排成人字"的情景真实可见。叫叽子、油蛮、牵郎官、油蚱蜢、蝴蝶、屎壳郎（我们叫它推屎爬儿）应有尽有。屎壳郎倒退着推粪球的情景很值得看，它们先把粪团成球形，退着推，遇到障碍会有麻烦，最糟糕的是遇到下坡粪球会滚很远，它要找很长时间才能找到。它找粪球时跑得特别快，可能是着急，有时我们出于同情就逮住它放到粪球

一广场。妈妈和我们三兄弟。站在校南路3号前，面对校南路，足球门框是球场南面的那个。历历背后的房子是校西路的学生二伙，丹丹背后看得见校北路方向的进修生宿舍。1950年以前那里也叫仁济护校，是因为仁济高级护士学校从城内搬到华西协合校内那个院子，也叫护专宿舍，很多人家在里面住过。1950年以后护校搬到第八教学楼对面去。后来这里是进修生宿舍。

20世纪50年代我们三兄弟在一广场。站在校南路3号前面，我的背后看得见北面的足球门框和新礼堂。历历背后看得见进修生宿舍（据杨光曦大哥讲，以前是明德学生宿舍，五大学时期为中央大学所用，后来是仁济护士职业学校）和附属医院的水塔。邓四哥妈妈说，川医附院以前又叫新医院，1943年修好使用，华西坝所有宿舍都只有水井，新医院有了水塔就有了自来水。水塔七层楼高。新医院二楼是妇产科、儿科、内科、外科，三楼有四间手术室，四楼有看台可以让学生看手术。手术室的手术灯是美国进口的，不够用，于是曹振家伯伯设计了一个，那是用很多小玻璃镜子做的。抗战时期北京协合大学护校的师生在水塔的七楼住过。

边，它马上就平静了，爬到粪球上滚一滚粪球，确认粪球没有问题，又开始推着走。后来才知道粪球是它们的粮食，它们要把粪球藏起来留着以后吃。有时成群的乌鸦落在地上，也许是因为数量多，胆子很大，我们拿树条追打它们，直等到我们跑近，它们才飞起来落到稍远的地方，并不离开操场。一广场是斗鸡的好地方，摔倒了也不大痛。当然，既然是足球场，踢球是免不了的，三胖、刘开、三弟哥哥严娃儿、咪咪羊哥哥光曦、传镶、小庆爸爸胡伯伯，他们的技术高于川大和工院。这个球场上出了四川省第一个足球健将，是附院的医生，我们背后叫他“抖（tǒu）特儿”。

西面和北面小河边有许多大柳树，雨后的早上，树下会长出白色的蘑菇，叫杨柳菌，做成菜很好吃。一广场东边有两棵青冈树，果实外面像小刺猬，里面包着子弹头样的果实。插一根小木签，放在地上用手一转，很长时间不倒，像个小“牛牛”。

一广场毁于“文化大革命”后期。四川省拆了成都的“老皇城”为毛泽东修“万岁展览馆”。四川各地运来的花岗石、汉白玉全堆在一广场上，加工场地也在一广场。球场、跑道、草地荡然无存。

水塔的近况（站在八角楼门外拍的）。

木走子儿

成都人把木偶叫木走子儿，这个称呼比木偶聪明多了。木偶，木头做的偶，听着就有点呆板。木走子儿，木头做的可以走路的儿子，形状动作都有，比较鲜活。盐市口人民商场里面有剧场，那里的木走子儿个子大，用木杆举着玩或用绳子在上面吊着玩。我们的木走子儿不到5厘米高，用线在下面拉着玩。

我们的木走子儿是自己做的。选直径5毫米左右的竹子，这种竹子在叉头扫把上多的是。切一段有节的竹子做它的身体，1到1.5厘米高，竹节是它的头，头下面对称削两个小孔用来安它的手。切两段不到5毫米的竹节做它的脚，切四段不到5毫米的竹节做它的手臂。它的武器品种多，宝剑、刀这些短兵器是两把，大刀、长枪只需一把。兵器用竹片做，大小长短和木走子儿成比例，小巧精致，关羽的青龙偃月刀和吕布的方天画戟惟妙惟肖，不过太漂亮的兵器舍不得用来打仗，太容易坏了，特别是方天画戟的横梁特别容易断，因为横梁的竹纹是横的。

木走子儿组装很简单，找一根铺盖线，先穿两只脚，再把两个线头从它身体下方穿进去，从肩膀的小孔穿出来，一只手臂穿两个竹节，绳头系上兵器，成了。

玩木走子儿要选一个有裂缝的课桌，裂缝不能太宽，太宽了木走子儿会掉下去，玩不成。好在当时有裂缝的课桌多的是，好选，现在课桌是纤维板的，坏了也没裂缝，没地方玩。把铺盖线穿到裂缝下面去，两只手在下面一拉，木走子儿就站起来了。顺着裂缝它可以前进和后退，左右手交替拉铺盖线，它的手舞动兵器就可以打仗了。它可以躺下去打人，有的兵器甚至可以脱手打人。铺盖线是相对容易找到的最结实的线，但即使用洋蜡（当时成都人称蜡烛叫洋蜡）抹过也容易拉断。所以我们书包里总有不止一个木走子儿。竹子越细，木走子儿越小，越漂亮，做大了被称为高脚鸡，难看，并且它的兵器在对方头上空舞，对方却可以砍它的脚。

图为用竹子做的木走子儿。它们在有木缝的板凳上打架。右边的拿一把大刀，左边的拿两把宝剑。

洋马儿

儿时，成都人把蜡烛叫洋蜡，煤油叫洋油，火柴叫洋火，肥皂叫洋碱，水泥叫洋灰……自行车叫洋马儿，洋人的马儿。城里自行车不多，华西坝自行车不少。莱鸽、三枪、红手、海克立斯、飞利浦全有。红手和三枪的商标最漂亮，前者一只手，后者三支交叉的步枪。大哥哥们的骑车技术令人羡慕，有一次三胖、刘开、杨光曦、陈青圣几个大哥哥在一广场骑着车逗我们玩，只要我们追上了就可以用竹竿打他们。奈何一广场太大，自行车跑得比我们快多了，我们累得跑不动了也没得逞，只能躺在草地上看他们丢单手丢双手地显洋盘。

华西坝的娃娃一般七八岁学骑车。我们学车用的是蒙平家的，他家一辆28英寸海克立斯男车，一辆26英寸莱鸽女车，我们用的女车。这辆莱鸽几乎全新，绿色，全链盒、轴刹、内三飞三种速度、摩电灯、工具袋、气枪全有。车身敲起来声音很脆，现在想来可能是无缝管，焊管不会有那种声音，真是好车。学车并不难，要点是眼睛看远一点，当然摔跤是免不了的。

成都有一年规定晚上骑自行车必须有车灯，也许是因为当时路灯少又不怎么亮。最多见的车灯是个黑色铁皮盒子，里面放两只一号电池，有个开关，有个提手，挂在自行车前面的灯架上，以前的自行车都有这个灯架。也有人把手电筒绑在车把上的，不多。摩电灯更少，爸爸到文化宫对面寄卖行买了一个浅绿色的摩电灯给妈妈的车装上，很漂亮。

“文化大革命”前，爸爸在第二教学楼的半地下室实验室里做实验。这张照片被放大挂在老图书馆（现在的医学院博物馆），图注说他在做黄连素的实验。

蝉子

北方把蝉叫知了，成都叫蝉子，不过蝉的发音为sǎn，第三声，不是chán。

华西坝蝉子多。品种只有两种，我们称为大蝉子和小蝉子。大蝉子黑色，个大。小蝉子绿色，身上有花纹。灌县蝉那种优良品种华西坝里是没有的，灌县蝉的叫声不是单声，是和声，好听得多。成都两种蝉子的叫声完全不同，大蝉子的要响亮得多，小蝉子叫声细声细气的。蝉子分嘚嘚儿和哑哑儿，哑哑儿不叫，嘚嘚儿的腹部有两片硬膜，叫的时候会抖动。

我们把捉蝉子称为粘蝉子，用竹竿网十来个波斯网（蜘蛛网），沾一下草地上的露水，没有露水了也可以在河水里蘸一下。如果清晨波斯网上的露水还没干，可以省掉这道工序。然后把波斯网抹到竹竿头上，这时的波斯网成为黄黑色的一团，胶状，很黏，我们叫它波斯胶。当然波斯网要选很新鲜的，旧的不要，因为旧的不黏。其实很好选，竹竿轻轻碰一下波斯网，马上有蜘蛛出来的肯定新鲜，没有蜘蛛出来的是旧的，蜘蛛已经丢弃它去做新的波斯网了。当然如果昨天你就看见过而没有要的，今天当然也不会要。那时波斯网多得你随便选。新鲜蜘蛛网在树林和竹林里面多，钻进去需要小心蜘蛛的飞丝，沾到脸上很不舒服。飞丝是蜘蛛吐的长丝，刮风时风把长丝吹得乱飘，沾到旁边的什么树叶啊树枝啊墙壁啊上面，蜘蛛就有了第一根丝桥。蜘蛛顺着这根丝爬过去观察，如果它满意，利用这根丝它可以新织一张网。蜘蛛会放弃很多飞丝，这些飞丝附近没有波斯网，很容易挂到脸上，不舒服。二弟历历养过一只我们叫绿茵雀的小鸟，是一种小山雀。它嘴尖而且细，吃荤，胃口好。二弟每天拿个镊子在路边万年青里面捉小蜘蛛喂它。不用多少时间就可以捉一小玻璃瓶。万年青里面有数不清的小蜘蛛网，哪像现在，蜘蛛都离开城市到山上去了，城边的农村都少见蜘蛛网。

找到树上的蝉子，用波斯胶粘它。如果粘到的是嗞嗞儿，它一边挣扎一边叫，树下粘蝉子的娃娃通常会说“嗞嗞儿”，表示满意。粘的时候要很小心，不要碰到旁边的树干或树叶，如果是竹竿碰到了树干或树叶，蝉子会飞掉，它们很狡猾。如果是波斯胶碰到了树干和树叶，往往会把胶粘掉，要重新做胶。

又长又轻的竹竿是很少的，想粘高处的蝉子就要把两段竹竿接起来。有时可以一下子粘到两只，当然不仅需要它们靠得很近，也要手准手快，粘住第一个以后马上去粘第二个，因为第一个被粘住的蝉一挣扎，第二个会被吓飞。一次粘两个的尝试很容易把胶粘到树上耍掉，要是这样就只有重新做胶了。不过一次粘两个的事情具有挑战性，有这种机会时肯定要试一试的。重新做胶很容易，那时华西坝里蜘蛛网到处都是，有破洞的蜘蛛网我们根本看不起，不要。

华西坝川医有一个幼儿园，名字叫大学路小学附属幼儿园。这是1956年的毕业照。

为筹办2008年北京奥运会，北京邀请了五位国际著名导演各执导一部宣传片。意大利导演吉赛贝·托纳多雷拍的《重聚》是唯一有故事情节的短片，说的是几十年后幼儿园同学相约去看望老师。短片里他们拿出的几十年前的幼儿园照片就是这张。短片里邀约同学们的女生是公交车司机，很巧，毕业照后排右起第二人张先知也曾经是公交车司机。短片里照片删去了“抱鸡婆”式围在周围的五个老师，中间加了个演员老师，其实，小学以后的毕业照才有老师坐中间的“众星捧月”式。瑕不掩瑜，短片拍得挺好，得过奥斯卡最佳外语片奖的导演很棒。国内电视台几个月里天天播放这部短片，法国、意大利、伊朗等国的电视台和一些国外航空公司的航班上也播放，同学开玩笑说这是一张几亿人看过的幼儿园毕业照。

捉蝉子也可以不用粘。天麻麻亮就起床，到树下去捡蝉子。那时的蝉子才脱完壳，刚从蝉蜕里出来，有的翅膀还不抻展，有的翅膀倒是抻展了但还没来得及爬到高处，并且一般都不飞，只需要把它们捡起来就行了。杨柳树、麻柳树、香樟树、青冈树上比较多。我们通常只要嗝嗝儿，哑哑儿不要，数量多得不屑多捡。校南路1号蒋年青家有个鸟笼，他一天早上可以用蝉子把鸟笼装满。有一次我们把几十上百只蝉子放在蒙平家的纱窗屋里，蝉子叫声不仅把校南路2号闹翻天，校南路3号的大人们也吃不消，因为蒙平家的纱窗屋正对着3号。

打弹子

弹子，有的地方叫玻璃球，有的地方叫弹珠，我们叫它弹子。弹子分几种，一种叫白弹子，就是普通玻璃的颜色，带点绿，最便宜，一分钱好几个。一种叫金瓜弹，弹子里有不同颜色的瓜瓣，玻璃跳棋用的就是这种，贵。小金瓜只有一般金瓜弹子的三分之二大，非常漂亮，极少。另一种叫米弹子，不透明，奶白色，有点像白瓷碗的质地，少，硬。

打弹子的一种耍法叫进洞，重庆好像叫进窝儿。用刀子在地上挖三个小洞，分别叫一洞、二洞、三洞，洞的大小可以放下三四个弹子，洞之间有几米的距离。一洞外几米处画一条起线，每人从起线向一洞打，由弹子与一洞的距离确定顺序，谁离洞最近就第一个打，依此类推，进洞算死最后打。一、二、三洞依次进完，先进完的胜。每次每人可以打一下，进洞了可以连打一次。离洞远时靠力量，近了进洞靠巧劲，可以把弹子打旋转，容易进。三洞如果已经有弹子先进去占了位，后来的弹子力量大了反而不容易挤进去，要轻一点慢慢滚进去。要是后来的挤进去了，算完成。如果后来的把先进去的挤出来了，被挤出来的弹子要重新进三洞。有人不想进三洞，因为进去了就只能看别人玩耍，自己耍不成了。他就守在三洞边，别人来了他就用自己的弹子去打别人的弹子，把别人的弹子打远。这种人被称为赖皮。来三洞的人多了，他只好进去，因为他一次只能打远一个，其他人就进去当第一了。洞可以挖在斜坡和草地上，增加难度。

打弹子的另外一种玩法叫“别南海”。这种耍法通常是在走廊、操场的主席台、楼梯的转弯平台、教室的讲台、三合土路上，只要有比旁边高出一些的平台就可以。这个平台叫“南海”，南海是观音菩萨等神仙住的地方，神仙们也要打架玩，被打出南海算输，变成凡人，赢了当神仙，赏罚分明。游戏的耍法是把别人的弹子打中，打中后可以近距离再打它一次，称为“别”，即近距离用自己的弹子打别人的弹子，把他的弹子打到台下去，打下平台算赢，输家给赢家一个弹子。如果一次直接打下平台，这叫硬金，输家给两个弹子。如果两个人的弹子一起掉下平台，则互无输赢。

这种耍法第一要准头，当时1.5米远的距离，一次打中的概率不低于40%。第二当然要力量。“别”，比的就是力量，如果离台边远，或者地面有沙摩擦大，力量就是决定性的。我们在普通的三合土地上，可以别个十几米。教室大约十米长，在讲台上别，弹子碰到教室后面的墙，声音还很响，余威不小。这种耍法伤弹子，作为打子的弹子全身白点，伤痕累累。也经常有打子被打成两瓣。没有人舍得用金瓜弹子当打子，好像有人用过一个石头的打子，威力无比。练习力量的办法是把弹子放在衣兜或裤兜里，上学放学、上课下课，只要右手空闲的时候，手就在兜里不断地打，刻苦练习。当然练习的弹子只能是一个，两个就会有声音，上课时就不能练习了。现在的娃娃打弹子是用食指夹住弹子，拇指向外拨，力量很小。我们的办法是，要用三根手指，弹子放在拇指和食指间，中指勾紧拇指，打的时候拇指使劲向外弹，才能克服中指的束缚，这样力量大得多。前几年街边小孩打弹子时，我表演过这种打法，他们惊讶的表情使我非常得意，现在想起来还很高兴。

当时也有人用双手打，那种方法是把弹子放在左手的虎口处，右手中指扣住弹子用力向外拉。这种方法用了手腕、小臂，甚至大臂的力量，比我们的三指方法力量大许多。校南路好像没有人使用这种方法，华西坝里可能也极少。我们不和这种方法的人打弹子，两只手对一只手不公平，用这种方法打的时候姿势也很难看。

比试弹子好坏的方法叫别弹子，每人把自己认为最结实的打子拿出来比。相互对别，直到一个弹子被别为两瓣。米弹子比白弹子经别，金瓜弹子最没眼火。

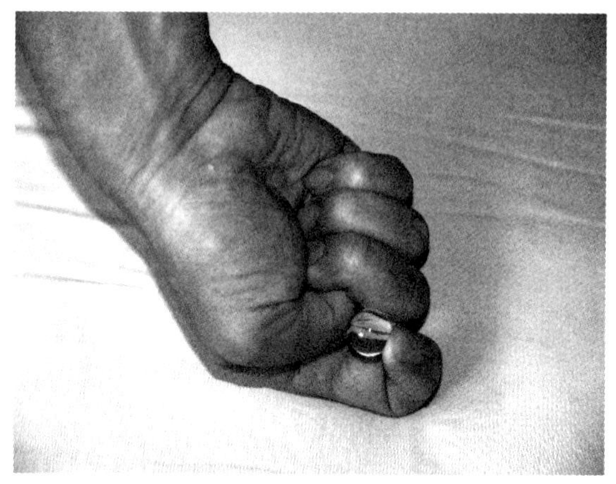

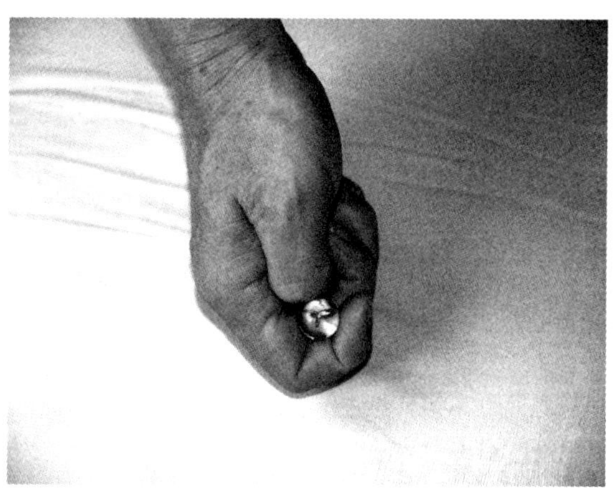

弹子放在拇指和食指间，中指勾紧拇指，打的时候拇指使劲向外弹，才能克服中指的束缚，这种方法力量大。我们都用这种方法。

食指夹住弹子，拇指向外拨，力量很小，打不远。我们从来不用这种方法。

蜂子

校南路3号后面河边有一棵大树，好像是麻柳树，树上有一个“牛屎蜂包”。叫它牛屎蜂包，是因为它颜色是黄的，并且表面是一层层的云状，确实和街上的干牛屎极像。里面的蜂子我们叫牛角（guó）蜂。体大，胖，黑色，数量多。华西坝里牛屎蜂包比较多，少有听说它们咬人，也没有人用火烧它们，更没听说有出动消防队灭蜂的事情。我们有时逗着它们耍，这是一种很刺激的耍法。我家有一把柴刀，重。一个小孩拿刀在树下准备敲树，其他小孩站在旁边眼睛看着树上，所有小孩都要做好跑的准备。敲树的小孩敲几下树就放下柴刀，因为拿着刀跑不快，加入其他小孩的队伍观察树杈，看到黑压压的一群牛角蜂越过树杈扑下来时就要赶快跑。这个游戏的诀窍在于不能一直跑，我们知道牛角蜂比任何小孩都跑得快，因为它们有翅膀会飞。判断牛角蜂快要追上来时，马上停下来，靠到墙边，不动，不出气，牛角蜂就会“嗡”地冲过去。到前面找不到目标了它们只好回家，要等很长时间才能第二次去惹它们，否则还没有回家的游兵散勇很难对付。敢于在牛角蜂追得越近才停下来的小孩越是高手，要胆子大、跑得快的人才敢这样。也有被牛角蜂咬到的，蒙平被咬过一次，脸都肿了，用肥皂水涂，也抹人奶，几天才好。那天他说去金陵路小学报到时脸还是肿的。当然也有用弹绷子打牛屎蜂包惹它们的耍法，不过没有这种耍法巴适。

另一种蜂子叫马蜂，黄色，细腰，身长脚长。蜂窝像个倒挂的莲蓬，窝不大，一窝马蜂数量不多。有时钓鱼用这种蜂蛹做饵。

还有一种大蜂子喜欢把竹竿咬个洞钻进去，样子很像牛角蜂，也是黑黑的，个子大，单兵，不合群。

蜜蜂最小，黄黄的，采了蜜返回蜂房时的蜜蜂脚上有两块大大的花粉球，不甜。用手帕垫着手可以捉它，拿掉刺以后就可以放在手上玩了。

口哨语言

华西坝的娃娃们喊人、打招呼，经常使用“口哨语言”。口哨通常是吹奏歌曲的，这里说的口哨是儿时小朋友之间的交流语言。比如想叫同学咪咪羊去游泳，就到他家窗户外吹一声口哨，口哨的声音和“咪咪羊”的发音相同，咪咪羊就会到窗口来。口哨的发音很准确，旁边住的小朋友绝不会错误理解为找自己。第二声口哨响起，音调有变，另外一家的小孩会立刻用口哨回复，第二声是喊他的。口哨语言极少出错。如果大人管得不是太严，咪咪羊听到口哨后会立即回一声“哪个”的口哨，然后再走到窗口。如果不想让大人知道交谈的内容，两个小孩子就一个楼上一个楼下一直用口哨交流。当然也会辅以肢体语言：头一摆，口哨吹“走”；眼睛一瞪，口哨吹“干啥子”；食指和中指上下摆动，表示游泳，口哨吹“去不去”？点头，口哨吹“要”；招手，口哨吹“下来”；点头，口哨吹“马上”。一次完整的交流就完成了，而大人只知道他们在讲话，并不知道讲话的内容。

口哨语言是儿时使用的，但是，几十年以后它仍然好用。

上个月我去省游泳馆游泳，在更衣室看见彭志英，他也是华西坝的子弟。我不由自主地吹出了“彭英儿”的口哨声，屋里二三十个人，只有他回过头来找人，看见我，笑了。他这个不由自主回头找人的动作，使人顿有“知音”“儿时的朋友真不错”“回到童年”的多种感觉，棒极了。

口哨语言是一种部落语言，小时候只在华西坝或者同一所学校的小朋友之间使用，以为部落的圈子不大，流通性不强。其实不然。前几个月我去找初中同学刘明，见他在街对面，就吹口哨“罗汉儿”，这是他儿时的绰号，他迅速地回头找人，同时吹出了“哪个”，看见我后我们相视而笑，那个感觉巴适极了，非言语所能表达。我们说起口哨语言，试了“你在咋子？”“快点快点！”“哪个？”这些常用的句子，原来他们川大子弟的口哨发音和我们华西坝的完全相同，不像口语，还有地方口音的差异，口哨语言并无乡音一说，流通性强。

其实口哨语言的使用，主要是为了对付家长，不想让大人们知道我们说话的内容，在这一点上，娃娃们大获全胜。不管大人们语文水平再高，没有标点符号的文言文他们也读得通顺，也不怕大人们如何精通外语，他们在口哨语言面前就是聋哑人。另外，使用口哨语言还有一个原因可能是为了显洋盘。

幼兒在園生活記錄表

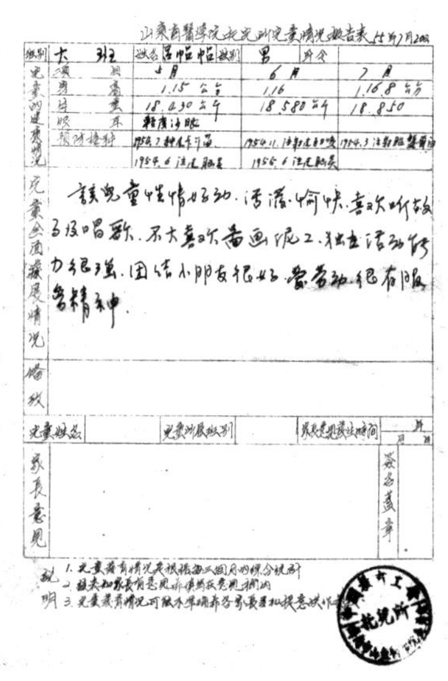

大学路小学附属幼儿园

儿童在园生活情况报告表

上左：图为1955年7月20日山东医学院托儿所每三个月给家长的儿童情况报告表。可以看到当时的预防接种情况。

上右：图为1955年7月10日山东医学院托儿所给家长的幼儿在园生活记录表。从老师的文字能力和字体看出托儿所老师的文化水平。报告表的印章是“中国教育工会济南市山东医学院委员会托儿所”。

下：图为1956年7月的一张儿童在园情况报告表。幼儿园在华西坝的广益坝内，靠近南门大河校门。报告表是交给家长的。儿童的文化卫生情况有15项，作业有5大类49项，共计64项。项目的设计全面、详细、科学。

晒感光纸

晒感光纸需要三样东西。首先是两片玻璃，通常都是三毫米厚的，极少有五毫米的，如果谁有一副五毫米的就很令人羡慕。街上玻璃店有卖玻璃，那是他们把边角余料切小专门卖给小娃娃们晒感光纸用的，玻璃在砂石上磨磨边就不割手了。第二样是图纸，印有各种图案的透明纸，街上也有卖，但我不记得是什么图案了，因为我们不用，我们的图纸是自己用透明纸画的。我们用的透明纸有两种，一种基色有点白，另一种基色有点黄。当时不知道它们是什么纸，后来知道基色白的是描图纸，黄色的是变压器里的绝缘纸。我们把透明纸蒙在《三国演义》连环图上，用毛笔细细地描。细心的娃娃可以描出非常好的图案。蒙平有一套《三国演义》连环图，三十六本，关羽、赵云、张飞……武将有的是。另一种材料当然就是感光纸了，感光纸可以买，也可以在街上买药水自己涂在图画纸上。涂好药水的感光纸一定要避光保存。

具体的晒法是把图纸放在感光纸上，图纸要折一点角，露出感光纸被太阳直接晒着，用来观察感光纸的变色情况。用玻璃夹住，用橡皮筋固定，在太阳下晒。看到感光纸折角处（没有被图纸遮住）的颜色变得比较厉害时，取出感光纸放在水里漂洗，出水后晾干，一张很清晰的图画就晒成了。太阳大时晒的时间短，没有太阳也可以晒，时间长得多。上学放学路上可以晒，路上有小河可以洗。上课时把玻璃放在太阳能晒到的地方，时间到了把它翻过来不见光了，下课后再洗，当然不能让老师看到。后来在单位看到设计部门晒蓝图才觉得其实道理相同，只不过他们不用水洗而用氨水熏。

游　泳

小学时代和中学时代的游泳又叫洗澡、滚澡，或者叫258，用食指和中指上下摆动的动作也表示游泳。说258或者做手指动作是为了不让大人知道的暗语。早年成都好像只有一个公共游泳池，就是南虹游泳池，猛追湾游泳池是后修的。虽然南虹游泳池就在川医旁边，但是没有听说谁到那里去游泳。我们游泳都是到堰塘或者河里去。牛头堰、石灰堰、火烧堰、南门大河（从百花潭到望江楼河段，后来也有人叫它锦江，又叫南河）。大人（家长、老师以及所有大人）禁止小娃娃去河里、堰塘游泳，怕出事，当然每年都听说有娃娃被淹死的事情。但是娃娃们怎么可能不去？娃娃们去游泳了被问到也不敢承认，大人有一个简单的检验办法，用指甲在你小臂上刮一下，如果去游泳了会有一条浅色的刮印，非常灵验。我现在试过，不知为什么，刮不出痕迹了，要是当年也刮不出来痕迹，那不知道可以多游好多次。也有人为了不让大人发现游过泳而把头发剪得很短，短头发干得快些。

当时的游泳裤都是红布做的，就是做红色袖套的那种普通红布。裤子一个侧面缝死，另外一个侧面开口，开口的侧面有3

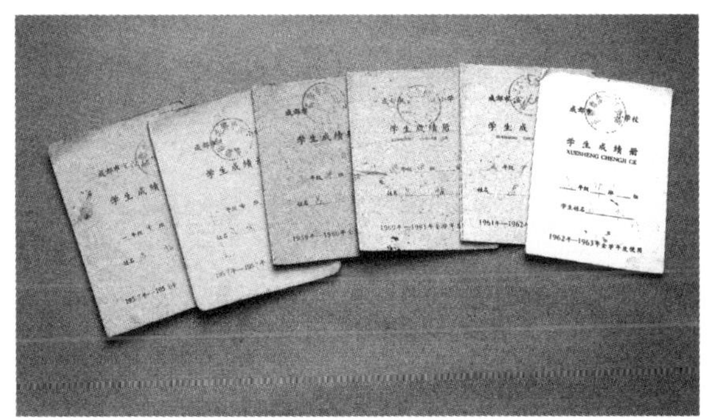

金陵路小学六甲班毕业留影纪念。第二排右起第七人是体育老师曾子中，右起第六人是班主任语文老师王贤文，右起第一人是算数老师刘和芬。

金陵路小学的成绩册，三年级和四年级的纸张最差，与年代有关。

或4条红布带子，这种游泳裤最大的好处是换裤子方便，当然干得快也是优点。大河边、小河边、堰塘边都没有更衣室，连一堵墙都没有。那种红布的游泳裤可以先穿一只脚，从短裤的一条裤腿塞进去，在裤子里把另外一边的几条带子系好，游泳裤就穿好了。游完了脱游泳裤也很方便，先穿好短裤，在裤子里解开那几条带子从另外一边裤腿拉出游泳裤就好。哪像现在的游泳裤，一定要有更衣室才敢换。当时的一条游泳裤好像卖三角钱，比两碗清汤炸酱面还便宜两分钱。这种红布的游泳裤全是三角裤，不像现在有平角裤、到大腿一半、到膝盖，甚至到踝关节这么长的。也许那时的布比较精贵？20世纪70年代末80年代初四川省游泳队进过一批游泳裤，涤纶的平角裤，我们三兄弟买了三条，我的一条现在还在。这条游泳裤比起红布游泳裤面料和样式有了很大的变化。它的表面像毛衣一样有绒，完全不考虑对水的阻力，那时没有考虑游泳裤还会产生阻力，没有阻力大小会影响速度的概念，更不知道Speedo这个牌子，不过那时即使有Speedo品牌，鲨鱼皮面料肯定是没有的。

游泳的姿势，蛙泳最多，爬泳极少，这里说的爬泳是脚上下打水，现在有人叫自由泳。其实当年的游泳比赛，自由泳项目并不限定泳姿，自由泳的自由就是可以自由选择游泳姿势的自由。爬泳、剪水、蛙泳、仰泳、潜泳都行，只是后来公认爬泳最快，其他泳姿也就退出自由泳项目了。很多人游剪水，手有点像爬泳，但是频率低，脚是蛙泳的蹬水，这种姿势现在极少看到。仰泳多是双手同时划水而不是交替划水，脚也不是上下打水而是蛙泳的蹬水，现在只有一些老人躺在水面上用这种姿势。还有一种叫狗刨骚的姿势，人趴在水里，手和脚像狗走路一样地刨水，也不会沉，速度很慢，不用学，一看就会。不过城里的娃娃怕被笑话，很少有人用这种姿势。蝶泳、海豚式的极少，大部分人的脚是蛙泳的蹬水。潜泳可以游很快，完全在水里比水面阻力小，那时蛙泳比赛潜泳的不少，后来被禁止了。这里说的是1966年以前的事情，等到龚建平他们那一批以及公行道更小的一批在南虹游泳池和川医游泳池正规学习后，川医子弟的游泳水平已经可以到成都市拿名次了。

堰塘的水是流水不是死水。堰塘的上游通常有一个闸门，闸门的框是条石的，闸板是厚厚的几块木板。关上闸板上游河里的水位抬高，可以灌田，川西平原得天独厚的自流灌溉那时到处可以看到。堰塘的水平时清亮，下雨后浑浊，堰塘底少有沙石底，是黑黑的淤泥，多是树叶、树枝、草，可见当时川西平原土地多么肥沃。河里工业产品极为罕见，更没有塑料袋这些几百年也降解不了的高分子合成物。玻璃也极少，但是这极少的玻璃就被我碰上了。一次到牛头堰游泳时踩到玻璃，伤口在右脚前掌，大约两厘米长，比较深。一起去游泳的同学有说淤泥可以止血，也有说草草嚼了可以止血，但不知道是哪种草，淤泥又太脏，只用河水洗了洗，把伤口合在一起捏紧。好在伤的是右脚，斗鸡时举起来的就是右脚，在同学陪同下就这样用斗鸡的姿势单脚跳到国学巷川医门诊部急诊室。小娃娃没有钱，虽然不想让大人知道也只好说出妈妈的名字。护士阿姨很客气，熟练地用生理盐水洗伤口，酒精、碘酒消毒，说伤口整齐，不必缝针，只用一大块胶布把伤口拉紧粘住，嘱咐不要碰水。几天后胶布掉了伤口也就好了。好像没有打破伤风针。如果打针因为怕疼应当记得。第二天妈妈去急诊室谢谢那位护士补缴费用的事情倒是记得。前些日子说起此事，有同学调侃，要是现在去华西急诊室，没准儿给我来个全血化验、螺旋CT、输液、三代头孢，当然破伤风针还是必要的。

我们小学有游泳课，金陵路小学的体育老师叫曾子中，人高高瘦瘦的，腰挺得笔直。他是1949年以前的大学生，抗战时参加过远征军打日本鬼子，因为远征军是国军，他一个大学生只能在小学教体育和珠算。我们却因为他的素质得益匪浅。跳远、跳高、单杠举腿上、单杠挂腿上、引体向上、双杠项目、迎面接力、后交棒接力、跨栏、足球、篮球……他完全正规地进行教学。当时成都市的小学里面可能极少有大学生担任体育老师的。还算争气，六年级曾老师体育课给我的是五A。

上游泳课在堰塘和学校旁边的河沟里上。怕游泳课时出事，班主任一起上课。男娃娃多数穿红布游泳裤，少数穿深色内裤，女娃娃好像穿的短袖衣服和短裤，不记得有人穿游泳衣。有一次到猛追湾游泳池上游泳课，在甲池里看见一米五深的池水里四川篮球队石那威的游泳裤还有一截在水面上，才知道两米二几的人有多高。

《王婆婆在卖茶》

我们刚来成都的时候一口山东话，不过很快就听得懂成都话也会说成都话了。那时的华西坝里很多婆婆、奶奶、保姆都会说很多童谣逗小娃娃乐，好听，上口。印象最深的是《王婆婆在卖茶》的童谣，现在成都市仍然有人用这个童谣逗小孩。这个童谣有手的动作，比其他只有言语的童谣有趣。

这个童谣也许有其他版本，我记得的版本是这样的：中指和无名指靠紧后两个指尖与拇指尖接触，成环状，左右手都是这样。然后左手手心向上，右手手心向下。把右手食指从左手小指方向插入左手拇指与中指、无名指圈成的孔里，把左手小指从右手虎口方向插入右手拇指与中指、无名指圈成的孔里。右手的小指指尖搭在左手食指的指尖上，两只手就套在一起了。

动一动右手食指，说“王婆婆在卖茶”，食指是王婆婆；动一动左手的拇指、中指、无名指，说“三个观音来吃茶”，拇指、中指、无名指是三个观音；把双手的组合翻起来一点，让对方看得见下面的右手拇指、中指、无名指，动一动这三个指头，说“后花园，三匹马”，右手拇指、中指、无名指是三匹马；动一动左手食指和右手小指，说“两个童儿打一打”，左手食指和右手小指是两个童儿；动一动右手食指，说“王婆婆骂一骂”；把双手的组合翻起来一点，让对方看得见下面的左手小指，动一动这个小指头，说“隔壁子幺姑儿说闲话”，小指头是隔壁子的幺姑儿。

这个童谣里的“王婆婆”非等闲之辈，绝不像成都老南门外国学巷那个老虎灶卖茶水的，也不是一般的茶馆老板。王婆婆有一个后花园，后花园还是个比较大的花园，里面至少可以安顿三匹马以及玩耍打架的两个童儿。童谣里的观音不知是不是观音菩萨，通常说的观音菩萨，与普贤菩萨、文殊菩萨、地藏菩萨并称为四大菩萨。但是观音菩萨只是一个，怎么会三个观音来吃茶？既是菩萨，又如何到王婆婆处来吃茶？三匹马是不是三个观音骑来的不得而知，但是，观音菩萨踩五彩祥云，普贤菩萨乘白象，文殊菩萨驾狮子，都不骑马。两个童儿打一打很有意境，小娃娃顽皮，吵嘴、疯耍、角（guō）孽、打架、狂、千翻儿。对于调皮的童儿骂上几句，本来源于王婆婆嘴碎，老年人嘛。但

左手竖直向上代表三个观音，右手小指和左手食指代表两个童儿，右手竖直向下代表三匹马，左手小指头代表幺姑儿，图里看不见代表王婆婆的右手食指。

是，隔壁子的幺姑儿可就有闲话跟过来了。幺姑儿，同一辈里排行最小的女性。因为最小，父母溺爱，“百姓爱幺儿”嘛，哥哥姐姐也都让着她。所以幺姑儿往往口齿伶俐，敢作敢当，不惧辈分和年龄。对婆婆级别的王婆婆，幺姑儿也敢来上几句。当然也可能那两个童儿本身就是幺姑儿家的娃娃，那时的娃娃经常相互串门，到邻居家玩耍。

这个童谣满是川西院坝风情，手指的动作和嘴里的念叨逗娃娃乐，当时以为只有华西坝的大人们说，后来才知道不仅成都，好像整个川西坝子的大人都会说。这个童谣生命力极强，我听了五十几年，有人说听了七八十年，所以它也许流传了几百年上千年，它还会一直流传下去。

“小孩儿小孩儿不要哭，你的妈妈是干部，你的爸爸是八路，看你幸福不幸福”，念的时候配上“嗦啦嗦啦哆嗦啦哆”的秧歌调。还有一个是“一二三四五，上山打老虎，老虎不吃人，要吃杜鲁门”。这两个童谣20世纪50年代的成都不仅年轻的保姆们会唱，满街老太太和娃娃们也都在哼哼。现在五十岁以上的成都人大多数也许还记得，但是别说“90后”“80后”没有听说过，“70后”可能都少有人知道。时代感很强的童谣生命周期不长，和那些时代感很强的歌曲一样，随着朝代的更迭、时间的流逝就被遗忘了。

“困难时期”的华西坝校南路3号

1960年到1962年，对老百姓来说，缺少食品是最直接的问题。那时校南路3号的大人们开始自己种地。我们家在客厅的窗外与电车路围墙之间开了一块菜地，很大，开成好几厢。种过厚皮菜和红叶子的莴笋，长得很好，1969年下乡当知青时才知道即使是和社员自留地的菜相比，那些菜也数上乘。妈妈病房的季孃孃前不久还提到在我们家掰去的厚皮菜叶子又大又好。红叶子莴笋成熟后一夜之间全部被盗，3号的大人们在菜地旁“勘查现场”，查看脚印后认为小偷是从围墙的花格洞进出的。有人提出红叶子莴笋比较少见，自由市场上也比较少，可以去看一看，立即有人说莴笋上要是写了爸爸的名字就好了，引发一阵大笑。爸爸说也许小偷很困难。

冯爷爷的厨房门口种了一株苏联大豇豆，用竹竿搭了架子。结的豇豆很奇特，有一人多长，五六厘米粗，绿色，皮不光滑。以后我再也没有见过这种植物，不知道俄罗斯现在还有没有这个品种。冯爷爷家大豇豆只结了两根，我和弟弟用毛线签子在大的那根上戳了个洞，这根大豇豆就烂了，非常可惜。几十年间我和弟弟每次提到这件事情都很后悔，觉得真是对不起冯爷爷。

邹伯伯在美国留过学，是川医口腔医院院长，那段时间他对付生活困难有系统的大手笔：种菜、养鸡、养兔子、养蜜蜂……邹伯伯在2、3号之间用很多竹子做的床笆子围了一个鸡场，床笆子有接近两米高，鸡飞不出来。“九斤黄”“澳洲黑”“莱航鸡”这些品种也是那时第一次听到。“九斤黄”黄毛，体大，肥，属于肉鸡。“莱航鸡”白毛，个小，属于蛋鸡。后来在书上看到，好品种莱航鸡的年产蛋数大于三百二十个。邹伯伯用好看的盒子装了鸡蛋送给我家，鸡蛋煮好剥开没有空洞，非常新鲜。兔子养在邹伯伯家的柴屋里（当时都烧木柴，他家有个很大的柴屋）。品种除了白兔还有安哥拉长毛兔和青丝蓝兔。安哥拉长毛兔白色，毛很长。青丝蓝兔大概另有学名，毛青蓝色。有一只青丝蓝兔长到二十多斤，大得像小狗。一天，一部大卡车停在一广场校南路1号门口，邹伯伯把它送给饲养场了，当时看到这只兔子的人无不啧啧称奇。蜜蜂蜂箱放在二楼走廊上，邹伯伯有一个纱网的帽子，戴上就不怕蜜蜂了。摇蜜时把一片一片的蜂巢取出来，用一把很长很亮的刀（很像现在的蛋糕刀）切掉每个蜂巢上的小盖子，再把蜂巢放到摇蜜桶里摇，利用离心力把蜜甩出来。冬天没有花蜜蜂采不到蜜，要喂它们糖水。

红苕的嫩叶可以炒，过几天就可以摘一次，当然只能摘自己家的。南瓜花可以放在汤里，不仅颜色好看，味道也不错，也是只能摘自己家的，并且只能摘公花，母花要留着结南瓜。灰灰菜是一种野菜，华西坝里比较多，保姆们说比较“刮油”。后来下乡后在拖乌山还吃过一次灰灰菜煮的黄豆连渣菜。构树花有点像桑果，比桑果长，细，淡黄色。摘下来和在面粉里可以蒸了吃，味道清香。构树的另外一种花是红色的球形，我们吃的不是那种。槐树花白色，一串一串的，也是可以与面粉和在一起蒸了吃，味道也很清香。有一种野苋菜，绿色，叶子形状和红色苋菜极像。长得很高，嫩叶炒了吃，叶面有细毛，没有红色苋菜好吃，保姆们也说“刮油”。有一种草叫棉花草，比较矮小，叶面正面呈灰白色，背面比较绿，有细细的绒毛，手摸着很舒服。棉花草也可以和在面粉里蒸了吃，味道清香。这几样食品当年华西坝的很多家庭都吃过。后来才知道川西坝子上的很多家庭也都吃。现在的餐厅有时可以吃到其中的几种，但一般菜谱上面标注的是野菜，价格比起家常菜就贵多了。

左：1968年底，华西坝钟楼前，十五个华西坝子弟。

右：1968年底，华西坝钟楼前，十二个华西坝子弟。

灭“四害”

1958年兴起灭“四害”。

所谓“四害”是指苍蝇、蚊子、老鼠、麻雀。灭蚊子有一种办法是“大规模作战”，全华西坝，也许是全成都市，某天傍晚7点，同时熏蚊烟。蚊烟是大约20厘米长，直径2-3厘米的纸棍，里面包着锯木面和66粉。房间门窗关好，木地板上放两片瓦，蚊烟放在瓦上点燃，会冒出很浓很呛人的烟，点燃后必须马上离开房间。院子里也到处燃点这种蚊烟。竹林和那些被认为是蚊子多的地方，用的是一种叫“烟幕弹”的“武器”，这东西直径8厘米左右，高10厘米，纸筒制成，有一根鞭炮用的引线。点燃后会非常迅速地燃烧完，烟很浓，熏蚊子火力猛烈。大人们用教学科研的态度看手表准时点火，一时间华西坝里烟雾弥漫，所有的人都站在院子里谈话。大约半小时后孩子们去开门开窗通风，待烟散去后才能进屋。统一用蚊烟熏蚊子后，一两天里蚊子很少。但是几天后蚊子又多了。我们小孩子都知道蚊子的幼虫在水里，叫孑孓，喜欢在水里翻跟斗。熏蚊子的烟进不去水里，根本杀不了它们。那时成都地下水位高，潮湿，蚊子下蛋的水凼凼多得很。出熏蚊子这个主意的人可能没有见过翻跟斗的孑孓，也不知道蚊子在水凼凼里下蛋。66粉的味道把人熏得难受，好多年以后才禁止使用66粉和滴滴涕。

灭蚊子的另一种办法叫扇蚊子。在竹林里捡几张笋壳，在火上烤一烤把笋壳展平，用竹棍夹着，两面抹上菜油。黄昏时在院子里对着空中嘴里发出“呜”的长音，无数的蚊子会向你冲来，你只需要用笋壳扇蚊子，就会听到噼噼啪啪的声音，笋壳上密密麻麻粘满了蚊子。笋壳要上交，用以证明你消灭了多少蚊子。不过这些蚊子好像不咬人，灭“四害”以前我们经常用这种方法引蚊子逗它们玩，它们扑过来了就蹲下来或是躺在地上，不再发声，它们没了目标只好散去，扑不到脸上。不过即使笨得让它们扑到脸上，也从来没见它们咬过人。后来听说这些是公蚊子，它们不进屋不咬人，它们吃露水，不吃人血。

苍蝇很少，校南路3号和校南路2号之间的厕所是旱厕，可以捡到蛆壳，但是捡的人多了就很难捡到，只好到田坝里的粪坑旁捡蛆壳。蛆壳是苍蝇飞走后留在那里的，颜色有点黑，装在信封里上交。其实蛆壳是苍蝇从蛆变为苍蝇后留下的，捡了蛆壳又没有打到会飞的苍蝇，怎么还算打了苍蝇？

老鼠更少，当时好像没有什么其他办法，要想打老鼠只能用耗子板板，就是夹鼠板。老鼠极狡猾，板上的肉皮几天它都不动。爸爸滴一点香油在肉皮上，第二天打到一只。他把这个方法告诉邹伯伯和冯爷爷，他们也要交老鼠上去。

对付麻雀的办法叫闹麻雀，当时说麻雀吃人的粮食，也属“四害”，大家一起闹，不让它们落地，可以累死它们。于是统一时间，全华西坝的大人小孩都在院子里敲击各种响器，洗脸盆、铁桶、锣鼓、竹片，只要是能响的东西都可以敲，而且声音越大的越好，甚至有人就用嘴喊。小孩子可以爬到屋顶上去，那里离天近一些，麻雀们听到的声音大一些。大人们平时不会同意我们上去的，也许是大人们为了响应号召而网开一面，允许我们上屋顶，还允许我们大声吵闹。那真是我们的节日，华西坝里一片响声，很是热闹。

冕宁知青生活杂忆

引子
下队
知青生产队长
安家费和工分
知青大院
火镰　火石　火草
插秧
把水
砍木料抬杆杆
打柴
崇尚体力的冕宁
撵山狗索摩
打墙
煮饭
比我们“老”的知青
鸡㙡菌
彝胞的“觉悟”
建水库
打篮球　打排球
皮条　羊皮褂　擦尔瓦
回成都搭汽车

引　子

1968年下半年，“文化大革命”已经进行了两年多，整个中国处于混乱状态：大多数工厂、事业单位瘫痪；国家工作人员、工人闹革命不上班，学校也停课闹革命，大学生无法分配工作，中学生不能升学，几百万学生的升学、就业面临困境。1968年12月21日毛泽东发出了“知识青年到农村去”的指示，之后几个月，全国五百多万中学生都到农村去，成了知识青年。上山下乡成了解决就业问题的权宜之计。我也成了知青中的一员。

知青生活影响了我们的一生，在我们的灵魂深处留下了深刻的烙印。不可否认，下乡的过程中，知青接触到了中国农村的“最底层”：勤劳、淳朴、善良的农民，艰苦繁重的体力劳动，贫乏的物质生活，这给了知青磨炼，客观上给我们的人生带来了一笔巨大的精神财富。

人们有时喜欢回忆自己的经历，但并不意味着我们也喜欢产生这种经历的社会背景，而是因为这些“经历”能唤回我们对青春豆蔻年华的美好回忆。就像现在许多人有时也哼唱“文化大革命”中的歌曲一样，这并不说明他们就赞成“文化大革命”。

但说句老实话，当回忆这些往事的时候，我们往往会激动，因为它们刻在了脑海里，很难抹去。知青一起聚会的时候，回忆这些往事是永恒的话题。

回忆可以从不同的角度寻找不同的内容，但不论如何千差万别，它涉及的都是当时的“过程”。因为角度和内容的不同，回忆给人们的感受差别也很大。我这里的回忆去掉了伤痕色彩，主要注重过程，从另一个角度描述我们青春年华的“知青岁月”。

知识青年到农村去，接受贫下中农的再教育，很有必要。 毛泽东

喜报

喜看稻菽千重浪，遍地英雄下夕烟。

在党的八届十二中全会公报鼓舞下，乘着落实毛主席最新指示的强劲东风，吕临同学满怀对伟大领袖毛主席无限忠诚的红心，坚决到社会主义新农村去安家落户，接受贫下中农再教育，用实际行动紧跟毛主席伟大战略部署，用实际行动捍卫毛主席的革命路线。这是高举毛泽东思想伟大红旗，提高了阶级斗争和路线斗争觉悟的具体表现，是活学活用毛泽东思想的结果，是对毛主席的最大的忠。

数风流人物还看今朝。

吕临同学一定能够继续高举毛泽东思想伟大红旗，诚恳拜贫下中农为师，作一个有文化、有无产阶级觉悟、有生产实践经验的新式农民。

特此致贺

成都七中工人、解放军毛泽东思想宣传队
成都七中革命委员会
一九六九年元月廿三日

忠

大事记

1969年2月6日

坐上4、5、12号车，8点半钟出校门，从红星路进城，在城中转一周，在蓉城人民热烈的欢送中，于10点15分出城，踏上新的征途。

中午歇邛崃，晚上歇雅安，沿途歌声不断。

2月7日：

8点半自雅安出发，下午翻过泥巴山，晚上天黑时抵石棉，找住处费周折，在×医院新楼中住下。

2月8日：

从石棉出发，沿途吃灰，过[illegible]，[illegible]彝族兄弟要主席像、纪念章，尤其[illegible]一带。下午三点到达泸沽区，下行李，找贫下中农，装好上鸡公车，但情况变化，所谓“[illegible]”使[illegible]我们失败，在路边等到天黑，由7854那辆军车送到泸沽旅馆住下。

七点已出[illegible]农丰、[illegible]两大队，抢了广播车。

2月9日：

住户落实后待解决，在食堂吃饭很费事，晚

左：被称为奖状的喜报，原件为对开纸大小，凡下乡的每人一张，学校去人贴在家门口。下面的落款和印章为“成都七中工人、解放军毛泽东思想宣传队”“成都七中革命委员会”。

右：白坭四队知青《大事记》第一页。

下　队

当时西昌离成都很远，在很多人印象中是不毛之地。按照四川省革命委员会的安排，成都市重点中学四中、七中、九中学生都到这个边远的西昌专区去。据说原来要把七中学生安排到盐源县，但是七中的工宣队（工人阶级宣传队，是“文化大革命”后期和军宣队一起进驻学校，管理学校的工人组织）提出动员工作不好做，九中的工宣队认为他们有把握，就这样九中去了盐源县，七中到西昌专区冕宁县泸沽区插队落户。

冕宁县泸沽区离西昌只有五十公里，盐源县在西昌的西南面，县城离西昌还有一百六十多公里。当时从成都到西昌还没有火车，只有坐汽车，三天到冕宁县，到盐源县要四天。七中学生分配在泸沽区的三个公社，即先锋公社、沙坝公社和泽远公社。沙坝公社的人最多，先锋公社少一点，泽远公社人最少。非常出名的西昌卫星发射中心后来就建在泽远公社。

从成都向西昌走，先到冕宁县城，再走二十九公里到泸沽区，先锋公社在泸沽区西，安宁河对面四公里。从泸沽区顺着安宁河向西南面走，到沙坝公社大约十五公里，从沙坝公社向西再走约五公里才到泽远公社。

我们1969年2月6日从成都出发，2月8日到冕宁县泸沽区。本来我们近八十人是被安排在沙坝公社的，高中的几个同学商量后，第二天晚上在石棉时通知大家，决定“抢占”先锋公社。第二天高67级的陈治栋把工宣队的人换到车厢上面去，他占了驾驶室，到泸沽时他让驾驶员拐弯，我们这几辆本来应该到沙坝公社的车就到了先锋公社。其他车的同学被各生产队的社员对着名单接走了，工宣队和军宣队的人要我们去沙坝公社，我们坚持要留在先锋公社。天黑后我们扛着行李走了五公里回到泸沽区住下。和学校工宣队、军宣队反复交涉了几天，并且说如果安排不了，

1969年2月6日早上，在七中操场，爸爸、妈妈和小弟弟送笔者下乡。彼时笔者二弟几天前已经随他的学校下乡去了。

我们就返回成都，逼迫他们同意我们改去了与沙坝公社有一山之隔，公路相距十多公里的泸沽区先锋公社。

当时先锋公社各生产队的知青名单早已确定，除我们以外，其他知青2月8日当天就由各生产队接到了队上。工宣队说我们是学校的“造反派”，各队都拒绝接受我们。工宣队与县知青安置办公室、公社、大队反复交涉，原打算把我们分散安置插到各队，我们坚决不同意。坚持了几天后，最后公社腾空了白坭一队，白坭四队和兴隆五队也可以各去十几个人，另外还有几个生产队可以各插几个人。

最终结果是，我们白坭一队知青十八个人，十一个男生，七个女生，“老三届”六个年级的人全部都有。后来，我们生产队这十八人中的六人成为三对夫妻，另有五个男同学与同学或同学的妹妹结为夫妻，比例不低。

1969年2月6日，成都七中操场，罗大汉离校赴冕宁下乡，他的母亲来送他。后面是下乡时坐的解放牌卡车。他的母亲如今仍然健在，已百岁高龄。

1969年2月6日，七中操场，与高66级翟光炯握手的是另一位同学的父亲，他儿子也是高66级的。

知青生产队长

因为后去生产队几天，关于我们“不服从安排”等行为的传说各队社员尽知，印象很坏。但是眼见为实是最朴实的标准，由于我们干活不偷懒，肯干，各队对我们这拨人的评价迅速转变。那时我们生产队的社员经常来听半导体收音机，喊我们替他们理发。白埝大队书记黄把头是我们生产队的，当时的大队干部天天要出工，我们在田间地头的表现他有最直观的了解。白埝四队我们去了十几个人，公社书记冯忠清家住四队，他也很了解这十几个知青的情况。

冯书记的绰号叫“冯二七”，来源于他每月工资二十七元。前不久白埝四队一个知青回去还见到他，听说他得了病。后来他来成都看病，七十一岁的他，瘦，虚弱，得了胃癌。我们约了二十个同学在华西苑茶楼陪他说话，用投影仪看了当年的老照片，他哭了。黄把头和冯书记都是好人，当知青那会儿，他们经常来找我们摆龙门阵，很替知青们说话。

由于每个生产队都安置了十来个甚至二十来个知青，全公社共有几百个知青，公社成立了“知识青年再教育领导小组”。

领导小组五人，两个知青，公社书记冯二七是组长。我们这拨人团结，下队时又闹过事，领导小组成员中的两个知青都是我们这八十多人中的，女生是王俊频，男生是我们生产队高66级的龙二，这两个同学原来是学校革命委员会的成员，龙二是校革委副主任。为了安顿我们这一拨人，龙二被安排为白坭大队革委会副主任和大队会计，公社冯书记、大队书记黄把头和大队革委会主任张天都成了他的好朋友。

公社老知青名头最响的是双河二队的“八大金刚”，长兴二队的小周大、周声琴，兴隆六队的尹长成等。后来我们这一拨与长兴二队和兴隆六队的老知青关系不错，与“八大金刚”却几乎没有来往。公社成立宣传队时，我们这一拨又是主力，乐队的老知青是高手，双河二队的刘晓林后来是四川峨眉电影制片厂乐团的首席大提琴手。

我们队十八个知青干活都很卖力，当时做活路分三个作业组，每个作业组知青都是生力军，出工知青在前，重活脏活知青抢着干。下乡不到一年，全国就刮起了“农业学大寨”的风。在生产队大会上，我们推选了高66级的陈观中为副队长。当时的生产队长绝不是什么肥缺，费力不讨好，没有多少人愿意当队长。一段时间后队上的农民队长不干了，副队长陈观中就成了生产队队长。不仅生产队长是我们知青，当时队上三个作业组组长也是知青。

说起来，全公社我们队是第一个搞大寨式工分的。原来的记工分方法是干多少记多少，“一枪下马”“计件工分”。比如背粪下地，每一背篼都称斤头，背得多，记得多。也有不过秤

知青大院内。右一是“先锋公社头一条好汉小跳蚤俄呆”，他是生产队长。中间是“先锋公社第二条好汉醒眼子老翟”。背后是我们建的知青房子，房后是陆家山嘴，墙边堆着柴，可以看见房前和房后的梨树。左下白色的石头是磨刀石，是笔者从泸沽区捡回来的。

成都七中百年校庆时建的铜柱广场，十根铜柱分别代表十年的历史，第二排左起第四根是关于知青的。

下乡时路过荥经县，还没有翻泥巴山，停车休息，同学们在河边，背后可以看见卡车。

1999年，“知青专列”回冕宁，笔者和公社书记冯忠清合影。

的，一池粪，二十个工分，四个人背完每人五分，两个人背完一人十分。也有按点记工的，锄草，只要参加，每人每天或多或少都记工分，大家磨洋工，出工不出力，站在那里晒太阳。大寨式记工是自报公议，你自己说你出一天工值多少工分，社员大会评议决定。男工最高十分，好像只有一两个，九分半和九分的多；女工大约六分。核定后，每出一天工就按这个分数记一笔。每人的工分不是不变的，过一段时间评一次，体力不好、偷懒的会降下去。

那一年，我们生产队每天早上吹哨子安排全队哪些人干哪些农活的，是知青队长陈观中，小春预分配和大春全年结算分配时给全生产队报盘的也是他。队长在学校时因俄语极好，所以绰号叫"俄呆"，有"先锋公社头一条好汉小跳蚤俄呆"的美誉。俄呆极为正派，重活脏活带头，当生产队队长后，不仅把二十四节气倒背如流，大春哪个节气应当平秧母田、撒谷种、扯小秧、犁大田关水、搭埂子、点黄豆、插秧、薅秧、打谷子晒谷子、送公粮，小春哪个节气撒粪、犁田、点菜籽、点麦子、收菜籽、收麦子也从社员那里全套学会。他分配活路时，知青、社员一视同仁，深得社员好评，当然送公粮这种可以到区上去走一趟的活路，知青要优先一点。恢复高考后，俄呆以四百多分考入中山大学，也许与农村有缘，20世纪80年代他还去新津县当过几年分管科技的副县长。

我们生产队以前一个劳动日就值三角钱多点（比起那些几分钱的好得多了），人均口粮三百四十斤。知青来后，加上气候也好，这年工分值就涨到五角八分，人均口粮加到五百八十斤。知青当队长的第二年人均口粮六百四十斤。知青下乡两年后开始招工，知青队长俄呆调回成都了，否则，没准儿口粮会加到八百斤。

安家费和工分

每一个知青到农村插队，国家都拨付给生产队两百元安家费，在九分五厘钱一斤谷子，几元钱足够一个月生活费的年代，两百元钱可不是小数目。知青刚去生产队时借住生产队保管室或社员家，安家费可以用于修知青专用的房屋，也能用于知青的日常生活费用。比如知青刚下队时，前一年没有挣工分，分不到口粮，只能向生产队或国家粮站买粮食，还能买油盐、农具等。这笔安家费通常由生产队管理，即知青的财权由别人掌管，这个“别人”近似于家长。知青文学中不时可以看到生产队挪用安家费的说法（的确是“挪用”，那时生产队很穷，但队干部自己挪用的少，可见当时队干部还很廉洁）。也有其他学校的知青说根本不知道有这笔安家费。我们队知青当了队长后，很重要的一点是，十八个知青的安家费全部交给我们自己管理支配了。安家费由自己支配不仅方便，而且有一种摆脱了家长自己管自己的感觉。

工具也是用安家费买的。男生每人都有背架子、棕背垫、绳子、钉耙、镰刀（锯齿镰刀，割谷子用的，不是成都地区割草的那种片片镰刀）、砍刀、棕蓑衣、斗笠。女生每人有背架子、棕背垫、绳子、板锄（比起成都地区挖地的锄头小、薄）、捡小秧时坐的板凳、薅油菜秧的小锄头、砍柴的砍刀、棕蓑衣、斗笠。而粪桶、扁担、背篼不是每人都有，大家共用。

泸沽区的街上有两家铁匠铺，我们生产队的社员推荐姓苟的铁匠，说他打的东西钢火和样式都好，带我们去泸沽区找苟铁匠打了十八把砍刀和两把斧头。砍刀的刀背比较厚，刀口的最前面有一个凸起，配上较长的木头刀柄后砍柴很得力，除了单手使用外，也可以两只手抡起来砍，直径二三十厘米粗的树也放得倒。那两把斧头都是三斤二两重，一把是普通的开山斧，我在用，一把是可以把原木架方的片斧，罗大汉在用。这两把斧头长长的斧头柄，是用社员带我俩上山选的“救兵粮”枝条做的。“救兵粮”是一种灌木，果实是小小的红色圆球，味道不甜，有一点涩口，相传因古时候的一支军队败退入山没有口粮，吃这种果子渡过难关而得名。原来以为“救兵粮”只有冕宁县有，后来才知道四川各地都有这种灌木。它红红的果实满树都是，这些年是摄影爱好者镜头里常见的模特儿。据社员说“救兵粮”的木质韧性好，又细滑不烧手，是刀柄和斧头柄的首选，只是灌木树枝粗到可以做斧头柄的极少，只有老林子里才找得到。

当时男工最高一天十分，我们男生大部分是九分半，十分工折合一个劳动日，我一年要挣三百多个劳动日，出工天数可想而知。生产队一年分配两次，小春预分配和大春决算分配。小春预分配在六月，因为一年的时间才过一半，每人全年挣多少工分不知道，只能把小春收的粮食按人均分配到户，下半年才有吃

1969年初，三个七中同学在双河桥旁合影。双河桥位于先锋公社双河大队。从泸沽区进了先锋公社，如果不过桥，能依次去到公社南面的双河大队、兴隆大队、中和大队、白坭大队。如果过桥，能依次去到公社北面的长兴大队、跃进大队、光明大队。

1969年夏，四个七中同学在安宁河梳妆台桥旁合影，当时梳妆台桥是木头桥。这是从泸沽区到先锋公社的必经之道。

1999年，“知青专列”回冕宁时的新双河桥，背后的山是长兴大队的长山嘴。

的。大春决算分配就精确计算童叟无欺了，每个人全年挣得的工分数折合成劳动日数，乘上每个劳动日折合的价值，就是你全年劳动挣得的人民币价值。

如果那年的基本口粮是谷子400斤，麦子200斤，谷子每斤0.09元，麦子每斤0.1元，忽略其他杂粮菜油等，则基本口粮的价值是56元。基本口粮每人都能分到。大春决算时有进钱和倒补的说法。如果你挣得的工分折合成劳动日再乘上工分值刚好等于56元，那你就只分得基本口粮，和生产队打个平手互不找补。如果你的工分低于56元，比如是50元，那么你只能分得基本口粮，还要倒补生产队6元钱。如果你的工分高于56元，假如是100元，那你除了可以分得基本口粮外，还可以分得工分粮。假如工分粮你分到200斤，也就是18元，那么56元加18元就是你的口粮钱74元，100元扣除口粮钱后你还要从生产队进钱26元。第一年我们是2月去的，生产队每年11月决算，我们少干了两个多月的时间。但是第一年大春后全年决算时，我们有六个男生要进钱，没有倒补。第一年农活不熟，且多有耽误，能有这种表现令社员们刮目相看。当然我们是按照十八个人的集体户统一和生产队算账，六个人抬不起十八个人的轿子，最后还是用安家费倒补了一点给生产队。

知青大院

刚下乡时住生产队场坝（也叫晒坝）旁的社房，也就是保管室。后来我们自己修了一个四合院。当时社员想叫我们在堡子中间他们的房子旁边修，我们不愿意被他们的房子围着，借口那块地有点潮湿，“估倒”在去区上的大路边一块苞谷地上修。

这块苞谷地地势高，远离生产队的上堡子和下堡子。我们的房子三间正房两间厢房，一个天井。进大门后是天井，右边厢房做厨房，左边厢房是男生宿舍，住四个人。正对天井的是堂屋，堂屋右边是女生宿舍，住七个女生；堂屋左边是男生宿舍，住五个人；堂屋背后也是男生宿舍，住两个人。

房子很高，原来打算修两层楼，二楼的地梁都安好了，可能是房间已经够用了，就没有正楼板（铺楼上的地板）。地梁那么粗的木料除了一年四季挂着蚊帐外别无他用。在这块地上我们除了修四合院，还把苞谷地全部打围墙围了，人称“知青大院”。围进院子里的地算我们的自留地，点苞谷，种红苕。院子前面是去区上的大路，路边一条小河，河边正对院子有一棵大皂角树，站在院子里俯视去区上的大路，巴适得很。房子西边是一个高坎，房子很干燥，坎下是我们自留地的水田。我们在坎下挖了一口井，这口井的水甜，有一点乳白的颜色，社员称为“叶白水”。

我们都离开以后，听说泸沽铁矿的小知青住过这个院子。后来去攀枝花出差，在泸沽下车回生产队看过，四合院做了羊圈。再后来1999年知青下乡三十年纪念，乘“知青专列”回去时，房子已经分给一个社员。我们当时每间房的二楼只安了地梁，没有正楼板，他把楼板正了，房子成为两层楼。他对我们说知青房子“风水好”，托知青的福，家里出了两个中专生。听说队上一户社员的孩子总生病带不大，就把他家房子拆了，靠近我们知青院子按原样修好房子入住，从此他家里人丁兴旺。

我们的房子是土筑瓦盖（有的地方称为“干打垒”）。墙是我们自己用墙板打的土墙，木料是我们到拖乌山彝海边国有林砍的。瓦是在生产队瓦窑烧的小青瓦，我们不懂技术，只管烧火，社员看火候，队上的老木匠带着两个知青做木工。我们的房间里面全部抹了一层厚厚的石灰，白白的，房顶上面安装了玻璃亮瓦。当地社员屋子的窗户很小，就是一块“土基”（冕宁方言，即用泥土做的土砖）大小，可能也就三十厘米高十几厘米宽，问他们为什么不把窗户开大一点，答复是为了安全。我们的窗户大约六十厘米高五十厘米宽，虽然不能和成都的窗户比大小，但是这几个大窗户在生产队已经引起议论了。亮瓦、大窗户、白色的墙壁，各个房间里都很亮堂。

我们的床是在房间里靠墙用原木搭的通铺，那堵墙有多长通铺就搭多长，头对头脚对脚地睡觉。床脚是三根直径十几厘米

知青大院内，四合院前面是自留地，照片里可以看到栽的南瓜、晾的衣服，厕所和猪圈在照片外。有一个社员刚好经过房子前面。

我们知青大院养的猪，左边一头是母猪，准备喂来生小猪的。右边是一头当地叫坨坨猪的架子猪。坨坨猪个头小，结实。女知青背后是陆家山嘴和先锋坝子。

我们队的两个知青在建厕所，修猪圈的隔墙。前面打凿子的是高66级的余世杰，后面那个人是笔者。可以看见我们背后一板一板的土墙和墙上的地牯牛洞洞。这个房子当时没有盖顶，后来也一直没盖，土墙打得结实，三四年的雨水也没有把土墙淋垮。

粗的原木做成的三脚“马槎”，就是都江堰水利工程李冰用来固定竹笼的那种。马槎上面有两根直径二十厘米左右的长原木做床方，床板是原木架方时锯下来的豁皮板铺的，这些豁皮板最厚处也有四厘米以上，我们到拖乌山国有林砍回来的木料太多，盖房子根本用不完。

我们寝室五个人，进门右边靠墙是余世杰和罗大汉的床，脚对脚。进门正对是我，再进去是俄呆，龙二靠窗，我和俄呆头对头，俄呆和龙二脚对脚。

我们的煤油灯是有玻璃罩的那种，比较亮，晚上看看书也还将就。堂屋里有一张矮矮的桌子，桌子脚是两个马槎，面板也是豁皮板做的。还有几根矮矮的长条凳，四周靠墙还放着几根直径三十几四十厘米的原木当条凳。除此之外就没有其他家具了。

其实每个女生都有一张捡小秧用的小板凳，只是她们都放在自己寝室里。捡小秧是一种农活，在秧母田里，水稻秧几厘米高的时候，要把稗子的秧拣出来丢掉，这是妇女们做的农活，因为当地的男子汉说“她们眼睛好，认得到”。捡小秧时，妇女们在秧母田里一排排坐在一种特制的板凳上。这种板凳上下两块木板中间立着三根木棍，压强小，不会压坏水稻秧。

我们男知青因为没有捡过小秧，大部分人在秧子很小的时候都不认识稗子秧，听说叶子的背面有一点白？我肯定不认识的。

我们的厨房里只有一口水缸，那是我们几个人花了一天的时间推着鸡公车到巨龙区买回来的，当时泸沽区没有水缸卖。连案板也没有，切菜就在灶台上面切，好在我们是两口锅的大灶台，倒也铺得开。靠墙有两个装米的汽油桶。

屋外我们修了男女厕所，这是全生产队第一个。还修了猪圈，挖了井，喂猪、鸡、鸭、兔，用一斤二两酒与彝胞换了一条撵山狗索摩。人丁兴旺时狗就有五条。

刚下乡时我们把米放在背篼里，耗子太厉害，而且那时没有现在如此多的什么打鼠板、粘鼠板和耗子药。没有办法，我们约了几个生产队的男知青到泸沽区旁边成昆铁路铁二局的工地抢汽油桶。工人们刚开始还和我们吵，一副要打架的样子，等看到我们身上的伤疤和亡命“估倒”要抢的架势，只好退回工棚里去了，随便我们选拿。除了汽油桶外我们还拿了不少铁加仑桶、钢钎、橡皮水管。回公社的路上，推着鸡公车上的战利品，唱着《打靶归来》，大家的得意就不摆了。

汽油桶去掉上面盖子，每个桶可以装三百二十斤米，耗子根本无法进去。当时没有电，只有点煤油灯，铁加仑桶用来装煤油，万无一失，不像瓶子、瓦罐易碎，而且装得多，一加仑约为四公升不到，桶好像是五加仑容量的。冕宁是大山区，不咋使用扁担，经常用的是背篼和背架子，我们把橡胶管破成两半，用来做背篼和背架子的“背系”，也就是背带。这种背系不论外观和作用都比牛皮和麻绳做的背系巴适，社员们自是羡慕无比。六棱钢钎和八棱钢钎也很有用处，有大量石头等着它们去对付。

队里给我们分自留地时，地边有一排十多棵板栗树随地划给我们。据社员讲，以前这一排树都不结板栗，但是分给我们的当年板栗就挂满了树。冕宁板栗很出名，个儿大，颜色深，好吃。

我们一个人分了一分多的自留地，有水田有旱地，水田种两季粮食：水稻和小麦，旱地种菜。当时成都许多蔬菜品种冕宁当地都没有。我们从成都带去了红叶子莴笋，也许是异地优势，红叶子莴笋在自留地里长得比所有绿叶子莴笋都好。当地只有本地辣椒，我们栽的朝天椒叶子和当地辣椒差不多，但辣椒六七个一簇朝天长着。社员不识货，我们告知说产量比本地辣椒高而且很辣，社员不信邪，摘一个青的咬一口，辣得他们马上喝凉水。如果他们尝的是红的，恐怕要在地上打滚了。

自留地的朝天椒熟了吃不完，只有做成辣椒酱，三道箍的水缸可以装五挑水，我们做了满满一缸。刚做完时看着一缸朝天椒辣椒酱，都以为可以吃很长时间，但是十八个全劳力不仅能干活，吃东西也一样厉害，没多长时间就见底了。当地蔬菜品种少，有一季几乎没有什么菜，只能吃一种叫作“小米菜”的东西。这种植物成都地区也多，叶子很像苋菜，颜色不红，植株高，是一种野草，没见人吃。“小米菜”叶面有细毛，相当刮油。实在没有菜时就只能吃辣椒酱下饭。我的一个洗脸盆做完辣椒酱就不见了，直到一缸辣椒酱吃完，才发现脸盆在缸底，可能是当时谁倒辣椒时连盆一起倒进去了。

当地没有冬瓜，我们带去种，没有四季豆，也带去种，冬寒菜也是带去的。冕宁早春仍霜大天冷，我们点的四季豆、朝天椒都用草垫子盖住，出苗早，社员点的才牵藤，我们的就已经可以吃了，这种盖草垫子的办法成都菜农经常使用。当地社员点豌豆，但是不知豌豆尖是可以吃的，后来看到我们吃，试了以后才晓得豌豆尖是个好东西。我们自留地里的菜长得很好，西红柿又红又大，甚至发生过社员偷摘我们西红柿的事情，后来他们自己说是摘去留种。最大的一个南瓜几十斤重，

白坭四队知青养的鹅。鹅长大后被另一队的知青偷去过生日，三十年后“真相大白”，对方邀请两队知青一起吃火锅，算作道歉。

1970年，我们知青大院内，叶蓉、陈群在学习《毛主席语录》。

“给我尝一点嘛。”白坭一队知青大院内。

舍不得吃，人少了也吃不完，最后一个知青离开生产队时送给其他队的知青了。

孩子被“下放”到千里之外的大山区，成都的父母牵肠挂肚，泸沽当地只有盐没有酱油，父母还买了固体酱油寄过来。怕我们营养不良，还带了十个来亨鸡种蛋来，据说这种鸡一年的产蛋期超过二百八十天。母鸡孵出小鸡了，带着它们在院子里玩，白色的，很漂亮。一天被老鹰抓走一只，母鸡当时有展开翅膀把小鸡护在下面的保护动作。亲眼看见这一情景的同学惊叹母鸡的行为，至今说起来还甚为感动。

打 墙

我们生产队的房子从结构上讲，分为穿斗房子和土筑瓦盖房子两种。穿斗房子用木头的柱子、梁、檩子、椽子搭个房子架架，周围用土基砌墙或用墙板打土墙，上面盖小青瓦。土筑瓦盖房子没有柱子，用墙板打土墙做围墙，也用土墙起“山花”（成都称山墙），梁和檩子直接放在土墙的山花上，钉椽子，盖小青瓦。土筑瓦盖房子看起来和穿斗房子一样结实，但社员说就是怕地震。穿斗房子有个木料架架，地震时土墙摇倒了木料架架还站着，土筑瓦盖房子就不行，土墙摇倒房子也塌了。西昌是地震区，社员说20世纪50年代初地震时，秧田里的水像洗脸盆里的水一样被颠起波浪，人在田坎上走不稳，被摇到田里。但穿斗房子用的木料和人工都多，贵，我们还是修的土筑瓦盖房子。

用墙板打墙，每副墙板由几部分组成：两片厚木板，一寸二到一寸五厚，宽一尺到一尺二，长板大约六尺长，短板略短，板上各有一个牛皮做的提手，墙板的一头有两个一寸五见方的孔。连接两片墙板的是一块厚度宽度与墙板相同的木板，名字好像叫“墙板脑壳”。墙板脑壳的两头各有两个榫头，榫头上有孔。榫头间的距离决定墙体的厚度，通常有一尺四和一尺二两种，一尺四的打平墙，一尺二的提山花。把榫头插入墙板上的方孔，再用销子插在榫头前面的孔中，两片墙板和墙板脑壳就连在一起了。

先在地上挖沟，沟内铺大卵石，卵石间用稀黄泥固定、晾干，这是墙基。打墙时先把两根叫作“地牯牛”的木棍横在墙基上，地牯牛一寸多粗两尺多长，有两个孔，距离一尺七左右。被叫作地牯牛大概是因为它们要承担墙板的重量，有牯牛的力气，又因为位于墙板的下面。社员朴实，很多东西都是上为天下为地的称呼。把墙板放在地牯牛上，墙板尾那一头用两根木条插入地牯牛的孔中，两根木条的上端插上一根地牯牛，墙板就被左右两根木条、上下两根地牯牛卡住了，免得两片墙板向外分开。

墙板一定要架正，否则打出来的墙是歪的，把墙板架正要靠墙板脑壳外面的一个名叫“老师傅”的东西把墨。这东西就是一个黄泥巴球，用绳子挂在墙板脑壳上沿正中，墙板脑壳上沿正中到下沿弹有一根墨线，重锤原理，吊老师傅的绳子与墨线重合则墙板正，有夹角则墙板歪。墙板架正后，在墙板内倒泥土，要求泥土不干不湿，以手用力能捏成团为佳。每次倒的泥土不能多也不能少，五六寸厚就差不多，太厚了舂不透，墙土松了不结实，太薄了费工不划算。

两个人站在墙板内，用一种好像叫“舂杆”的东西把泥土打实。舂杆是用六尺多长的木杆做的，两头各有一节五六寸粗的木头锤子，舂墙的人双手执舂杆把墙板内的泥土舂紧舂实，动作很像云南少数民族舂米和舂糍粑。背泥巴的人用背篼背，背篼不是很大，湿泥土重，一背篼一般一百斤多点儿，不像平地背米，背篼大，一背篼米一般两百一到两百二。冕宁背篼口稍大，底略小，背篼底不像广元那边的那么小，广元背篼显得背篼很尖。墙打多高，背泥巴人就要走多高，特别是提山花时，新墙，墙体还没干，舂杆一冲，墙体就晃，背泥巴的人踩在墙上墙体也要晃。上面背泥巴的人不怕，下面的人看着怕，但据社员说晃得厉害的墙结实。背泥巴的人站在墙上，向前弯腰，背篼从一侧肩头上把泥巴倒到墙板内。高66级的余世杰“气火好”，他一直在背泥巴。罗大汉和黄惟公也背泥巴，俄呆和我舂墙的时候多。

一板墙打好后要提墙板，打墙的一个人站开，把地方腾给另一人提墙板。先把墙板上面的地牯牛去掉，再把两根木条抽掉。面向墙板脑壳站稳，左右手分别拿住左右墙板上的牛皮提手，双手向外扇，使墙板离开墙体，再向前送，使墙板脑壳也离开墙体，站直身体，提着墙板向后转一百八十度，向前走把墙板放在墙板尾的地牯牛和下一板墙上已经放好的另一根地牯牛上，架好墙板打下一板墙。

因为泥土是湿的，墙板也是湿的，提着几十斤重的墙板在一尺二宽的山花墙上转身、走路、安墙板，实在需要体力、胆量、技术。社员打墙，两板墙连接只靠泥巴的黏力，我们在两板墙的接头处加放几片竹片，称为“加筋”，这样两板墙的连接不仅有泥巴的黏力，还有竹片链接，肯定比不加筋的连接稳当、结实得多了。我们人手多，打平墙时两副墙板一起打。我和俄呆一起打的时候多，也和罗大汉一起打过不少。

白坭一队知青坐在大院前的小河边皂角树下，背后是知青大院的围墙和大门。

1999年，“知青专列”回冕宁。笔者在白坭三队晒坝上，周围是背篼、木梯、稻草、木门、土墙。

高67级黄蜀利在知青大院前，墙边看得见堆起来的木柴。

社员墙板上用的老师傅是黄泥巴做的，即使搓得再圆，摩擦系数也大，我们用眼药水瓶子做老师傅，玻璃的摩擦系数小，精度高，墙板架得正，墙就打得正。社员腰力好，手劲却不如知青，他们认为知青舂的墙结实，后来社员盖房也请我们去打墙。土墙房子墙体厚，冬暖夏凉。一些老房子的墙体虽是饱经沧桑，也没见什么破损。我们的猪圈和厕所一直没有盖瓦，我走时，墙体被雨水淋了三年也巍然屹立，后来可能还坚持了多年。

泽远公社高66级的朱万敏（中）、段国勤（右），初68级的尹仲琪（左）刚下乡。牛脖子被枷磨的老皮清晰可见。

砍木料抬杆杆

冕宁县安排我们到拖乌区中心乡的国有林采伐我们修房子的木料。到了采伐地才知道拖乌山是个很有名的地方，当年红军二万五千里长征时，刘伯承与彝族首领小叶丹喝鸡血酒结盟拜兄弟的那个海子就在附近。现在的拖乌海子已经是个旅游景点了。

拖乌山大树也大，山上有一些1958年“大跃进”时砍倒的树，胸径一米多，因为是“横山倒”不是“顺山倒”，树太大运不下山，我们去时还躺在那里，用斧头敲击时声音还很脆，木材还没有朽。记得与俄呆一起放倒一棵铁棒松，我们从树根部开始往上截，两段六尺长的做门，一段八尺长的做厨房案板，两段一丈长的改椽子，一段一丈三尺五的做檩子。这几段木头一个树节都没有，因为还没有截到长树枝的地方，长树枝的部分有节疤，我们不要了。现在想想真是太浪费。

木料砍好后要抬到汽车能到的地方，当地称为“抬杆杆”。在山路上抬杆杆是个重体力活。我们当时经过了几个月的锻炼，走平路两个人抬三四百斤没有什么问题，当然走山路要稍微少点儿。抬木料要用到一根叫“打杵”的棍子，它的长度略低于地面到肩的高度，上端有个分叉。它很有用，坡陡时用它做拐杖拄地，多一只脚不易滑倒。短歇气时把木料放在它的叉上，由它支撑着木料，人扶着它，肩膀可以退出来休息。长歇气时木料一端放在一个和肩膀差不多高的地方，另一端用两根叉交叉支住，三个点确定一个面，木料稳住了，抬木料的人就可以放开木料和打杵去旁边休息了。休息过后，只要稍微蹲一点儿，木料就上肩了，不必从地上抬起来。几百斤的木料从地上举到肩上要做不少功，因为有打杵，这个功就不做了，我们都佩服发明打杵的人，认为他很聪明，可以当物理课代表。

一天，我和李学林抬木料，他爱动脑筋，气火不及我们几个好。休息时也许是太累了，他说干脆把木料一端放在地上，另

下乡时车队过泥巴山。车头前面挂有大红花。

白坭四队知青在他们生产队远眺先锋公社坝子。右边深色的山嘴是陆家山嘴，山嘴边是白坭一队，对面山脚下是光明大队和跃进大队，坝子中间是中和大队。长兴大队被陆家山嘴挡住了。兴隆大队在白坭一队这边，也被陆家山嘴挡住了。

一端我们抬上拖着走，让大地分担一半的重量。这个想法很有创造性，而且大地分担的不止一半，因为我们抬起木料一端时木料和地面有夹角，重心不在中点，应当靠后一些，如果把树根的一端放在地上，因为木料密度不同，重心还要更靠后一些。我俩急忙用绳子捆好木料，用打杵做抬杠开始试验。一试，果然轻松多了。我们决定把这个好办法告诉其他同学，学林当然很得意，我也夸奖他是个天才。但是，我们只轻松了不到十分钟。因为山上的路不平，木料被拖得在地上一跳一跳的，打杵在我们肩膀上也是一跳一跳的，肩膀很难受，我们极不情愿地停止了实验。休息时我们把实验过程和结果通报给同学们，惹来一阵哄堂大笑。

“放溜槽”是一种非常省力的木料运输办法。山上很陡的地方可以找到溜槽，也就是一条窄窄的滑槽。因为经常滑木料，溜槽里不长草，远看就像一根从山上画下来的白黄色线条。把木料推到溜槽里，木料会顺着溜槽滑到山下。溜槽很陡，木料又重，木料在溜槽里滑得很快，人空手绕下去少抬一大段路，省力多了。

因为溜槽不平也不太直，遇到溜槽里有凸起的石头或溜槽拐弯的地方，木料就会在溜槽里被卡住停下来，上面的人不知道，接连放几根下来全堵在那里，就需要有人去撬动木料让它们继续滑，这是件很危险的事。通常溜槽都在山坡很陡的地方，溜槽不陡木料滑不动。撬木料的人只能如履薄冰地顺着溜槽两边拉着树、草、石头慢慢去到堵料的地方。不过比起撬动木料的危险，这个过程又是小巫见大巫了。木料下滑的冲力大，卡得很紧，撬动木料要用力才行，力使小了木料纹丝不动，奈何它们不得。但是在站都站不稳的地方很不容易使上力。使上力把木料撬松动了，木料启动时最危险，你手上撬动木料的打杵极易被弹起来，弹起来的打杵可能打着你，还可能把你弹下山。再者，前面的木料被撬动了向下滑，后面的木料也向下滑，那些木料如果背在前面的木料上，高出溜槽，启动后就很可能弹起来冲出溜槽，横着向山下滑去，如果刚好扫到你站的地方，你就被扫下山了。但是不管多危险，总不能眼睁睁看着砍下的木料不要了，每次都得有人去撬动它们。有一次罗大汉去撬几根料，木料弹起来差点儿把他带下去，现在说起来还后怕。

砍了几天木料后，因为天天吃土豆，不见青叶子菜，更没有肉吃，个个都有点痨肠寡肚。派了两个人到拖乌街上唯一的幺店子买了十几份盐肉，每份三角。当时不要说拖乌，就是泸沽区上也没有鲜肉，只有外面运进来的盐肉。我们在山上扯了许多灰灰菜，把黄豆磨了，连渣，再把盐肉和灰灰菜倒进去，煮了一锅，狼吞虎咽地吃了一顿，真解馋。

为了找汽车把木料从拖乌拉回泸沽，我们回泸沽找到铁二局汽车一队，他们答应免费为我们拉木料。当时铁二局在西昌和凉山新建成都到昆明的成昆铁路。那次一起再去拖乌的还有黄惟公和他弟弟黄一平，黄惟公带了照相机。我们又到冕宁县去找了同学沈都能与我们一起从冕宁到拖乌，刚开始没有爬上车，从冕宁出发后，拦不到车，走了很长一段路，后来爬上车了，车上装的全是砖型的红糖，可能是米易来的，米易产甘蔗。到中心乡跳车时每人都拿了一块砖糖，足有两斤重。在中心乡碰见同学米家峰和常小勇开了一辆解放牌卡车，他们说是前一天刚从成都偷的，开到沙坝公社去。当时开车敢翻泥巴山和拖乌山的知青极少，可见他们那时的驾驶技术已经很不错了。

我们休息一天后去了一趟拖乌海子。从我们砍木料的地方到海子去，要路过一片很大的鹅卵石滩地，大大小小的鹅卵石白色居多，面上都没有长青苔，干干净净的。当然走在上面要很小心，很容易崴脚。当时的海子，边上就能够看见很多鱼，似乎用手就能抓到的样子。水很清亮，没带游泳裤，但海子周围除了我们同学几人没有其他人，我们就裸泳。因为水草很多，怕缠脚，没游多长时间。听说在海子边大声说话会下雨，更不能唱歌和喊叫，我们试过，不灵，唱歌不下雨，几个人一起喊，老天爷也纹丝不动，还是大太阳。我们围着海子走，找到了海子的出水口，出水口一直在流水，却找不到它的进水口，也许海子的水源是泉水？

海子边有很多大小不等的湿地，湿地上有很多被彝胞叫作"乌突"的植物，草本，一根独茎起来，下面不生叶，茎的最上面有七八片叶子长在同一个节点上，中心对称地向四周水平长着，中间开一朵花，又叫"七叶一枝花"，整个植株形态比较怪异。乌突的根椭圆，呈紫黑色，里面黄白色，晒干后硬，我舔过，苦、麻。据说是一种打药，就是专门医治跌打损伤的中药，有毒，不能吃，可以泡酒外擦，被蛇咬后也可以用它。有汉族社员说它就是打药"落地金钱"，不知几分可信。当时我们住在彝胞家里，彝胞住一楼我们住二楼。我当天扯了不少，因为是湿地，腐殖质很厚，轻轻一拔就起来了，回去后晒了不少在我们住的彝胞房子顶上，可惜离开时忘记拿了。

崇尚体力的冕宁

冕宁县地处大山区，东边是大凉山，西边是横断山脉，雅砻江和安宁河贯穿全境。在山区，做任何事都需要体力，当地自古有崇尚体力的传统。不论男女，旁人议论到他（她）时有一个标准被经常使用，那就是“气火好”或“气火不行，懒”。其实，气火不好的人不一定懒，但在冕宁这两个指标是连在一起的。

在碾子上碾米时听社员讲，以前我们这里有一个远近闻名最能干的贼娃子，晚上碾子上的人睡着了，他偷米，如果被人发现，他背一袋米在背上，在水田里跑直线，追他的人跑田坎，追不上他。当地社员装米的口袋是被称为喇嘛口袋的家当，好像是用三片手工布缝制的，袋口有三片三角形的布片。喇嘛口袋装了东西会变得长一些，好像有弹性，可能和布片的织法有关系。喇嘛口袋如果装米，装满了也能装个一百七八十斤，即使不装满，一百冒头是有的。凡是下过水田的人都知道，要在水田里跑，空手也不容易，何况背一袋米。听到这里我们已经觉得此人气火了得。

接下来社员们又评论他说，偷米也就算了，如果惹了他，他就把淋盘下的“六角”偷去卖了，碾子都转不动，米也碾不成。

碾坊、水碾子，20世纪五六十年代的川西坝子上比比皆是，一出成都城就能看到，位置不会超过现在的二环路，成都现在城里还有个地名叫“水碾河”。碾坊架空修在河上或河边。碾坊里有一个直径三四米的大青石做的环形碾槽，青石环碾槽是几段拼接的，碾槽内宽约30厘米，深20多厘米，壁厚底厚，都大于10厘米，想是石匠愿它经久耐用。碾槽的圆心处地板上有个洞，从下面穿上来一根直径不低于40厘米的硬杂木竖转轴，转轴上横着穿了一根15厘米左右粗细的硬杂木横轴，横轴上穿着一个圆形青石，叫碾坨，碾坨放在碾槽里。竖转轴穿过地板下到架空碾坊下面的河沟里，下端连着一个直径三四米的木制淋盘，有落差的水冲到木制淋盘外沿的木片上，淋盘就转动，带动竖转轴转，竖转轴带动横轴转，横轴上的碾坨就在碾槽里滚动，碾坨碾压碾槽里的谷子，把谷子分为米和糠。谷子碾了一段时间后，用手抓取碾槽里的谷子观察，如果手里基本都是米粒，只有两三颗谷子，就要不断地查看了，碾的时间短了，米里面的谷子多，碾的时间长了，糠多米少不划算。

木制淋盘下面轴心处有一个钢制的被称为“六角”的东西，有六个角，一个角磨损了可以翻换另一个角，由它顶着淋盘转动，要想偷它必须把淋盘抬起来。淋盘用硬杂木制成，大、湿、重，上面还连着竖转轴。我们看来，不要说一个人，两三个人偷六角也非常困难，也许有使巧劲的方法。但我们反复研究过，这件事情没有巧劲可使，完全是个力气活。我们把偷石磨的人称为笨贼，因为石磨又重，又不值钱。而这人不止一次地干过这种我

1969年，罗中先在彝海子里游泳。	1969年，陈观中、沈都能在彝海子里游泳。
1969年，黄一平在彝海子里游泳。	1969年的彝海子全景。
1969年，伸向彝海子的大树。	今天的彝海枯树。

们看来是笨贼才做的事情，说起来他娃倒是个气火好的笨贼。

一碾谷子倒进碾盘很要碾点时间，闲着无事时社员们喜欢比试“拖碾坨”。穿碾坨的横轴在碾坨外还有一段伸出碾槽，用手抱住横轴，蹲下来向后退，就能慢慢地把碾坨拖停。当然开始时只能跟着它向前走，因为它力量太大了。而且谷子和米的摩擦系数不同，刚开始碾时容易拖住一些，已经快要碾成米时碾坨转得快，特别费力。不管是谷子还是米，在碾坨转一周内能够拖停的算是“有气火”，同学中好像只有罗大汉和俄呆做得到。虽然我们已经可以轻松地背200多斤货物，但是只要你拖了碾坨，不论次数，第二天全身，特别是屁股，一定酸痛无比。

社员们佩服有气火的人。有一天听他们用极为赞叹的口气讲，一天冕宁县城里有四个人抬一根水泥电线杆，累了坐在路边歇气。路过的一个人对其同伴讲，四个人抬这根杆杆还要歇气，气火不行。歇气的人说，你气火好你把杆杆拱起走。冕宁每天只吃两顿饭，外出带的饭团比较大，把吃饭称为“干饭”。这人就回答说，除非你们把饭团拿给我干。这四个人商量了一下，说好整到腰杆不负责，就把饭团给了他。据说他干了两个饭团，让那

今天的彝海子全景。

四个人把杆杆抬起帮他上肩，走了二十多步。社员说这根杆杆就是县邮电局门口那根，说得真是有板有眼的。

我们生产队的民兵连长陈荣邦，身高一米八左右，当时年龄也就二十出头，是队上公认气火最好的。有一天出早工打窑柴，他舍不得已经砍好的柴，把五驼长的牛皮条用完捆了一背。成都把两只手伸直的长度叫一π，一π大约等于身高，冕宁称为一驼，也许是因为这么长的绳子刚好可以捆一驼东西。这背柴他分成两背背下山的，窑柴要过秤，好记工分，两背柴每背都有200多斤。

台秤在生产队是很有用的，不仅分口粮、分菜油、送公粮要用，打窑柴要过秤，小春背粪下地也要过秤。高66级余世杰背一背粪不连8斤背篼的皮重，净的就有255斤；让我闪到腰的那一背粪，净的也是200多斤。那回点小春时田坎铲得有点斜，我没有踩稳，为了不摔到下面一块梯田里，我就用腰力使自己摔在上面这块梯田里，就这么把腰扭了，当地话又叫闪了腰。回成都治疗，试了针灸、盲人按摩，省医院还把红花和当归制剂用针筒打到穴位里，称为水针。生产队的社员送我“落地金钱”和“雪

白坭一队知青出工，背后是下堡子和先锋小学。

1999年，“知青专列”回冕宁，笔者与当年的民兵连长陈荣邦合影。刚下乡时知青没有开伙，被分在各个社员家里吃饭，笔者就在陈荣邦家。当年他是当地气火最好的劳动力。

白坭四队的知青在自留地里，抱着的好像是南瓜。

里一枝蒿”，都是非常厉害的打药。这两种药又被称为“研（方言音同‘皑’）三转”，意思是在装了酒的碗里只能研磨三圈，多了喝下肚会死人。刚开始在土巴碗里只敢研磨半圈，到后来就像磨墨一样几十圈地磨，喝了不少的药酒，很快腰就好了。后来到区上交公粮，米要过秤，一背篼可以装两百一二十斤，上粮仓的高梯子也没有问题。台秤还有一种耍法，也是比气火的，好像叫端台秤。耍的人蹲在台秤上，两手扣住台秤下沿，用力蹬台秤，看看台秤的坨起不起来。能起来就继续加坨，直到刚好能起来为止。气火好的好像能端四五百斤。

成都平原讲究担，用的是扁担，冕宁县是大山区，除了田里的粪桶和水稻秧子，其他重物都是背，用的是背架子、背篼，有时直接用绳子捆了就背。我们当时讨论过担和背这两种方式的优劣，扁担担东西是一个肩膀受力，背东西是两个肩膀受力，当然背得重一些。不过两个人抬π杠是最厉害的，那是因为π杠抬的东西重，绳子都挂得很长，只稍微蹲一点就站起来了。我和黄惟公抬过一块石头，630斤，那是在平路上。

上左：刚下乡不久，罗大汉和笔者（右）在山上捆柴。打的柴是松木。

上右：2008年6月，成都市宽窄巷子开街，举办了成都老照片展览，展出清朝以来各个时代的珍贵老照片。这张照片被放大，占了整整一面墙。罗大汉和笔者捆柴的照片被錾刻在成都七中铜柱广场的第七根铜柱上。

背架子和拐杷子在这张照片里可以看得很清楚。小姑娘是白坭四队知青黄永明的女儿黄索，照片是1999年春节“知青专列”回农村时在白坭三队的晒坝上拍的。

打　柴

冕宁烧柴。我们的灶是社员帮忙打的，锅不是什么一尺二、一尺四的小东西，而是两口叫中锅的大家伙，两个灶膛，灶膛大，冬天的晚上，四条大狗在一个灶膛里面取暖睡觉也不显得挤。煮饭时，从山上砍回的整根木头就往里送，也不砍断，几根木头架起来烧，火大得很，费柴。所以经常要打柴。

听社员讲，我们队下堡子旁边的陆家山嘴，1958年进食堂以前，林子密得牛都钻不进去，树子大得很。食堂的灶大，一天要烧许多柴，那会儿人吃不饱没有力气爬山，只能就在附近砍柴，把附近山上的树砍光了。从陆家山嘴上山，一直到白坭四队后面岩头上的山，我们去时这一片山上除了草，只有杜鹃这种灌木了，根本没有乔木。更为可怜的是连树根都被挖完了。原因有几点，一是树根疙瘩熬火，经烧，而社员家的火塘经常几个月不熄火，需要很熬火经烧的木柴；二是1958年"大跃进"以后，社员已经有了就近挖树根疙瘩的习惯。所以到1969年我们去时，山上的乔木树根已经被挖干净了。我们去时他们还在这样干，经常可以看到社员上山打柴背的不是背架子，而是装着斧头和山锄的背篼，因为背篼可以装树根节节、小木块，背架子是不行的。山锄用来刨树根，要挖很大一个坑才能把树根尽可能多地暴露出来。俗话说“斩草除根”，在我们那里是“砍树挖根”。不仅山上的树遭了殃，山被剃成了光头，堡子里的树也难免遭难。生产队社房门口有一棵很大的香樟树，是生产队的标志树。有人说，食堂化时，有一天砍柴的人实在没有力气，就砍这棵香樟树当柴。都已经砍掉了一枝大树丫，村里的老人一顿痛骂，说就是饿死也不许砍，才保住了这棵树。那人把砍树的人、骂人的老人全都说得有名有姓，树上断丫的桩头更是历历在目。

我们从来不挖树根疙瘩，对这种行为深恶痛绝。我们打柴要到很远的山上去打。从白坭四队后面的路上山，一早就走，如果是打湿柴，四个小时就可以回家。所谓湿柴，就是活的树，砍了背回来。但是打湿柴等于背水回来，划不着，我们喜欢打干柴。所谓干柴，就是你找到它时，已经是死树子了，干的。山上除了火烧柴，也就是烧山火时烧死的树，有干柴，还有各种原因产生的死树。比如砍木料时为了方便砍树而放倒的其他碍事的树，大树倒下时砸断的树，大树树梢被截下不要的一段等。干柴本来也少，想砍干柴的人多，近处山上的干柴早被大家砍完了，要想砍干柴就得走很远，手脚快的，一早出门，下午三四点钟回来已是不易。

干柴也分品种，松木和杉木最不受欢迎，它们重量轻，太“泡”，不经烧。青冈树等硬杂木最好，当地叫栎柴、苦株的，成都木匠认不得，统称为白青冈。如果背一背比较抻展的柴，而且又都是差不多品种、差不多粗细的硬杂木，路上会遇到不少羡慕的眼光。当然，要想找到好干柴，只有去那些别人还没到过的地方，那些地方都远。

找到干柴后，把柴截成一米左右一段一段的，先把背架子铺在一个高坎边上，有高坎，背的时候才站得起来，然后在它上面铺好绳子。把柴整齐地用绳子捆好，把背架子扶来站起，用拐杷子把背架子支撑住。在这捆柴的上面再捆一捆柴，这样捆的柴重心高一些，重量放在肩上，而不是吊在屁股上，才好走路，这也是为什么山区的背篼底小口大。捆好的柴实际上是挂在背架子上的，柴和背架子没有形成“死结”的关系。遇到危险时，腰向前弯，背架子上挂的柴就从头上飞出去了，背架子还在你背上。如果把柴栓死在背架子上，出事时，柴连着背架子，背架子背在你背上，柴倒人也被拉倒。平地也就是把腰闪到，如果在山上，你就跟着柴一起摔下山去了。这种捆法还有一个好处，回到家只要把腰弯一下，就把柴倒在地上了，方便。

干柴很多都在山沟底，背架子背上以后，第一件事就是越倒坡。我有一次数过，歇了四十几拐气才爬到山顶的小路上。上了路，还要翻几匹山才回得到队上。所谓歇一拐气，就是走累了用拐杷子支撑着休息一次。拐杷子是木头做的，一根木棍上面横着一节二十多厘米长的木条，木条上有槽，便于背架子的下横梁放在槽里不滑。拐杷子的长度以你站在平地上，比地面到背架子下横梁的距离略高或相等。如果没有拐杷子，走累了只能把背架子放下来人才能休息。有了拐杷子，走累了只要把拐杷子支在背架子的横梁下，由拐杷子支撑，人稍稍蹲一点或是不蹲，肩膀就休息了。越倒坡歇气时要转个身，面向山下，否则拐杷子不够长，支不着地。太陡的地方，只能转九十度，侧对着山下。上坡时拐杷子就是拐棍，可以拄路。

山谷底的水沟里和阴山半山腰的浸水凼里有水，可以把背架子放在一个高坎上，用拐杷子支着，喝一肚子水，坐下来休息休息，实在饿了，就啃几口饭团。俄呆饿不得，一饿就走不动，说是心慌，只有马上吃饭团，现在想想，当时可能是低血糖。浸水凼旁边往往有现成的高坎，依山势而造，因为经常使用，土坎不长草，石坎很光滑。

1970年，两个知青在白垠四队知青大院内做打草鞋的架子。

白垠四队知青在打草鞋。

松树林里地上是厚厚的松针，杂木林的地上是各种树叶，山路有泥土、细石、沙、石头等各种路面，刚刚下乡时打柴穿的是解放鞋，滑。有人穿黑金刚足球鞋，鞋底有几个橡胶凸起，也滑。后来学会了穿草鞋，不滑了，可见入乡随俗。

我们打柴是从白坭四队后面的那条山沟进山。这条路上有一个叫岩头的地方，确实很险，有一段陡坡，是只过得了一人的窄路，路面是碎石、沙，一边是岩，一边是几十米高的陡崖。听说有女生在那里又急又怕得哭。刚开始的几个月不要说女生，男生在那里也犯难，下山穿解放鞋时站在最陡的地方好几分钟也不敢出脚迈步，试了又试，始终不敢迈出那一步。穿草鞋后好多了。

进这条山沟砍柴的人不多，只有白坭大队一、二、三、四生产队的人。白坭五队、白坭六队、兴隆大队、长兴大队、跃进大队、光明大队的都从白坭五队后面那条山沟上山，那条路比较缓，鸡公车可以推到山脚下，没有这边险。并且那条路是先锋公社翻山去沙坝公社和泽远公社的路，很多人都知道。

因为流汗多，背架子上面有一根细绳吊下来挂着擦汗的东西，背架子是弯的，这个东西吊下来刚好在胸前，用起来很方便。刚开始我挂的是成都带去的手绢，虽然是男用的大手绢，但还是没几下手绢就湿透了。又换了小方巾，虽然小，但和洗脸毛巾一样厚实，原想应当抵事，无奈还是很快就湿透了。后来只有学社员的样儿，细绳下面挂一个竹片编的圈圈，用它刮汗，抵事。站在沙石路上歇气时，用它一刮额头，沙石地上马上被汗水打出几个窝窝。和竹子圈圈比起来，手绢和小方巾用成都话说就是假洋盘，银样镴枪头，中看不中用。

背回知青大院的柴，要先“划”（意为“劈”）成块，整齐地码在屋檐下。划柴用斧头，地上横着放一根木头，再把要划的柴一头放在木头上，人站在横着的木头这边，用斧头砍木柴枕在横木的那个点，把柴划开。划柴时人只能站在这一头，几年前在青城山看见一个去旅游的人划柴耍，站在另一头，木柴跳起来差点儿打到他的头。当时我们手艺好，几厘米粗的柴也是一斧头劈在正中分成两半，两斧头分成四瓣。粗的柴或者有大节疤的柴要两把斧头对划，一把斧头划开个缝，另一把斧头划在缝中，把缝撑大点儿，像打楔子一样，互相配合把柴划开。

左：冕宁县先锋公社白坭四队，高66级四班洪时明在划柴。山上砍回来的木柴比较粗，刚开始直接放到灶膛里烧，很费柴。后来知青都改灶，有马蹄回风灶之类的，灶膛很小了。劈柴就是把粗大的木头劈小砍短。被劈的木头下面横着垫一根木头，斧头劈在垫了木头的那个点上，柴不跳。

右：知青大院里，罗大汉（罗中先）在划柴，松木转筋（木纹扭曲厉害），不容易划开。墙边放着一些农具。

煮 饭

吃饭，人人都会干。煮饭，说者容易做者难。我们队十八个人，每天轮流一人煮饭。冕宁一天只吃两顿饭，上午九点一顿，下午三四点钟一顿。其他人出早工去了，煮饭的人一定要在大家回来前把饭煮好，因为这些人吃过早饭又要去出白工了。下午也一样，吃过晚饭要出晚工，时间不等人。

我们灶上的两口锅有点儿大，大半锅焖锅饭够十八个人吃一顿。焖锅饭好煮，把米淘了倒在锅里，加水加到手掌轻轻地平放在米上，水刚刚把手背淹过，肯定合适。架起大火煮，水快干了的时候改小火，闻到有一点饭香的时候一定要退火，否则就煮糊了。不要揭锅盖，用麸炭火煨着，饭香得很，时间不能煨长了，否则锅巴厚。沥米饭也好煮，加的水比焖锅饭多，否则不好沥。大火煮，过一会儿拿几颗米出来用手捏一下，捏到米还有一点硬心的时候就可以沥了。沥也简单，把饭倒在筲箕上，米汤沥下去了，米在筲箕里。把没煮过心的米倒在甑子里，甑子放在锅里，架大火煮就是了，火再大饭也不会糊。我下乡以前从来没有煮过饭，十八个人中有人会煮饭，是他们教我的。当然，不会煮饭的人不止我一个。

洗菜人人都会，不用教，无师自通。切菜不学是不行的。比如这几天自留地的莴笋可以吃了，那么早饭晚饭都是吃炒莴笋、拌莴笋。要赶快吃，莴笋冒薹就不好吃了。如果有肉，莴笋可以切成一块一块的烧、炖，不要刀功。但极少时间有肉。吃炒莴笋、拌莴笋，莴笋肯定要切片，十八个人一顿很要吃些莴笋，全要切片。刚开始不敢切快了，慢得别人看不过去，抢过去帮忙切。不过这种全靠练习的熟练功夫，只要用心，学起来快得很，何况莴笋多得你练都练不赢。我后来切菜时，光听那很有节奏的声音就知道是高手在动刀，再看看切出的莴笋片，又薄又匀。红萝卜、白萝卜、土豆、南瓜这些块状的东西全可以用同一种刀法切片、切丝，我切的白萝卜丝抓一把可以甩了粘在墙上。几十年后同学聚会时，我在白坭一队练就的切菜本事还可以显显洋盘。

炒菜比切菜难多了，对于这种全靠意会的手艺，我是敬而远之。你想想，菜熟与不熟好像还有标准，但是咸与淡，软与硬，好吃与不好吃，香不香，味道如何，这些全靠个人感觉，世上根本没有统一标准，即使有标准也不可能量化，否则怎么会有“众口难调”的说法？所以我每次煮饭只把菜切好放在那里，等收工的同学回来炒。好在队上人多，会炒菜的人也多。非万不得已，我不摸锅铲。

有的同学还会蒸馒头、包包子，做豆腐乳、豆豉、米花糖。遇到杀猪时，几个队的知青都来打牙祭，能干人显手艺的时候到了，那真是八仙过海，各显神通，我们这些笨蛋只有洗菜打下手的资格。民以食为天，城里可以吃食堂当然方便，农村没有食堂吃，学一些生活基本技能，也是一件益事。

白垊四队知青在剥玉米粒。

白垊四队的知青在炒菜，另外二个人在吃烤玉米，灶台上只有一瓶盐巴，没有其他作料。

白垊四队知青院内，大家在吃饭。

把　水

冕宁县有一条红旗堰，是一条灌溉渠。从安宁河上游的巨龙区截水进堰，到我们公社时，已经是在山边比较高的地方了，我们公社很多地势高的田插秧时全靠它的水灌秧田。在插秧季节，水对所有生产队都至关重要。晚上放了七亩秧田的水，第二天这个队就可以插这七亩田的秧子，如果只放了三亩秧田的水，就只有这三亩可以插秧。季节不等人，夏至是关秧门的最晚节气，听社员说，过了夏至插的秧，不仅收成不好，看样子都看得出来，“斜起插的长不伸腰了”。

因此，每天晚上各个生产队都派人“把水”。“把水”的“把”是动词，理解成“把守”“把住”即可。如果用“扒”也不错，水在沟里，要它流出来，当然要把沟沿“扒”个口子才行。把水必然有“分水”一说。分水，即在沟渠有岔口的地方分。说来简单，在一根干流分成两根支流的地方放个石头，石头在中间，水就平分，石头靠哪方近，对方水就多。如果其中一方下游是两个生产队或三个生产队，石头当然就不能放在中间。就拿只有两个队的情况讲，两个队的人也都不想平分，多分当然比平分好。要想多分，靠说服对方根本不可能，你要插秧人家同样要插秧，节气不等你同样也不等他。解决问题通常的办法是打架，即抢水。打架有几种方式，一种名为“按司马伊尔”（方言音译），即是成都的打散手，没有什么规矩，按翻就胜，容易伤人。另一种叫“拔萝卜”，文明安全，两个人对着靠近，贴着站，都向侧面弯腰，用手把对方的腰抱紧，喊开始后两人都用力伸直腰，努力把对方拔离地面，胜的人站直了腰，横抱着对方，输的人脚离地，被对方横抱着躺在对方臂弯里。“按司马伊尔”靠的是灵活、巧劲、力量，要用到搏击、摔跤等多种技术。“拔萝卜”主要靠腰腿力量，俗称桩子要稳，当然也要求技术。汉族社员通常选择“按司马伊尔”，而彝胞（我们队旁边就有彝胞的田，他们当时还没有成立公社，还是南山乡）通常选择“拔萝卜”。俄呆“按司马伊尔”从未失过手，罗大汉“拔萝卜”所向无敌。这些打法都是真刀真枪地干，因为水实在太重要了。抢水打架打“牯”了的情况也有，虽很少流血，也并不是没有。当然如果一个分水点各队的把水人熟识，则不必打架，和平地分水即可。

打架分出输赢后就分水，放个石头在支流起始处，胜者具有放石头的权利，石头也不能放得太过分，太过分了对方可以提出异议要求移动石头。往往一个石头要放许多次，移来移去很多回合才能被放到一个双方认可的最佳分水点上。一个分水点的每个下游生产队只有一个人把守，只有重要的分水点派有二至三人，因为把水的人不能多派，多派了生产队成本太高，把水是要记工分的。分好水后，几个人就围着那块石头坐着，几双眼睛盯着那块石头。即使刚刚打过架，也只有开始说话摆龙门阵，就好像坐火车的人，上车时争座位，车开了无事可做，路途又远，只好对话。整整一个晚上的时间太长，白天又出了一天工，很多人下半夜都会犯困睡觉。还醒着的人就会去移动那块石头，后果可想而知，吵架，埋怨，再重新放石头。

我们队是最先派出知青把水的，占了很多先机。后来各队都派出知青把水，当然也就不必打架了，把水分好即可。不过也不敢睡觉，怕其他点的人或巡视的人过来移动石头，如果因为睡觉水没有把回去，第二天没有田可以插秧，那责任可就大了。很少整个晚上都太平无事的，各生产队负责巡视的人往往是生产队长，生产队长最关心明天有多少秧田可以插秧。

把水实际是抢水，中和大队在坝子里，田多地少，他们的田和我们白坭的田接壤，这两个大队每年都为抢水动手。中和大队在红旗堰的上游，人多，条件有利，常常欺负白坭，特别是中和一队的民兵麻连长，说话霸道，出手狠。但我们队派知青把水后，中和优势全无，麻连长也在我们手上吃过大亏，被狠狠地教训过。一天他纠集了几十个社员把俄呆、大汉、我围在一个高坎上。我们三人打架的恶名在中和大队尽人皆知，围我们的对手中很多曾经和我们打过交道，麻连长虽然极力煽动，他们也不敢轻举妄动先动手。俄呆除了一把钉耙，还手持一根短钢钎，这根钢钎粗细合适，一端有个鸭嘴翘，另一端收细了一些，是汽车司机换轮胎的撬棍，很合手。俄呆指着麻连长威胁说，只要他敢上来马上戳死他。双方僵持，打斗一触即发。冕宁是大山区，民风凶悍，不畏械斗。后来多亏公社副书记赶到现场，劝退了他们，否则他们有几十把钉耙，我们只有三把，那天要是真干起来，寡不敌众，我们三人吃亏可就大了，后来说起还是后怕。当年我们生产队的大春丰收，口粮吃到580斤，社员说与秧门关得早很有关系。在农村，水就是粮，粮就是命，为了水拼命并不奇怪。

1970年初，生产队的油菜田。和现在一样，那时候的女生都喜欢油菜花。背景是先锋坝子。

1970年白坭四队知青院内，高66级朱成在做木工。

一名知青从陆家山嘴远望先锋公社，对面山脚下是光明大队和跃进大队。

插 秧

插秧是一种重要的农活，也是比较重的一种农活，但是在我们先锋公社，插秧是一种妇女做的农活，因为当地男社员说，妇女伙没有腰杆，弯着腰不疼。其实怎么可能不疼？我们男知青试着插过秧，不仅腰痛，在水田的土里插来插去手也会痛，指甲会被磨出很多道道。

插秧那一季我们男劳力的农活是驶牛犁田、耙田、扯秧、担秧、搭埂子。搭埂子就是在已经耙好但还没有插秧的水田里用钉耙把湿的泥土甩到田埂的侧面，把田埂糊厚一些。技术好的人搭出的田埂厚薄均匀，钉耙齿刮出的四根痕迹清晰连续，看上去就像是一件艺术品，黄惟公和我都是高手。技术差的人甩上去的泥土如果太湿粘不紧，土老往下“坐”，如果泥土太干又高高低低的推不平。而泥土的干湿度与你的钉耙每一次挖下去和提起来的力量和速度相关，因为在水田里，你挖得深一点那泥土就干一些；钉耙提得慢一些，水就漏得多一点，泥土也就干一些。有些人那四根钉耙齿刮出的痕迹弯弯曲曲，还看得出连接点，而且速度慢，效率低，出力不出活。其实任何农活都有技术含量，要想做得又快又好，当然体力是基础，动脑筋找诀窍也是必要的。

当然，干得多了熟能生巧也是一说，知青三年，看看我们男知青的钉耙，就可以看出一些差异了。刚开始一模一样的工具也分不出哪一个是谁的，我们每个人的工具都放在自己的床下面。后来一是怕麻烦，因为收工回来吃过饭又要去出工，根本就没有进寝室的必要；二是时间长了每个人也都认识自己的工具了，钉耙、背架子就随手放在屋檐下、天井里，绝不会拿错。三年时间，我们的钉耙齿比少数知青的钉耙齿短两三厘米。冕宁的钉耙四个齿，钢的钉耙齿有两三厘米宽，四五毫米厚，铁匠说是用好钢打的，还淬过火。四个齿被泥土多磨掉两三厘米，说熟能生巧当然也是对的。

1970年，女知青在我们的自留地里薅秧子，背后的房屋是知青大院。

撵山狗索摩

我们的第一条狗叫索摩，是用一斤二两酒与彝胞换的。我们生产队每人一年只有一斤多菜籽油，肯定不够吃，只好用酒与彝胞换油，牌价是一斤二两酒换一斤油。酒是从成都带来的，成都当时能买到两种酒，名为干酒者八角钱一斤，名为曲酒者一元四角钱一斤，我们带的是干酒。彝胞喜酒，而且酒量好，个个海量。通常我们用军用水壶带酒，它盖子密封好，不怕碰撞，一壶刚好装两斤酒。彝胞来两个人，把水壶交给他们，他们并不把酒带走，二人马上开喝，递过去，递过来，你几口，我几口，等到我们把油倒出来，交还他们油瓶时，往往他们也还我们水壶了——酒已经喝完了。

索摩全身黑色，个头中等，腿长，腰细，母狗，品种是撵山狗。刚来不久它就跑回山上去了，守信用的彝胞又把它送回来，告诉它这里是它的新家，它就忠实地留下来再也没有离开。撵山狗样子不咋的，远比不上纯种德国狼狗威风。有一天，几个彝胞推着熊肉到区上去卖，经过我们知青大院，听他们说才知道，原来是6个人带了6条狗上山，碰到熊，6条狗扑上去，很快

被熊拍死两只，他们6条火药枪只有4颗码子打到熊，熊死了。这头熊除去皮和内脏有160多斤重。同学们惊叹：“撵山狗敢扑

笔架山是先锋公社西面的高山。图为1971年大队长黄把头带我们爬笔架山时合影。

1999年，“知青专列”回冕宁，笔者与黄把头在一起。

熊！”于是在我们心目中，撵山狗马上从土狗跃升为最为优良的品种。养过索摩，现在对城里人时髦的“苏格兰牧羊犬”“德国狼犬”“金毛猎犬”这些所谓的大型狗不屑一顾，原因很简单——这些狗肯定不敢扑熊。

索摩智商高，认人，其实我们从来没有教过它。不管是哪个大队的，甚至是外县的，只要是知青或是知青的父母，它全都摇尾巴表示欢迎，从来不咬。但是彝胞和当地社员一进知青大院围墙，它就又扑又咬，一不小心就出事。大队书记黄把头和我们关系极好，经常来串门，索摩从来不认账，终于有一天在他屁股上来了一口，让我们很是过意不去。

索摩生过两窝小狗，每窝5条。有1条头上有个白点，叫“一撮毛”，它把我们18只小鸭子全咬死了，气得俄呆用钢钎把它扎伤，女知青心疼小鸭子也心疼狗，看到狗伤了哭着赶快护狗不许再打，敷药治疗。一撮毛也偷社员的鸡，吃不完要叼一半回家给我们分享。但是，索摩是君子，从来不干这种坏事。

队上知青陆陆续续调离了农村，不记得索摩最后去了哪里。索摩的一个儿子陪着最后一个知青，忠实地守卫着知青大院。最后一位知青离开时把它送给了白坭四队的知青，据说它还经常从四队回来看看。现在我们队的知青说起这几条狗时眼圈都要红。

鸡纵菌

我们修房围院子时围了几棵梨树进来，夏季早上不时有社员在墙头探头探脑，好像在找什么东西。一天早上一个同学发现梨树下冒出了一窝鸡纵菌，这才明白他们为什么如此关心我们院子。

清晨如果下过小雨，鸡纵菌就容易出。清早的鸡纵菌颜色雪白，菌杆不长，上面顶个毛笔头。上午的鸡纵菌杆变长了，上面的毛笔头已经打开变成伞。再晚一些鸡纵菌的颜色就有点变黄，伞也开得很平，味道也差了。

鸡纵菌是有固定窝子的，因为每窝鸡纵菌下面都有一窝白蚂蚁，社员捡了鸡纵菌后一定要把鸡纵菌根部的泥土用手摁一下，防止雨水下去把蚂蚁淋跑了，如果这窝蚂蚁跑了，这窝鸡纵菌就再也不出了。你能记住的鸡纵菌窝子越多，你就越能经常吃到鸡纵菌。大队书记黄把头好像可以记住几十个窝子，他只要出动，多半有收获，这窝不出那窝出，总有吃的。不过要早，晚了别人就捡走了。

1970年，一名女知青站在知青大院的梨树下，背景是河边公社。

1970年初，我们队六个女知青在知青大院梨树下合影。

当地社员把菜油熬熟了倒在鸡纵菌上，称为煎鸡纵油，这种油吃面条时放一点，真有鸡油的味道。有一次我们捡的鸡纵菌多，又没有菜油，用白水煮了吃不完，把鸡纵菌水倒进水缸里的辣椒酱里，说是增加鲜味，好像是有点儿作用。社员认为鸡纵菌的味道在各种菌子里傲视群雄。相比后来吃过的许多蘑菇品种，鸡纵菌的鲜味实在独树一帜。听说云南也有鸡纵菌，云南人也有口福。

冕宁除了鸡纵菌外还有其他菌子，有一种叫黄箩伞的，伞直径有超过十厘米的，伞也厚，不仅个头大，样子更吓人，伞呈金黄色，有黑色圆点分布在黄色的伞面上。关于蘑菇的常识说颜色鲜艳的有毒，所以虽然社员说好吃，我们还是没敢试。还有一种菌子的伞很小，比一分硬币还小，密密麻麻长很多小伞，伞柄下面是一个七八斤重的实体埋在地下，颜色乳白，可以切片，我们在区上买过一个，好几个人吃了一顿，过瘾，不知名，不过没有鸡纵菌味道鲜。

建水库

先锋公社当时有水田旱地一共一万多亩，其中水田有七千多亩，剩下的就是旱地。旱地不能栽水稻，只有种一些玉米、土豆等杂粮。先锋公社水田的最大水源是河边公社流出来的河边河，它流经中和大队、兴隆大队、光明大队、跃进大队、双河大队的田，最后流入安宁河。但是它灌溉的是坝子里的田，坡上面的水田靠的是红旗堰和几条山上留下来的溪水。红旗堰是一条人工灌溉渠，据说是1966年才挖的，流经复兴、宏模、先锋、河边几个公社。它到我们白坭大队时从一队和三队之间穿过。因为我们大队是堰尾，用水往往晚于上游各公社、各大队，可是季节又不等人。

白坭四队后面的山沟里有一股溪流，常年不干，流量还比较大。白坭大队就决定在岩头下面修一个小水库。这个水库是1970年冬到1971年初修的，各队派工到水库工地，生产队记工分。水库的大坝是泥土垒的，刚开始挖旁边山上的土，用背篼背过去垒，倒一层土后用石头做的夯把土夯实，一层一层垒上去。后来土不够用了，就用炸药把山坡的土炸松后取土。我们在山坡上横着挖一个洞进去作为炮眼，洞也就十几厘米直径，手能够伸得进去把土掏出来。刚开始最多只能挖一个手臂深，后来有人带了一把勺子来，就可以挖到手臂加勺子的深度。把硝铵炸药推到洞底，插上雷管，把洞用土堵上。导火线的端头用刀斜着切一下，手一掰，火药就从切口挤出来堆着，点火容易点着。炸药爆炸时从洞口飞出来的泥土飞得最远，可能因为这一方向的土最薄而且堵得不紧。库区里大一点的石头也要炸掉，一是清空库区，二是大坝上也要用石头。

我们炸石头很少在石头上面打炮眼，基本上都采用放“粑炮”的办法。粑炮就是在石头上面找一个点，这个点应当是你想象着如果一把大榔头敲在这个点上，整个石头容易裂开的位置，然后直接把炸药放（粑）在石头上的这个点上面炸。如果这个点的石头面有一点斜，炸药不容易放稳，可以用泥土堆一个小小的围子把炸药挡住。炸石头的声音好听，很脆，不像炸泥土时的闷响。但是炸石头的炮比炸泥土的炮危险，炸泥土的炮炸飞起来的泥土多石头少，虽然满天都是但是不怎么怕。炸石头的炮就厉害多了，头上飞的是石头，如果被打到，那麻烦就大了。所以导火线点着后先背对着炮跑，一旦听到炮响了就要回头看着跑，虽然慢一点，但是这样跑才躲得开。并且炸泥土的导火线长，慢慢跑也来得及，炸石头的导火线一般也就十多厘米，最短点过八九厘米的。点火前要先看好跑的路线，如果是一次点几炮，或者是几个人各自点几炮，就更刺激了。那时不觉得危险，可能是因为年轻。

水库刚刚建好后很像样子，水库坝好像有二十几米长，坝高不到十米，坝顶也有五六米宽。坝体的两面都密密地铺满了石头，一块与一块镶嵌在一起，看不到什么泥土的缝。大坝东面有溢洪道，大坝下面埋有铁质的水管，安装了阀门。水面比较宽，水质也非常好，我们经常在水库里游泳。可是好景不长，1971年的7月份下了一场大雨，四队的同学洪时明与大队副书记盛蛮子冒雨去水库查看，发现大坝临水的那一面被水掏得向下坐了一大片，他们俩费大力开启了阀门，还能出水。后来又有一次听说大坝被山洪冲了，黄惟公当时在冕宁县农机厂，还专门回大队去看过，大坝向下面坐了，矮了几米，水库的库容量少了很多，但是大坝下面的出水口还没有被堵，可以出水。1972年这个大坝被一次山洪彻底冲毁，大量的石头和洪水夹在一起形成一股强大的泥石流，冲毁了沿沟的三处羊圈，一座水碾和大片农田。2010年我们回去看时，大坝只剩沟两边一点点残余，还看得出那里曾经有过大坝。

大坝的两面都密密地铺满了石头。其实，当时土是夯得很结实的，而且土质也比黏。大坝经不住山洪的冲击可能有多种原因，首先当然是山洪比较大，洪水比较厉害；其次是坝体上面的石头只是放在那里，没有用什么水泥去糊，这种做法可能扛不住水掏；再次，后来看见其他的水库大坝接水的那一面坡度很小，坡度小才抗得住水的侧压力。我们的大坝坡度有点大，修好后从坝顶走下去都要小心。当时冕宁县有一个技术员来指导，这个坡度是他定的，黄惟公拿了一本书名好像叫《农业知识手册》的书去和他辩论，黄惟公这边有好些同学帮腔，和他争论大坝临水面受力与坡度的关系。其实分力、合力及平行四边形的计算方法是初中物理力学就学过的内容，而且，黄惟公、俄呆、大汉、洪时明都是高中的好学生。但是对方是技术人员，还是个水利专业的技术人员。他根本不看书，那个时代，书是资产阶级的东西，拿他无法，只能他说了算。有一个老农民听着双方的辩论，说：“有啥争头，不就是个老人靠嘛。”当地有一种椅子背的坡度比一般椅子背坡度小一些，这种坡度被称为“老人靠”，其实老人靠的坡度的确比较大，并不适合做大坝的临水面。

田里的石头碍事，犁田时围着一块石头要抬好几次犁，离它远了留下给锄头挖的就多，离它近了又怕伤到犁尖。要想除去它们只能用炸药炸，把石头炸小一些才撬得动搬得走。

彝胞的“觉悟”

背后山上燃山火了，一片一片的，有时要燃好几天。汉族社员上山打火的不多，只有队干部和少数积极分子去。在山上打火现场，除了知青之外，比较多的是彝胞，他们一笑牙齿雪白，口里喊着各种口号奋力打火。有的汉族社员下山“顺便”砍一根木料带回去，此时看山的护林员一般不管他，因为他是上山打火的人。但从来没见彝胞因为打山火而砍树的。

泸沽区场上十个鸡蛋卖二元多，场上都是汉族社员在卖鸡蛋。彝胞的鸡蛋卖给供销社，几分钱一个。供销社收购的花椒、核桃、板栗，几乎全是彝胞卖的。

彝胞对知青很是友好，对人也耿直。我们的院子在去区上的路边，挖了一口水井，水比较甜，常有过路的人走渴了来要水喝。刚开始别人来要水，我们用知青盅盅满满舀一盅递过去。汉族社员喝一点，把多余的倒掉，把盅盅还给我们。彝胞见我们递去满满一盅，脸上表情怪怪的，笑一笑，坐下来喝水并和我们说话，一直说话一直喝水，不去区上了。后来我们才知道当地有个风俗，别人递给你的东西要吃完，否则不礼貌。

听说这个风俗后真是后悔，我们的无知把耿直的彝胞坑了，从成都带去的知青盅盅少说也要装两斤水。以后再有人要水喝，把盅盅递给他，自己舀。

当地社员不喝开水，都喝冷水，在堡子里喝井水，在山上喝泉水、溪水，我们也一样，一年四季如此，好像也没见有人因为喝冷水生病。这个习惯的惯性大，离开冕宁后，我一直喜欢喝凉水，现在时不时还喝喝自来水解渴。

左：白坭四队的社员和知青合影。冕宁农村妇女有用帕子包头的习惯。

右：知青与彝胞阿米子互换衣服照相，这位彝胞阿米子的父亲是乡长。

打篮球　打排球

泸沽区有个365铁矿，他们的宿舍区有灯光球场，我们有时去约他们打篮球。现在已经想不起来他们的技术如何了，也记不起双方的胜负情况了。不过有一点记得很清楚，那就是有些时候比赛完了，他们请我们吃面条。

泸沽有个001信箱，搞铁矿建设的，里面很多广东和海南人都会打排球，居然还是打九人制排球的，但是当时我们不知道他们玩这个，也没有想到泸沽会有人打排球。

当时排球的普及率和知名度很低。但我们成都七中排球相当普及，体育有排球课，各年级各班都打排球，有校队有班队。1964年成都中学生九人制排球班级赛，初66级男子组，我们初66级一班打败有成都市业余体校教练训练的西北中学，获得成都市第一。高66级男子组的冠军也是我们学校得的，是高66级五班，亚军好像是二中的。当然，我们学校男女分班，四十个人一个班，全是男生，占了一点人数多的优势。成都市初66级女子组比赛我校初66级三班是亚军。我们学校男排1965年还在兰州得过全国少年排球冠军，也是九人制排球。后来我们和001信箱打过几场，每次都一局不输地赢他们。

在七中打排球时，弹跳力好不好是同学们非常在乎的。学校办公楼与水塔之间的道路边，体育教研组的朱定源老师在两棵树之间拉了一根铁丝，上面挂着好些竹片，竹片上面写着这竹片下端距离地面的高度，好像最低的是2.75米，最高的是3.05米。他用这种办法激励同学们练弹跳力。体育课上和课下都有不少同学去摸高，大部分人单脚起跳比双脚起跳摸得高。当时有一种说法，一个人的小腿肌肉长得越高，即越靠近膝盖后的腿弯处，这个人的弹跳力就越好。而小腿肌肉一直往下长到接近踝关节处的，肯定弹跳力差。

这个说法可能有道理，至少在我们同学里面无一例外。当时四川男排有一个11号，长相和语文课佘万福老师差不多，瘦，弹跳力极好，他的小腿肌肉非常靠上，小腿下半截皮包骨头。学校高67级的邱芙生邱胡子弹跳就好，好像能跳九十几厘米。学校里有很多种练习弹跳力的方法，端着砖块下蹲、绑着沙袋跑步、压杠铃等。有一种比较特别：几个人围着乒乓球台，双脚起跳跳上去，不站上去，蹬一下球台的边就落下来，脚不动马上再跳上去，连续跳，蹬球台时尽量直腿，靠收腹，这种办法把弹跳力和腹肌都练了。

刚开始学校里打的是九人制排球，九个人的位置是固定的，不轮换。前面两排的进攻，后面一排的专门接球防守，当然前排的拦网也是防守。那时的排球比赛不仅人数和现在不同，技术也有很多差异。比如发球，当时很多人采用下手发球，就是击球时手在腰以下，很好学，但杀伤力极低，不过也有人下手也能发出飘球，只要球不转就会飘。第二种是勾手大力发球，发球者侧面对球网，用腰腹的力量，勾手，击球点在头顶，把球打过去。球过网时很低，擦着网过，力量大，球速很快，效果接近现在的跳发球。还有一种是“擦拉”发球，发球者也是侧面对着球网，但是击球的那只手靠近球场，和勾手大力发球相反。发球时顺着球场底线跑几步用手使劲地“擦拉”排球，使得排球飞得很高，有几层楼高吧，接球的对方容易被太阳晃着眼睛，看不清楚。并且，那时还没有下手垫球这种技术，接发球、接扣球全是上手托球。球从很高处落下来速度比较快，比下手发球难接多了。

这几种发球现在完全看不见了。1964年以后才渐渐地有了上手飘球、勾手飘球这些发球技术。防守的下手垫球也是那以后才有的。以前的防守，下手有单手垫球，上手技术有两个手掌合在一起接球的办法，当然这两种技术的弱点都是没有准头，到位率非常低。现在的一传几乎都是下手垫球了。

朱定源老师要求下手垫球时两个小臂一定要平。少数女生的两条小臂可以拼到一起，几乎没有缝隙，男生极少有这种本事，有这种骨骼的男生被称为很像女娃子。以前救球多用“鱼跃”，即向前扑，把球救起后双手先触地，再胸部、腹部依次触地，膝盖弯曲。“滚翻”的救球技术是后来才出现的。中学生排球中鱼跃很少见，用得多的是滚翻。

以前进攻只有高举高打，后来不仅有高举高打，也有快球战术，也有平拉开。只是打快球的多是4号位和6号位的队员，9号位多是高举高打，7号位多是拦网和高举高打。现在的前交叉、后交叉、时间差那时都没有。因为没有三米线也就没有后排进攻一说，不过5号位的队员倒是经常就在5号位远网扣球。

后来因为中国女排的原因，中国排球迷很多，好像不亚于乒乓球迷。球迷里一半是热血球迷，只关心胜负和升国旗，大概只有一半才关心比赛中的技术。这些20世纪60年代的排球技术，可能现在体育频道的主持人和运动员也不一定知道。

1971年西昌专区组织各县间的排球比赛，组队有要求，必须四大八小，上场时只能四带二，即四个大队员带两个小队员。冕宁县的大队员是我们学校的，男队四人，女队五人。男队有沙坝公社高67级的姜豆儿、邱胡子，先锋公社高66级的陈康生和我。邱胡子和陈康生攻球，姜豆儿和我二传。邱胡子在学校时手摸高测弹跳就有九十多厘米，是校队的主攻手。陈康生是左手，姜豆儿是校队的二传。女队有高67级的谢川、孙世瑶，初66级的陈英、邓敬为和刘红南。球队的小队员全是冕宁中学的在校学生，大部分是县里的干部子弟，完全没有打过排球。我们从脚步移动、下手垫球、下手发球教起，上手托球、上手发球、扣球、拦网、接发球、接扣球，直到全队配合。好在是四带二，我们有四个人，可以抢，个把月下来还是可以打比赛了。

比赛是在米易县打的，冕宁县女队是第一。我们男队没有输过一局，全是3:0，绝对的冠军。有一次陈康生扣球手腕压了点，球打在网上，把新球网打了个洞，全场哗然。姜豆儿给网洞拴疙瘩补网，发现球网上的标签还在，是1964年的产品。下来后大家说起，即使在百货公司库房里放久了，也不至于如此不经打。有一场比赛邱胡子扣球打在三米线内对方球员的面前，排球弹起来刚好打在他的胯下，痛得他马上倒地抱住肚子，全场大笑

1971年冕宁县排球队合影。第一排左起第三，第二排左起第一、五、七、九，第三排左起第一、二、三、五，都是知青。这九个知青中的五个高中生后来都是教师，虽然有“七中出教咕咕”的说法，但比例还是高了点。

1999年，“知青专列”回冕宁。白坭一队知青大院内，前排左起第四人是黄把头，左起第五人是周长富；后排左起第一人是陈荣邦，左起第三人是赤脚医生陈忠富，他后来是泸沽区医院内科主任。

的同时更多人担心他是否受伤。当时的球网高2.24米，不是2.43米。我单脚起跳可以抓3.05米的篮圈，邱胡子和陈康生双脚起跳也可以抓篮圈，网口上的优势很明显。

但是冕宁县男队没有记名次，这是因为西昌体委和几个县的领队教练看到我们太厉害了，不服气，就去查我们七中四个人的年龄，说陈康生超过了一个月，他是高66级的。我们也不知道是不是真正超了，反正最后的一两场比赛冕宁县男队就不参加了。

会理县是二十九中来的，1964年班级赛初66级男子组，二十九中好像是第三名还是第四名，他们和二中差不多。这一次西昌专区的排球赛冕宁县不计名次，会理县得了第一名。德昌县是八中来的，好像是第二名。以前八中是男子中学，足球在成都市很有名气。排球场上那帮踢足球的兄弟用各种足球技术打排球，令人耳目一新。大腿垫球、胸部接球、肩膀传球、头顶球那是经常使用的。这些动作在排球比赛里不算犯规，膝盖以下踢球才犯规。打完比赛我们应会理县的邀请，到会理去了一趟。会理号称“小成都”，县城比冕宁县好多了。我们打了两场友谊赛，一场在县城里的灯光球场，一场在901镍矿，当然冕宁也是一局不输。两场比赛都是排球打完了打篮球，篮球是铁道兵第五师师代表队与会理县代表队打，他们好像互有输赢。铁五师代表队的教练是重庆大学的一个老教练，好像绰号叫“白毛”，听说在重庆很出名。会理县队有个叫“山鹰”的彝胞，弹跳好，技术好，样子长得一表人才，给人印象深刻，听说是西昌专区代表队的主力。山鹰后来调到成都市公安局工作了。

这次排球赛后，冕宁县和西昌专区都知道我们学校的排球水平了，而且我们对他们说这还不全是校队的，校队里还有更好的。有人提劲，说如果打省里的比赛，我们只输成都和温江专区，拿得到第三。

西昌专区决定招我们六个到西昌当工人：罗大汉、冯学礼、邱胡子、姜豆儿、杨暄、我。冕宁县把六个人的名单压在县招办写字台的玻璃板下，任何外来的招工组来了都不放这六个人。西昌专区打算把我们招到西昌410钢厂，是西昌最好的工厂，说是保密厂，其实就是用钒钛磁铁矿炼钢。到这个单位我们六个人是同意的，我们中有五个是院校的，财经学院、川大、工学院、音乐学院、川医各一个。“臭老九”的娃娃回成都当工人困难得很，不敢好高骛远，西昌就西昌嘛，如果进炼钢厂当工人，还是很提劲。

谁知一搞政审，410厂不要我们，说我们六个人都不行，政审不过关。据说问题最轻的是邱胡子，他爸爸是川大哲学系的教授，政审结果是“教的是杨献珍哲学”。邱胡子反驳说，“学校拿啥子书给他，他就教啥子，教不教杨献珍哲学又不是他决定”。并且教什么教材也上得到政审不合格的线吗？但是，就这一点不是问题的问题，他、他妹妹、两个弟弟一家四个娃娃下到沙坝公社，当时没有一个被招工出去的。在那个年代，招工政审的标准是最没有标准的标准。

因为政审不合格，我们六个人没有去成410厂，但县招办玻璃板下的名单仍然压着。后来成都一个单位来招工，我们极力推荐主攻手罗大汉，说他篮球打得好，这个单位以内招的方式招他。冕宁县勉强同意了，后来反悔，派人从县上到公社通知停办下户口的手续。老天有眼，骑车通知停办手续的人在路上摔伤了，等他到公社时，手续已经办完了。我们以主攻手已经离开为由要求冕宁县放我们，县招办玻璃板下的名单才被撤除。

冕宁县中学当时跟我们学排球的一个娃娃姓贺，后来去成都体育学院当工农兵学员，再后来到成都七中教体育，管排球。七中男排多年全省第一，国家队朱刚也是七中出去的。1971年以后，代表冕宁县或者西昌专区打排球的七中同学不少，至少有张旭、甘国农、黄河、朱廷朴、周保援、王勇等。

七中同学都喜欢排球，有排球情结，几乎每一个人都会打排球，而且打得都不撇，那是因为七中体育课有大量的排球内容，也因为1964年以后七中校园内的排球风气。但是，所有同学中唯有邱胡子后来以排球为职业，并且极有建树，事业有成。因为排球，邱胡子在冕宁县体委当了几年教练，就读四川体育学院，毕业后回冕宁县体委。他在冕宁中学教过体育，后来在郫县一中教体育。自从他去了以后，郫县一中的女排已经二十几年全市第一，全省第一。去年四川省省运会青少年组女子排球，郫县一中代表成都市包揽甲、乙组冠军。

全省各市、地、州、县有无数专业的体校，有无数科班出身的教练，但没有一个人搞得赢邱胡子。我前年到他学校看完了他的一整堂训练课，那些队员个个被晒得像麸炭一样黑，高高矮矮的，身体条件并不是很好，只有一个藏胞个子高点，邱胡子说是阿坝州来的。训练时邱胡子一副君子动口不动手的架势陪我坐着，指挥训练。训练的最后一个项目是分成两队打比赛，每局输家的六个人到旁边四百米跑道上跑一圈，一个助理去监督她们，

1999年，“知青专列”回冕宁。白坭四队的洪时明在专列上向大家讲述回忆。车厢里全是知青和知青的子女，扛摄像机的军人是白坭四队的黄永明。

1999年，“知青专列”到泸沽车站，泸沽的知青下车了。火车刚刚启动，继续向西昌、德昌、米易开去。

1999年，“知青专列”回冕宁，冕宁县政府在泸沽火车站组织欢迎会。

要求速度，跑完了再打比赛，再跑。有的娃娃跑完过来，邱胡子幸灾乐祸地说："是你们自己愿意跑的哈，不认真嘛，下一局又跑。"有的娃娃说累，跑不完，邱胡子瞪起眼睛严格要求的样子就像日本的大松博文。他对一个小个子娃娃说："你水嘛，进不到高中哈！"娃娃回答说："我考得起。"邱胡子马上把手掌伸开："你娃考得起，我手板心里煎鱼给你吃。"那个娃娃对他做个鬼脸，笑着跑开了。邱胡子给我说，初中的娃娃如果被选上校队可以直接进高中，这个娃娃成绩不咋样。看得出来，他和娃娃们很融洽，娃娃们不怎么怕他。邱胡子很是逍遥，一杯茶，圆领衫、短裤、拖鞋，这就上完了两小时的训练课。

邱胡子去郫县一中不久，带队回成都七中打过一场比赛，当时七中女排是高水平运动队，男队已经降为一般运动队了。朱定源老师一直在郫县一中的教练席上和邱胡子坐在一起，郫县一中3:2险胜成都七中。比赛后，当时的七中杨理校长说把邱芙生调回去，邱胡子没有干。戴高林校长刚上任就把邱胡子喊到七中，当面要他回母校，邱胡子没有去，邱胡子说我如果走了，郫县的娃娃咋个办。

邱胡子是2008年北京奥林匹克运动会火炬手，四川第176号，在成都跑的那几十米。

说到排球，说到成都七中的体育，朱定源老师功不可没。

体育教研组的墙上有一面很小的黑色三角形锦旗，证明成都七中是1958年中学生足球冠军。说到足球，八中是男校，而且有足球风气。十三中以前是华西协合大学附中，人家校队的绒衣运动服上面是布缝上去的"华大附中"字样。1908年建校，以前的校舍在华西坝后坝，七中搬离青龙街，十三中从华西坝后坝搬到青龙街，华大附中的校舍成了教干院。华西坝有成都市最早的标准四百米跑道和足球场，十三中从来都是足球冠军校。面对十三中、八中这些强队，七中得了个冠军。

墙上还有一面大一些的红色锦旗，是1961年还是1962年的垒球冠军。我们1963年进校后，学校垒球风正盛，九中和七中争一、二名。而朱老师是1964年开始抓排球的，自此一发不可收拾，七中男排多年全省第一。当年我们就说朱老师了得，他抓啥子七中啥子就得冠军。应该说没有朱老师就没有七中排球。邱胡子一直视朱老师为恩师，是朱老师家的常客。邱胡子与朱老师有很多相似之处，当然也有不同，明显的差异有两点，一是朱老师带的是男排，邱胡子带的是女排；二是邱胡子是队员出身，排球技术可以身体力行地亲自示范，朱老师不是队员出身，我从来没有见他下场打过一次球。但是朱老师眼力极好，任何一个错误的动作都不要想骗过他。训练时他也下场示范，全部都是很夸张地学你的错误动作，一夸张你就记住了，效果好得很。

1999年，部分先锋公社的知青在先锋乡政府院内合影。

回成都搭汽车

1969年到泸沽时，成都到昆明的成昆铁路还正在修，往返泸沽和成都只有坐汽车。当时成都到雅安150公里，雅安到泸沽356公里，成都到泸沽506公里。

因为成昆铁路没有通车，全靠汽车运输。渡口又是个三线建设的重点，路径为成都—邛崃—名山—雅安—泥巴山—九乡—汉源—石棉—拖乌山—冕宁—巨龙—泸沽—礼州—西昌—德昌—米易—渡口。当时有五个省市的汽车运输公司车队在成都和渡口之间来回跑，被称为五大公司，好像是北京、辽宁、山东、河南、安徽。北京的车号是1，辽宁是2，山东是3，另外两个记不起了，知青们只要一看车号就知道是哪个车队的。

知青们搭车有几种办法。一种办法是看见汽车停在泸沽区饭馆门口，车头向着成都方向，就知道这些车肯定是回成都的，在车旁等着，司机来了就好言相求，女生成功率高。如果在傍晚看到旅社门口车头朝着成都方向的车，也是找司机好言相求，如果同意，问好第二天早上出车时间，明早再来，也是女生成功率高。只不过有的司机心不好，第二天早上去时，车已经走了，为保险起见许多知青通宵守在车旁。

另一种办法是爬车，这种办法男生成功率高，也有女生跟着男生一起爬车的。我们在公路的上坡路段等着，有车经过时跟着车跑几步，抓住车厢板，爬上车去。当时五大公司的车清一色全是解放牌，爬坡不行，上坡慢得很，重车动不动就用一挡，当然如果是空车还是比较快。铁二局机运队有进口汽车，一种是蓝色的意大利FIAT（菲亚特），一种是黄色的东德IFA（依发），另一种法国产的白色十二吨翻斗和蓝色十五吨翻斗BERLIET（当时叫贝利特，现在叫贝利埃），是356铁矿的。这些柴油车，上坡有劲，根本追不上。知青没有行李，只有一个书包，轻装上阵，五大公司的车就很好爬。

有的司机知道知青爬上车了，也不停车，走一段路，加水或吃饭时停车才说一句“爬车危险，坐稳了”，晚上休息时也告诉明天的出发时间，这是最好的。有的司机当时就停车，赶知青下车，经苦苦哀求后同意搭车，这也是好的。经苦苦哀求后仍然不同意，但知青就是不下车，无奈只好开车，这也是好的。最坏的司机在知青爬车时左右晃盘子，汽车也左右晃，并且在知青爬上去后还要晃，转弯时又故意转得很急，想把知青甩下去，这是最坏的。对付这种坏司机我们也有办法，把衣服脱下来往驾驶室左边的玻璃上一蒙，风一吹，衣服就粘在玻璃上了。司机看不见前面的路只有刹车，如果不刹车掉下山去，大家同归于尽。停车后仗着人多和他大吵，最后他只有让我们搭车。

刚开始也有知青站在路中间拦车的，如果觉得车不停就跳开。这种办法风险极高，你怎么知道他停不停？女生反应慢，更危险。高66级女生朱万敏拦车时没来得及跳开，就被汽车撞了。

那一次，泽远公社的一些知青一起回成都，他们坐的车到石棉县说不走了，他们当天晚上在出了石棉县往成都方向公路边的一个做砖的棚子里坐了一晚。大家商量好拦车的办法：女生站在前面，死拦不让。第二天早上他们就这样拦车了，前面一排站的是两个高66级的女生。开过来两辆车，前面一辆是救护车，后面是一辆卡车。救护车根本没有打算刹车，直接冲过来。朱万敏看到救护车已经到面前了，转身想跑，刚刚转过身就被汽车撞到腰上，倒了下去。救护车没有停车开走了，朱万敏后来说她好像觉得在汽车下面还侧滚了一下，全身非常痛爬不起来。同学们跑过来看她，第一反应是看她还有没有出气，都以为她死了。第二辆车停下来掉头把她送到石棉县医院。

医院叫来最好的医生给她检查，全身多处软组织挫伤，耳朵缝了好几针，万幸没有大问题。医生说，刚开始听到病员是从汽车底下钻出来的知青，以为多半没有命了，没有想到居然如此运气。石棉县的交警打电话给汉源县，拦住了那辆救护车，可是开车撞人的司机不见了，听说是换了司机。这两辆车都是渡口2号信箱的。

同学们没有提出任何赔偿要求，只是要求把朱万敏送回成都。刚开始朱万敏坐在卡车的驾驶室里，因为渡口2号信箱有一个孕妇，朱万敏就改坐到救护车上，她说救护车侧面的板凳很硬，颠得她全身更疼。在路上大家就商量好了，千万不能让她妈妈知道她被汽车撞了，只说是去上山打柴摔了一跤。到成都后如此一讲，她妈妈还对汽车司机千恩万谢，感谢他们让同学们搭车。洗澡时妈妈看到了她全身满是乌青和破皮的伤口，特别是后腰被撞击的地方，一直埋怨她打柴太不小心，叮嘱她以后在山上一定要看清楚。朱万敏养病期间渡口2号信箱的人来看过她，但是那个撞她的司机没有露面。这是我知道的可能是最危险的一次拦车。

有一首好听的女声小合唱歌曲《修路的大哥卡沙沙》，其中一段歌词是："铁路修到了凉山下，彝家的心里乐开了花，炸开了高山架起了桥，一条铁路通到了我们家。"歌里的铁路就是成昆铁路，"卡沙沙"是彝语"谢谢你"的意思。知青当时自己谱曲写歌的不多，但喜欢改词的不少。有知青把这首歌的词改为："知青发配到凉山下，想回成都看爹妈，爬上了汽车乐开了花，一路顺风回到我的家。""知青回成都，就是没办法，五大公司的汽车，不搭不搭，就是不搭。不是它不搭，不是它不搭，省革委的文件，把我们知青卡。一定要回成都，回去见爹妈，五大公司的汽车，不敢不搭，不敢不搭。估到它要搭，估到它要搭，天高皇帝远，谁敢把知青卡？"最后一句"卡沙沙，卡沙沙，卡沙沙，卡沙沙，开车的大哥啊卡沙沙"也改成了"要回家，要回家，要回家，要回家，西昌的知青要回家"。

当时是否有文件不许搭知青，我们不得而知，但是，成都居委会的积极分子问知青要生产队同意返城的路条，以及知青路上住店被索要路条的事情，都是千真万确的。省革委担心知青大量返城的想法肯定存在，于是出几个文件控制返城并不奇怪。泸沽回成都要三天时间，很不方便，每年我们除了打谷子前的农闲时回一趟成都，其余时间都在队上出工。信件走得慢，极少使用长

上左：1970年底，同学们欢送老翟第一个调出农村，大家聚在白垠四队的知青房子前，按下快门的时候大家正在唱歌。

上右：1970年底，白垠四队，前排左起：龚世大、俄呆；后排左起：老翟、我、胡世谦。

下：1971年4月，泸沽火车站，我们队的社员送别第一批返回成都的知青。

途电话，有急事只有拍电报，电报字少又说不清楚，经常误事。

搭五大公司汽车回成都的知青不计其数，现在还记得的学校就有：渡口的二局铁中、成都铁中、十九中；米易县的致民路中学、祠堂街中学、东风中学；会理县的锦江中学、二十六中、二十九中；德昌县的八中、二十四中、三十三中、三十六中；盐源县的九中；宁南县的四中；西昌县的三十一中、三十五中；礼州的六中；冕宁县的七中、二十七中；汉源县的三中；名山县的二中；邛崃县的二十中。

在成都到渡口这一路上，风景多多，景点无数。汽车一过雅安，沿途有植被茂密的原始森林，更有崇山峻岭里清澈见底的河流，这些对于成都平原上看到龙泉山和灌县二王庙都惊呼“山！快看！山！”的中学生是一种震撼的感觉。那几年公路上经常有一块块的标语牌，这些标语牌两米来高，三四米长，都是用砖砌或者干打垒的墙，白色石灰粉刷，写红色的毛泽东语录或者标语，与远处房屋墙壁上的语录遥相呼应。因为数量多到泛滥并且内容雷同，除了记得这种形式，墙上的字句全忘干净了。

但是，有一堵墙是例外，翻过泥巴山下去，快到汉源九襄的公路转弯处，一块雪白的标语牌上没有常见的红色语录，也没有标语。只有随手写就的几个黑色大字，上面一排是：“此山此水是我家”，下面一排是“成都三中”。因为没有停车，不知道是墨汁还是黑油漆，但是几个月后再经过那里，字还在。看过这几个字的知青不计其数，当年有很多知青提起过这堵墙，说起过这几个字。几十年后知青聚会时还有人提起这几个字。三中校舍在成都市中心的四川日报社街对面，听说九襄的工分值只有几分钱一个劳动日。有人说出一天工挣几分钱的三中兄弟这几个字豪爽、潇洒、霸气、幽默、平和。三中是翻过泥巴山最先下车的学校，这几个字是三中向继续往里走的几十个学校表示：“招呼了！”

宁南四中的知青也有干脆过金沙江，到江对面云南的巧家县，从巧家到宜宾，从宜宾坐火车回成都的，据说走这条路线的也不少。

我们泸沽也有另外一条路线回成都，就是坐汽车从泸沽到大凉山的喜德，从喜德到越西，从越西到甘洛。成昆铁路当时已经通车到甘洛了，从甘洛坐火车回成都。这条路车少，路不好，风景好，沿途不时可以看到成昆铁路正在修建的大桥、隧道。喜德过去一点就是沙马拉达隧道，后来才知道这是全线最长的、要拐弯的隧道。当时甘洛的旅社很差，木板床的板缝里臭虫一串串的，眼睛都看得见，只能坐一晚上。我们在越西县被当地的“造反派”拦下汽车，押到办公室受审，叫我们拿出自己所有的东西。高66级的老翟带了一把刀，问为什么带刀，答曰听说越西的瓦基木梁子上有土匪，带了防身的。对方马上问，如果有土匪未必你还敢杀人？后来，因为是知青，倒也很快就放行了。几十年后在成都花卉市场有著名的“越西营养土”，我问过经营者，营养土就出自瓦基木梁子，每年草被雨水冲到山谷里堆着，年复一年，成了土，越积越多。他们已经挖了几十米深，取之不尽。

上、中：泽远公社三个女知青在打柴。这张照片后来被錾刻在成都七中铜柱广场的铜柱上。

下：成都七中铜柱广场记。

铜柱广场记

公元二零零五年春，为成都七中百年校庆，学生李星玮捐资一百万元，并建铜柱广场。

铜柱有十。每柱刻十年大事，十柱录百年史实。错落排列，俯视形七。升沉环绕，时光再现。自芙蓉、墨池书院以来，历光绪、民国之变，辛亥、五卅风云，成县火灾，抗日募捐，解放军管，十四重点，十年动乱焚毁教学楼，上山下乡插队冕宁县，拨乱反正，理科实验，奥赛金牌，五一奖状，高考状元。一百年沧桑岁月，尽在其间。

铜柱如树。十年树木，百年树人。莘莘学子，代有人才。民国军长、延安英才、海外学者、商界名流、理工专家、两院院士，以天下为己任，争锋国际舞台、笑傲五湖四海。七中以学子为骄，学子以七中为傲。名校之花，栋梁之才。一百年常青盛开，桃李满园。

铜柱如烛。燃烧一百年，照亮路漫漫。历届校长老师工友，前仆后继，默默奉献。其事可歌，其情可泣。一百年激情燃烧，铜柱可鉴。

公元二零零五年四月十二日

附：李星玮，成都七中高六六届学生，一九九二年创办成都三勒浆药业集团，任集团董事长。构思铜柱广场，并邀西安美院周斌设计。成都七中高二零零三届学生家长李群本作记。

火镰　火石　火草

冕宁冬天要烤火，一年四季要生火做饭，男人们要点火抽烟，火种是必须解决的。在我们当知青的时候，火柴一分钱两盒，但是也极少有社员使用，贵。社员引火用的是火镰、火石、火草。

火镰是用好钢打的，不仅钢要好，淬火也要老一点才硬，只有知名铁匠打的火镰才好用。社员相信本地铁匠，不时听他们说："我到沙坝去把火镰掉了，这个就是在沙坝买的，枉自，明天赶泸沽时到某某铁匠那里打一个。"

火镰不大，大的十厘米左右长，短的也就六厘米长，宽三厘米左右，厚度也就五毫米的样子，一块小钢片。也有打成小刀的，刀背就是火镰。

火石就是一块石头，多为白色或带一点黄，鹅卵石，不带棱角。通常直径二至三厘米。太大了，重，不好带；太小了，手拿不稳，也不好用。

火草是一种很细很绒的东西，略带黄色，有一点像用旧了的丝绵。听社员讲是用打草鞋的茅草根部的绒毛晒干做成的。

社员将火镰、火石、火草放在一个小布包里随身带着。取火时一只手拿着火石，揪一小撮火草放在火石上，用大拇指的指甲按住，另一只手执火镰擦打火石。火石因火镰的碰撞跳出火星，火星跳到火草上，火草就开始冒烟——火草被点燃了。如果是抽烟，这一点火草足够点燃烟丝。如果是生火做饭或者点柴烤火，就要把火草放到易燃的树叶或者茅草中轻轻地吹气，火草会冒出明火点燃树叶或茅草，进而点燃树枝和木柴。

我们小时候在河滩上捡过“打火石”。打火石一般是白色的，小朋友们比试谁的打火石碰打出的火星大，火星大的打火石被珍藏在抽屉里。因为玩过打火石，所以我们对社员们的火石一点也不稀奇。但是火镰是我们没有见过的，火草更是天外之物，小小的一点火星居然可以把火草点燃，它也太易燃了！简直是仙物。而且它又是草草扯下来晒干就能用，如此简单的操作就可以得到！要是小时候知道这个好东西，不知道要惹多大的祸。虽然老婆婆们吓唬说“耍火要流尿”，但是没有娃娃相信，火是娃娃们很想耍的东西。

冕宁口语中“一火镰”是很常用的形容词，其实就是指打火时只用火镰击打一次火石，火草就燃，用来形容做事快，干脆。当然只有火镰、火石、火草全是上品才会有一火镰就点燃的效果。但这个词在社员的日常口语中就应用广泛了。比如：“他们两个气火好，一火镰就把柴油机抬起走了。”“今天的水大，一火镰就把六亩田灌了。”“我们队今年口粮一火镰干到六百四十斤，够干（吃）了。”

火石绝大部分是白色的，冕宁口语中却把“白火石”用为贬义，意思为“打不燃火”，很像成都话里的“撇火药”“没（音同‘莫’）眼火”。比如：“买了把斧头，白火石，龙眼是歪的，把子歪起不好用。”“你们队长，人多了话就说不清楚，白火石。”“年轻人这点粪都背不起，白火石。”

收工后我们队知青在知青大院前的小河里洗手。背后是那颗皂角树。

1970年，几个女知青在陆家山嘴。

皮条　羊皮褂　擦尔瓦

用背架子背东西要用绳子捆，不用背架子时背口袋、背各种东西也都要用绳子捆。我们知青用的是麻绳，手指头粗细，很长。不少社员用的是皮条。皮条全是水牛皮的，黄牛皮不结实。皮条约两指宽，五驼长，八九米的样子。皮条不知是鞣得好还是用的时间长了，很软。皮条有厚薄的差别，厚的当然好，是水牛背上的皮切的，水牛肚皮上的皮切出来薄得多，好皮条比蹩脚皮条差不多厚一倍。好皮条的颜色深，皮面亮，好像打过油一样。拥有一根好皮条是很令人羡慕的。听说皮条是皮匠转起圈切成的，如果是这样，按说内外圈边长应当不等，皮条应当弯曲才对，但是我们用的皮条非常直，很像是在一张大皮子上画直线切成的。当然，绝不可能有八九米长的牛皮。也许皮匠们有诀窍？

皮条比较怕水，如果下雨，或者被捆的东西很湿，爱惜皮条的社员就不会用皮条捆。皮条如果湿了，会被拉长一些，称为“有让性”。麻绳没有这个缺点，麻绳不怕水，湿了也不会变长。皮条比较贵，只有家境比较好的家庭出工时才拿得出两根皮条来用。

1970年，知青们在陆家山嘴上，背景是先锋公社坝子。

1970年，白坭四队知青龚世大穿着羊皮褂，反穿，羊毛在外。

冕宁兴穿羊皮褂，开社员大会时，一半以上的人穿着羊皮褂，初去时看着有点奇怪。羊皮褂是用整张山羊皮做的，褂子的背部就是羊的背皮，褂子的两片前襟是羊的肚皮。羊皮褂除了两边腋下用羊皮绳缝过，其他地方没有线缝。羊皮褂通常比衣服上装略长一点，也有大的，完全是中长的尺码，那么这只山羊肯定比较大，大的羊皮褂通常也会得到好评。

羊皮褂平时的穿法都是皮在外毛在里。冕宁从每年10月到第二年3月每天下午起风，冬天冷，冬天这种穿法好理解，毛在里面暖和。但夏天他们也是这种穿法，可能与背东西有关。冕宁一带用背架子和背篼背东西，背架子和背篼很伤衣服，衣服的补疤最早出现在肩上和背上。羊皮褂比布衣服经磨，这可能是冕宁兴穿羊皮褂的一个原因。穿羊皮褂背背篼和背架子就不必再穿背垫子了。

背垫子是用棕树皮做的一个垫子，长45厘米，宽30厘米的长方形，垫在背上，两块兔子耳朵样的部分垫在肩上，样式有点像没有前襟的背心。我们每人有一件。背垫子不仅保护衣服，而且因为比较厚，用了它，背架子和背篼的背带不咋勒肩膀，背上也比直接贴着竹子和木头舒服得多。

羊皮褂也有反穿的，把羊毛穿在外，一是这件羊皮褂是新的，而且毛质和毛色特别好，穿出来提劲显洋盘，二是下雨了，羊皮怕雨，翻过来穿，羊毛不怕雨。羊皮褂暖和，不仅因为里面有羊毛，还因为羊皮抗风，风吹不透。也有小娃娃穿羊皮褂的，那是羊羔皮做的，不过极少，一般来讲这家的家境很好。

冕宁羊皮好像不用硝，用菜油鞣。鞣一张羊皮至少一个工。找一块大石板，或是石头上的一个大平面。要选那种很硬的石头，不浸水的。鞣时把菜油抹在羊皮上，用脚踩它，鞣它。因为菜油比较滑，容易摔倒，为保持平衡，拄一根比肩高的棍子。鞣一阵再抹点菜油，再鞣。刚开始羊皮很硬，完全卷不动，到后来越来越软，团成一团继续踩。菜油很精贵，一个人一年才分一斤多油，不知道鞣一张羊皮需要多少菜油。这也是为什么要选很硬的石头，硬石头菜油不容易浸进去，称为“不吃油”。如果有人刚刚鞣过羊皮，会有人紧跟着在这块石头上鞣，说法是这块石头已经吃饱菜油了，后面的人可以少用些菜油。

彝胞也有穿羊皮褂的，但多数穿“擦尔瓦”。擦尔瓦是羊毛织的，用手工把羊毛捻成很粗的羊毛线，再织成擦尔瓦。一块长方形，把一头褶皱收紧做领子，不褶的做下摆，下摆上密密地做些羊毛穗子，一件擦尔瓦披风就成了。擦尔瓦是一种很漂亮的服装，不论是老穆苏、阿依，还是阿咪子，穿着都非常漂亮。彝胞穿擦尔瓦时里面还有一件羊毛毡子，这样更暖和。社员说用40元钱可以买到 床牦牛毛织的擦尔瓦，说可以不用毡子在雪地里睡觉，年轻人会热得出汗。40元钱在当时是一笔大数目，这么好的东西当然应当值这个价。

比我们“老”的知青

“老知青”比我们这批知青多个“老”字。老练、老成、老到，用得上这个“老”字。提劲、得行、了得、比不上，也使他们有“老”的味道。四川最“老”的下乡知青，可能是下到凉山的巫方安、孙传琪她们那一批，这些人离我们太远。我们通常说的“老知青”是成都青训班的那些老知青，他们是63、64、65三届的初中和高中毕业生，那里面有许多因为家庭出身不好或被老师写了“只专不红”的鉴定而考不上高中、大学。他们中有些就是我们同学的哥哥姐姐，下乡以后还到学校来做过报告。但我这里说的老知青，具体是指我们下乡后才接触到的先锋公社和河边公社的老知青。

我们那里的老知青是从四川省青年农场来的知青。这个农场在西昌新华，又叫西昌新华农场，直接由四川省知识青年上山下乡安置办公室领导。1966年初，成都市上山下乡知识青年训练班有三百多人赴西昌开荒，最多时场员达六百余人。他们不到一年就开荒两千多亩。1966年底“大串联”时返城，1968年底一部分被分配到冕宁县先锋公社和河边公社插队。

老知青和我们是在同一个大队的不同生产队。刚去时，和他们交往少，后来慢慢熟识了，才知道老知青里藏龙卧虎。他们里面有不少国民党的将校子弟、黄埔后代，高知娃娃，“血统”颇高。因为父母落难，绝大多数为人低调，但教养极好。政治方面，少先队的大门是敞开的，可以加入，戴得上红领巾，极少表现非常好的加入了共青团。出身问题平时压得他们不敢出大气，遇到升学的关键时刻，阶级路线一贯彻，学校就对他们关闭了大门。但上山下乡知识青年训练班的大门向他们敞开着。

下面就是几个老知青的故事。

1. 四中高才生：郭坤德

我们大队三队有个绰号叫“罐倌儿”的老知青，以前只知道他每年挣三百多劳动日，比较定时地去赶河边场，找河边公社的老知青理发、耍。他有一部半导体收音机，当时西昌信号好，“美国之音”“伦敦之声”、NHK全能收到。日本党派多，他全弄得清清楚楚。《参考消息》里的内容比他的消息又少又晚。后来有高中同学在带下乡的《1964年成都市中学数学竞赛习题解》中发现有题目后面印有“四中郭坤德解”的字样，才知道他是四中的高才生。大家马上对他刮目相看。因为数理化成绩是否拔尖，是学校里评价一个人最重要的标准。直到几十年后的现在，这个标准还是根深蒂固。比如前不久说到长兴一队的“小包子”韩方强时，“他娃学习成绩特别好，初66级四个班160人，每次考试都是二班韩方强第一”即是一例。小包子不仅数理化了

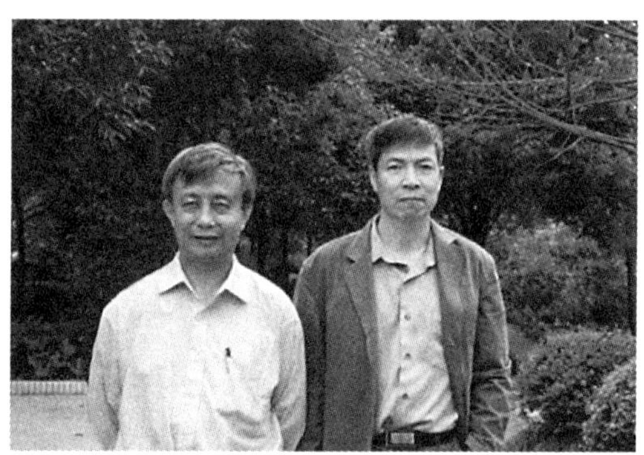

白垊四队知青的日常生活。收音机和钟是上得了台面的家当。右边的知青在吃梨，生产队有很多梨树。

2009年4月，罐倌儿（左）和笔者合影。

得，而且涉猎广泛，欣赏国外古典音乐，要查阅作曲家和演奏家的背景，找不同演奏家或不同时期的作品进行比较，属资深音乐发烧友，而非音响设备发烧友。后来听说罐倌儿高中毕业鉴定中写有“白专典型”四个字，又听说他爸爸是重庆美院的教授。出身不好又加上这四个字，成绩再好也不要想进大学，只有下乡当知青。

有一次到他队上耍，他床上有本书翻开着，看看封面，是《美学》，作者黑格尔。再看看他翻开的那一页，读了几句，根本不知道黑格尔在说些什么。当时我们学校的知青即使是高中生，看的所谓名著也不过是小说而已。我当时根本不知道美学是什么，值得用如此厚的一本书来写，但黑格尔的名字却是如雷贯耳。在“文化大革命”里，三原色已经蜕变为只剩红色。在美得只剩一种颜色的年代，罐倌儿在白坭三队看黑格尔的《美学》。

有一次，三队的2105柴油机发飙停不住了，吓得社员们躲得远远地围着，几个社员满堡子喊：“罐倌儿！罐倌儿！”他跑到晒坝，脱了衣服把进气口一堵，柴油机熄火了。三队社员每每说起这件事，都要绘声绘色地宣传罐倌儿大无畏的革命精神。这件事也使得我们对他肃然起敬，学过物理学过柴油机的同学多，但真正摆弄过柴油机并且比较熟悉柴油机的人少，我们特别佩服有技术能动手的人。据说他在新华农场时就和柴油机、拖拉机打过交道。后来招工时县农机厂来招他，他对招工的人提条件说他不当学徒，直接拿三级工的工资，厂里如果愿意他可以和厂里的任何一个三级钳工比手艺。鉴于这种“无理又狂妄”的要求，县农机厂当然不会招他。听说恢复高考后他直接考上了研究生，不是机械也不是艺术，学的外语，后来出国了。

最近听罐倌儿的小学同学陈青圣大哥以及双河大队老知青“大提琴”刘晓林说，罐倌儿1992年获英国爱丁堡大学遗传学与分子生物学博士学位，在英国牛津大学工作。罐倌儿向英国政府租了一块地，大小接近一分，距离他家自行车十几分钟的路程，每年租金8英镑。他种了黄瓜、苦瓜、茄子等，都比别人种得好，什么时候下种，什么时候育秧，什么时候施肥都有记录，像做科学实验。一般英国黄瓜只有一尺长，罐倌儿种的黄瓜有二尺长。这块地上的产品不出售，可以送人，罐倌儿把菜送给邻居。邻居们惊叹蔬菜的质量，问罐倌儿种菜的诀窍，罐倌儿说他以前当过农民，所以会种菜。

聪明人的聪明并不局限在一个领域，在各个领域都会露出痕迹，罐倌儿在种菜这个事情上又显露了。如果当年罐倌儿在白坭三队把油菜作为试验对象，亩产不敢说翻番，提高个三成那也不得了。当时我们大队每人一年才分一斤多菜油，社员知青都知道“红锅菜”的味道，要是能多分几两菜油倒真是做了好事。但是当时社会给他的舞台只许他一年出工三百多天——养活自己，看看书——充实自己，听听电台——了解世界。他仅仅是个普通的知青，做好事都没有机会。

2. 象棋高手：周炜

周炜也是白坭三队的老知青，岁数不大，似乎是初65级的，好象棋。成都好棋者多，20世纪五六十年代街边常有当街下

1970年底，知青们在白坭四队的院子里办起篝火晚会。

白坭四队的知青小乐队在自娱自乐。

棋的，既然是当街摆战场，围观者不在少数。那时的棋盘上多有“楚河汉界”的写法，有的还有“观棋不语真君子”字样，但这种棋盘少。下棋者多数不反对围观者帮腔表态，围观者相互争得面红耳赤的也多。相传有一天在南门大河新南门桥头边围了一群人看棋，那时成都南门外进城只有老南门桥、新南门桥、安顺桥、九眼桥，桥又比较窄，遇到赶场天人多，一个观棋者就被挤下河了。大家丢了棋去看河里的他，他沉了几下举着手冒出水面，眼睛还没有睁开就大声喊：“拱边兵！”后来成都话里“拱边兵”就有了“舍命帮干忙”的意思。这个典故本身就是一幅风情图画，河边、桥头、皂角树，硬纸板上墨画的棋盘、油光水滑的棋子、豁达的下棋人、热情执着的围观者。打纸牌、搓麻将、下象棋是成都最常见的景观。

周炜有一次去冕宁县城，看见路边一群人围着看棋，就不走了，也看。一方是个老者，口中不停地教训对手。“这一步你不能跳马，只有上士还有点救。”“你简直枉自，平车嘛。”“在冕宁枉自下，不好耍，西昌还有几个对手。”那天好像没有“观棋不语真君子”的规矩，围观的人都在帮忙，但还是输棋。看了一会儿以后，老者说：“你不能拱兵，拱兵输得快。”周炜说：“不见得，试一下。”见是陌生人帮忙，下棋者就听周炜的试了几步。棋势渐变，老者居然输了。老者马上邀周炜来一盘，结果连输两盘。围观者看得出来，老者只有招架之功。有人开始争论，如果周炜让棋，是让一个车还是让一个炮合适。因为要赶回生产队，周炜告辞。老者一定要问周炜是什么人，哪个地方的。周炜答：“先锋公社的知青。”老者愕然。周

西昌知青博物馆的铝制照片墙，最左边的一部分是先锋公社我们那一拨知青。

老知青朱成为西昌知青博物馆塑的雕塑，背架子、十字镐、埋在地里的眼镜、落在地上的鹰都能看见。背景照片上背柴的是沙坝公社知青。

炜的这个回答真给先锋知青拿脸。听着顺耳的议论，周炜得意兮兮地离开了。

大队修水库，休息时有社员拿出棋盘下棋。有一天周炜让我们见识了什么叫下盲棋。一个社员坐在棋盘边，周围围着十几个人，周炜躺在几米远的旁边晒太阳，看不见棋盘。对手走棋后有人报知周炜，周炜报棋后有人替他走棋。“炮二平五”“马七进六”，开始了。好听的不是走棋的步伐，是周炜的“噻话”。“你娃想吃马？不得给你吃，马五退四。”“车四平五，将军，不能上士，车来垫起，我是不得对车的，车五平一，这个兵没得了。”“想照王抽相？如意算盘不要打，退马不就解啦？这下你咋办？”“你以为我忘了这里还有个兵哇？不得让你吃，这个兵要留来下做老王推磨的，有用，兵三进一步。”围观的人从头笑到尾。当时第一次看到人下盲棋，一盘棋居然全在他心里，神奇极了。也许是太想听他说噻话，后来我们专门请他和中和大队的另一个知青来我们知青院下了一盘两人都盲下的对局，两人噻话连篇，互相取笑，有趣极了。周炜后来一直喜欢围棋，也是高手。他在成都考过了业余三段。现在他喜欢在网上下棋，好像是业余六段的水平。

1972年知青招工接近尾声，留在农村的知青绝大部分家庭成分太高，政审不合格，回不了成都。冕宁县农机厂招工，周炜与很多知青一起去了农机厂。农机厂大约160人，成都知青就有60多人，其余多是各公社有手艺的社员招去的，还有一些转业军人。知青比较强，很快成为各工种的骨干。试制手扶拖拉机、技术革新等知青都是主力。农机厂还有几个“老五届”的大学生，分别来自清华大学、北京工业大学、成都工学院、南京工学院、四川大学。其中清华大学那一位自动化专业大四的最强，后来是一个研究所的所长。周炜在农机厂当了十年锻工，是铁匠中手艺很好的一个。

手扶拖拉机配套的旋耕刀，大厂可能使用精密铸造工艺或者冲压工艺，农机厂只能靠铁匠锻打后淬火。旋耕刀看似简单，但是刀片形状和重量的一致性影响平稳性，靠手工把钢板打成一模一样的异形刀片（有点螺旋）确实不易。而淬火决定刀片的硬度和韧性，太软的不经用，太硬的脆，碰到小石头都容易断，钢火决定耐用性。就像从1910年起直到现在，为保证质量，每一台英国劳斯莱斯汽车发动机上面都镌刻有技师的名字，那是为了在出现故障时，追究那个技师的责任。当然，这种管理办法也使得技师的荣誉感倍增。从此劳斯莱斯发动机不仅是汽车领域的顶级品牌，第二次世界大战中还用于坦克，后来飞机和火箭发动机的产品盈利甚至占了公司大部分利润。60多年后，冕宁农机厂旋耕刀成品上也镌刻着铁匠的工号，农机厂的管理办法和劳斯莱斯公司如出一辙。

社员最讲究实用，买旋耕刀专选周炜的工号，可见他娃的手艺。国家重视农机，四川省内燃机配件总厂（前身是四川省农机大修厂）进口了一些设备，需要技术工人，周炜去考三级磨床工。冕宁农机厂没有磨床，他借了本《磨工手册》看了一个月，到一台磨床上实习了一周，就去考试了。考“应知”，他有下盲棋的本事，背功和理解都难不倒他，得了90多分。考“应会”，用的床子是外圆磨，他一副老师傅的架势，给人的印象是操作熟练，也得了90多分。他热炒热卖，考回成都当了个三级磨床工。进厂后上的是意大利凸轮磨床，几个月后就成为质量标兵。不过，周炜说开越高级的床子操作越简单，仔细一点罢了，铁匠才是真功夫。

3. 雕塑家：朱成

河边公社有个老知青，喜欢画画，房间里墙上地下全是画稿。成昆铁路通车后，有一次他坐火车从成都回泸沽，在车上遇到查票。当时我们坐火车很少主动买车票，一是因为穷，二是认为知青有权不买票。理由之一是，是国家让我们到农村去的，又不是我们自己要去，响应国家号召当知青坐国家的火车当然可以不买票；二是修成昆铁路时知青砸过道砟（在河滩上把鹅卵石砸成符合要求的大小），对铁路建设有过贡献的人坐火车当然可以不买票。当然，这些歪歪道理只能是自己的看法，不可能说服列车员。

对付查票通常的办法是躲，不过很难躲过。这个老知青也没有买票，他有他的办法。列车员查到他那里时，只见一个年轻人在非常认真地画画，完全不知道有几个乘客和一个列车员在看他画画。列车员一看画纸，原来他在画对面座位上的人，再抬头看看对面坐的人，列车员口中发出小声赞叹："画得太像了！画得太像了！"不知是不忍心打搅他，还是认为不应当查这位真正的画画高手的票，反正列车员认真地看着铅笔画出的流畅线条，恋恋不舍地带着一脸惊叹的表情离开了。这个真实的故事被同车的知青带回公社，广为流传。知青们有各种办法逃票，但他的这个办法除了我们学校高67级的“多妹儿”（何多苓）外恐怕再无人敢试。

画画的老知青招工时被招到成都汽车运输公司，后来成为全国著名雕塑家。西昌是彝族地区，因为那里的月亮大，西昌城又有别名“月城”。他把一个弹月琴的彝族阿咪子塑在弯弯的月亮上，是作品《月亮和她的女儿》，成为西昌的标志。在一次体育雕塑比赛中，他的雕塑作品《千钧一发》获“全国首届体育美展”特等奖和国际奥委会特等奖。《千钧一发》元素简单，一支前臂握着一把弓，后来被国际奥林匹克委员会陈列在瑞士洛桑总部永久收藏，萨马兰奇主席和他在雕塑前合影。

不错，这位老知青就是朱成。看看朱成现在的身板，你想象不出他还搞过田径。那天听吴维忠大哥说，1964年，足球名校十三中的男子4×100米参加成都市级比赛，朱成第三棒，吴大哥第四棒。你相信不？朱成还跑得快，百米12秒，校队的。

朱成出名后，很多地方找他做雕塑。前些年金牛区法院建新楼，又高又宽的红色花岗石台阶和大楼外立面上六根高大的花岗石柱子，非常气派。外地或外国的同行访问成都，金牛区法院是首选接待地点。法院台阶上两个威武的石狮子就是朱成的作品。这些年各种机关、公司、厂矿、银行都喜欢塑两个狮子摆在门口。许多法院门口的雕塑要么是狮子，要么是獬豸独角兽，千篇一律，毫无新意。并且个个狮子圆头圆脑，肢体浑圆，与是非分明、刚直不阿的法院格调相去甚远。朱成是个有创意的人，成都二环路皇城老妈火锅店那一堵老房子装饰墙就是一例。朱成给我说，对于法院门口的雕塑，他当初提出过一个方案，他提出不塑狮子，塑两块方方正正的大花岗岩即可，一块墨黑色的，一块雪白色的，取义黑白分明，方正不斜。这个创意比他的《千钧一发》元素还要简单，寓意深刻，更耐想。如果有全国法院雕塑大奖赛，他的这个作品肯定得一等奖。非常可惜的是，时任法院院长怕有“黑白通吃”的说法，不同意，仍要石狮子。朱成只好塑了一对四棱四线的石狮子摆上，仍留下了原创意“方正不斜”的内涵。

雕塑这种创作，不论创意如何中规中矩，只要你塑出来，观者丰富的想象力就任何人无法控制，也无法阻止，被调侃是免不了的。如果顾忌别人的想象力，就干脆不要搞雕塑。其实对建筑、雕塑等事物的调侃恰恰表现了一个城市的市民幽默感，大可不必特别在意。同班同学陈治材在成都东二环路水碾河路口塑的《建设者》，是个地标性雕塑，出租车司机、市民都把这个雕塑当作坐标来确定位置。它由一个大不锈钢圆环上的两个工人组成，取义成都东郊是工业区，东郊也有“建设路”的街名。但是人们说起这个雕塑时全都叫它为“工人阶级等于零”，极少有人知道它的名字叫“建设者”。

金牛区政府的办公大楼在各区中是最早建成的，高大气派。但是民间流传的说法是“自行车后架上的两个粪桶”以及“农民进城”，它源于该建筑是两个柱（桶）形中间上部有一个梁形连接的外观。其实这座雕塑的创意源于金牛区以前是围着成都市一圈的农村。而金牛区现在的工业产值是各区中的老大，早就揭了农民的帽子。城市的雕塑和建筑不过是提供给了大家展示幽默感的机会。

朱成没有坚持“黑白分明”方案的另外一个原因是担心不好谈价，怕别人说，光光两块石头值几多银子。雕塑的价值在创意，至于元素是否简单、造型是否复杂、工艺是否麻烦，当然都排在其次。如果识货，一对方方正正的黑白花岗石远比两个、十个狮子值钱。如果法院台阶上放了一大块黑石头，一大块白石头，这个法院的装修品位、文化氛围、艺术修养、鉴赏水平都会因为这两块石头得到提升，上一台阶。接待外来访问者时也会多了不少话题。谈谈雕塑，谈谈雕塑家，谈谈黑白的相对标准等，岂非又是一种乐趣。很可惜，金牛区法院没有同意“黑白分明”方案。毕竟法院院长与艺术家眼睛的聚焦点差别很大，对于当年的法院院长们，谁敢奢求他们的艺术修养和鉴赏水平能够跟得上朱成的思路？

假如塑成一对狮子踩在一对黑白石墩子上呢？正方当然有“法院站在黑白分明、方正不斜的基础上”的宣传语，但调侃方没准儿会说“法院把黑白两道都踩在脚下——黑白通吃”。所谓白道，可以理解为正面、正方、政府，黑道可以是黑手段、黑社会。在货真价实的法制框架下，白道顶级人物比如总统、总理这个级别，法院一样审一样判。不说欧美，亚洲也多。黑社会对法院来说更是小菜一碟。所以如果法院连黑白二道都吃不下来，叫什么法院？黑白通吃的一种英译为Black and white take all，动词take可以理解为得到、拿、吃、乘坐、攻克、抓、用、取、做、需要、感染等诸多意思，而既然是法院，理解为判决可能更合适，就变成了“黑白都判”，故“黑白通吃”对法院来说应属褒义。如果是英译汉，Black and white take all也可以译为“是非曲直尽在掌控”。这句话包含了很多意思，判案质量、法制、法治、司法独立……Take all。

4. 干大事的老知青：王茂俊

西昌（凉山）地区从1958年开始，共计接纳了上山下乡知青2.43万余人，这是四川知青中比较大的一个群体，比较团结，也“干得起事”。由“老知青王大哥”策划、领头，1998年9月12日，1600多名知青在成都毛家湾足球训练基地聚会，以“曾经风雨同舟，今朝携手同行”为宗旨成立“成都·凉山地区知青联谊会”。1999年春节，到铁道部申请了“西昌知青专列”，1500多人回生产队过年。来回的火车是专列，到沿途车站只停车，不卖票，霸不霸道？各县知青沿途下车，先回生产队，最后集中到西昌县城。知青们把西昌稍稍大一点的宾馆、招待所全住满了。游邛海，参观卫星发射基地，在西昌灯光球场举行联欢晚会，活动得到凉山州、西昌县、冕宁县、德昌县政府大力支持，冕宁县还在泸沽火车站组织了欢迎会。

同年3月27日，1000多名知青在成都月亮湾体育中心进行体育比赛，各县之间进行篮球、羽毛球、乒乓球、拔河比赛，野炊，自己下面条吃。同年，收集1600余幅照片，在四川省博物馆举办西昌知青摄影、实物展览，轰动成都。并出版《梦落大凉山》纪念册。西昌知青博物馆开馆时，又组织了一次“知青专列”去西昌。

四中、六中、七中、八中、九中、十九中、锦江中学都分在西昌。这些学校都是完全中学，都有初中、高中部，各校都有学生领袖和各路高手，“文化大革命”前都有学生会、校团委，“文化大革命”中有各派的勤务组、学校革委会，30年后在各个单位当领导任高职的更是不计其数。但是，敢于策划这种上千人的“大事情”，并且能够捣鼓成功的，只有一个人。此人非西昌县高草公社老知青王茂俊莫属。他曾经是四川足球队领队，在体育圈子里也很有名气。当然，王茂俊王大哥是策划者，具体操作时饶克诲饶大哥是主力，谢宇涵谢大哥给予资金支持。

我与老知青的圈子不熟，但知道他们圈子里藏龙卧虎，个中高手比比皆是，这里只是其中一二。仅我知道的还有四中高65级毕业生刘晓林，曾经是四川峨眉电影制片厂乐团的首席大提琴手。

不论是老知青还是老三届，后来在理工科领域出类拔萃的明显少于文学艺术领域。其实，1966年以前，中学里面的佼佼者大多数喜欢数理化，即使是喜欢文学艺术的同学，数理化成绩也是一流。比较典型的例子是成都七中高64级的华容，他是四川大学的子弟，爸爸是川大教授，他不仅数理化成绩在年级冒尖，还在学校办公楼正面走廊墙壁上画了一幅《江山如此多娇》，倾倒众人，他也是学校航模组的主力，动手能力超强，当然也是学校的体育尖子。那时的这些高才生填高考志愿时眼睛盯着的是清华大学的建筑、电机，上海交大的船舶制造、船舶动力，唐山铁道学院的桥梁隧道这些理工科专业，以及北京航空学院、西安交大、哈尔滨军事工程学院等理工类院校，北大的文科他们是不屑

2000年初，成都月亮湾体育活动中心，西昌知青联谊会组织各县知青进行体育比赛。图为冕宁县知青合影。

参加西昌知青毛家湾聚会的成都七中同学。

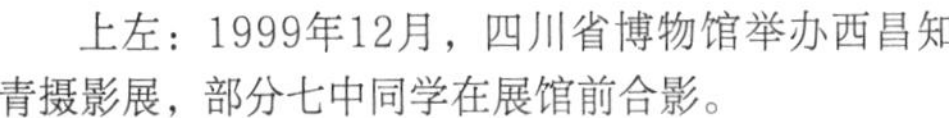

上左：1999年12月，四川省博物馆举办西昌知青摄影展，部分七中同学在展馆前合影。

上右：1999年12月，西昌知青摄影展，在印有“后记”的展板前，笔者和朱成（右一）、王茂俊（右二）、何多苓（右三）合影。

中左：1999年12月，西昌知青摄影展，笔者与高67级同学，沙坝公社的知青姜豆儿在冕宁县排球队照片前合影。

中右：1999年12月，西昌知青摄影展，笔者与饶克诲大哥、朱成在雕塑《月亮和她的女儿》前合影。

下：1999年12月，西昌知青摄影展，七中初66级一班三个同学在冕宁县排球队照片前，左起，笔者、刘明、甘国农。

一顾的，更别说人大了。那时的学生打算科技报国者多，考虑功利性仕途的极少。华容的第一志愿就是清华，高考后写信要求变更志愿为北京航空学院，都是理工科。

因为贯彻阶级路线，很多出身不好的或者“白专典型”的学生进不了大学，“文化大革命”更是把老三届的学生停了课下了乡。全世界自然科学的车轮没有因为中国的“文化大革命”而停止前进。十几年以后老知青和老三届的同学虽然考进了大学，但是极少有人能够追得回这失去的时间，同一个人二十几岁、三十几岁时学习的效果与他十几岁、二十几岁时学习的效果的确有相当大的差异，并且这个年龄差异会一直影响他以后的工作和科研。而在文学艺术领域，生活的磨难、经历的坎坷却是一种积淀，被理解为财富。

木匠杂忆

引子
刨 锯 油筒
木工凿 斧头和锛锄
木工尺 开板子 杀条子
墨斗 木工钻 榫头 掌墨师
工作台 工具箱 漆
做沙发 胶 做花架
鸡公车 做台灯 划玻璃 动手的乐趣

引　子

20世纪七八十年代的成都到处弥漫着自己动手的气氛，修自行车、打家具、做沙发、装半导体收音机、装电子管电视机、装晶体管电视机、做音箱、改灶、理发，这些是男同胞们在业余时间里最爱穷忙活的事。织毛衣、绣枕套这类事情则把女同胞的业余时间占去一大半。裁衣服和缝衣服不咋分男女界限，没有性别专利，男女都干。当时愿意动手也能够动手的人是多数，不愿动手不会动手的是少数。

那个时代的年轻人很多都干过木工活。我在这里回忆回忆木工活，并且尽可能地多一点细节。有人说细节有意思，细节有味道，细节引得起回忆，细节经得起回味，这话是有道理的。对于涉足过这个行当的弟兄们来说，借助细节，也许能够帮助他们打开记忆之门，回忆回忆，休息休息，这也是一种调节的方式。对于那些没有涉足过木匠这个一要体力二要手艺的古老行当的年轻人，木匠的工具和工艺都是陌生的，没有细节的东西也许引不起他们的兴趣。

1972年4月，告别了三年知青生活的我被招到一个配修所当工人。报到当天，领导让我在会议室的两张椅子上睡一晚。第二天早上，把我带到钳工张师傅房间里，让我自己搭个铺。在农村修知青房子时，我跟着社员干过两天木工，木工房里有的是木料，我就动手做了两个三只脚一根梁的马槎，上面铺上木板搭了个铺。做马槎的料粗，木板是五厘米的厚板。中午领导来寝室，看见这个铺时第一句话是，这个铺结实，第二句话是，你到木工房去学木工。下午去库房领工具，除了一把可折叠的木工尺是木头做的，刨铁、锯皮、木凿全是铁件。理由合乎逻辑：既然是木匠，木头工具当然只能自己做，这好像是天公地道的事情。当时木工房只有张师傅，我就做他的徒弟。几周后张师傅调走了，彭师傅他们来了，我成了彭师傅的徒弟。

我做了四年多专业木匠，一直以曾经是个木匠而得意。

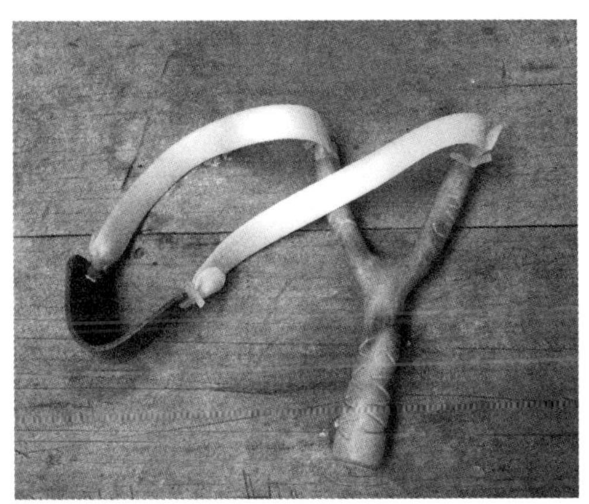

墨斗和几把木工刨，清刨、槽刨、两把边刨。

蒙平做的弹绷子，叉叉有一点点不对称，右手握叉叉很合手。

刨

1. 推刨

说到木匠，离不开木匠工具，而推刨是最典型最常用的木匠工具。推刨是木匠在木料上打造精细平面的工具，又称刨子。推刨的种类很多，常见的有二长刨、清刨、光刨、槽刨、偏搭刨、边刨、线刨、内园刨、外园刨等。

同学刘明送笔者的两把德国木工刨，一把二长刨、一把边刨。

笔者的花边刨和做钢丝锯的凿子。

有人考证，16世纪以前中国的木工工具里没有推刨，所以几乎没有显示木纹的硬木家具，因为无法制造木器的精细平面，家具的表面处理绝大多数采用腻子刮灰上漆，看不见木纹。明代中晚期才有了推刨，出现大量硬木家具，漂亮的木纹清晰可见。推刨的使用是木工工艺飞跃进步的结果。

2. 刨盒子

推刨的主体是木制的刨盒子。做刨盒子的材料首选青冈木，北方叫橡木。青冈树分大叶青冈和小叶青冈，大叶青冈的树叶接近手掌的大小，小叶青冈的树叶比拇指大不了多少，小叶青冈的木质硬，颜色多为红色。栎柴、苦株这些小叶杂木，成都的木匠分辨不清，统统称为白青冈。青冈料干了后颜色不同，有比较深的红色，最受欢迎；比较浅的红色，次之；白色，可以用。一般来说木料硬度可以体现在颜色深浅上，颜色越深硬度越高。不过不同树种的木料也不好说，有些栖木的颜色就比较红，可是栖木的木质就比较软。小时候爸爸买了第一版的《十万个为什么》给我和弟弟，物理那一本上说到硬度，钻石为10，玻璃为7，成人大拇指指甲的硬度为2.5。用指甲掐木料可以比较个大概。当然木料的重量（准确说是质量）和硬度成正比，质量越大的木料往往越硬。同班同学龚世大送给我一块木料做清刨，有80厘米长，9厘米见方，非常重，呈咖啡色。彭师傅当兵时在西藏林芝修过毛纺厂，他说西藏有一种树叫“九把刀”，相传要用坏9把刀才能砍倒一棵树，那种树的料和我这块料相似。我舍不得用它做清刨——清刨太费料了，锯了一小块下来做了两个台灯柱，剩下的放了三十多年也不忍心再动锯子。

越硬的木料越容易变形，又称为“走性”。木料有“性大”“性小”的区别，硬木性大，软木性小，湿料性大，干料性小。木匠的工具最怕走性，已经推直的料一走性就变弯，不能用。听彭师傅说有些木匠得到一块好料放十年再动手，就是为了把木料放得没有性。心急吃不了烫稀饭，要保证不变形是要有点耐心，不过一等就十年，真上乘功夫也。

我做推刨的木料是在一大堆旧木横担中选的，木横担是木头电线杆上横着的那几根木料，在它上面装瓷瓶拉电线。这批木横担在电线杆上风吹雨打了二十多年，性早就被岁月磨没了，不可能再走性，用这种料放心得很。美中不足的是木横担上有孔，那是当年上瓷瓶用的，清刨用的料比较长，怎么也躲不过。但是瑕不掩瑜，十全十美的料九牛一毛，你不见得碰得到。我和彭师傅找到这堆料时已是大喜过望，各做了几把推刨。

刨盒子上用来固定刨铁的通常是一根横着的铁条，由它挡住刨铁不向前移。也有不用铁条的，在刨盒子自身的木头上做成两个挡块而达到殊途同归的目的。不过这种做法费工费时，两个挡块与刨铁的接触面要在一个平面，并且要与海底（推刨底部的平面）上的开口平行。如果把挡块做得小巧玲珑当然好看，但又不结实，怕被楔子胀裂。如果讲求经久耐用，又怕傻大粗笨俗不可耐。所以我们看到的刨盒子绝大多数安装铁条——简单实用。通常刨盒子的自生挡块都做成三角形，这种做法解决了受力的问题，但千篇一律，又免不了显得呆板。我的一把清刨是自生挡块，为求变化，刨花的出口开成椭圆，使得挡块前面是个圆弧，比较厚实，同时解决了受力问题，也还耐看，很得彭师傅好评。

刨盒子都有一个斜面，楔紧刨铁的三角木楔贴着这个斜面。理论上讲这个斜面应当是完全平的，其实不然。如果斜面是个完全的平面或者有一点凹，推刨在使用过程中产生的冲击和颤动会使得三角木楔向后退，刨铁就松了。因此需要经常地敲打木楔使它楔紧，并且敲打木楔时刨铁有时会跟着向前移动。刨铁吃深了，这又需要调整，当然很麻烦。好推刨的这个斜面应当是微微有一点凸，这种斜面上的三角木楔打紧了不向后退，用不着老去敲它。上个月一个老木匠掌墨师看我的清刨，看到最后眯着眼看这个斜面，专门对它的“微微有一点凸”表示赞扬。他一说到这个特点，马上令我有一种找到知音的感觉，因为不少专业木匠包括很多掌墨师也不知道这个诀窍。绝大多数木匠看清刨首先看木料硬不硬，重量重不重。要看海底还厚不厚，眯眼看海底的平直，眯眼看海底扭不扭。要看把手的样式和做工。就是不看这个斜面，看这个斜面的木匠凤毛麟角。

刨盒子都要做个把手，其样式千人千面，自得其乐，甚至有人就安一根直木棍作数。把手以握着舒服为首选，美观当然也是木匠考虑的因素。四川木匠的把手木料首选茶树条，韧性好，光滑、细腻。把手与刨盒子是紧配合，不能有一点松动。有的刨盒子把手是松动的，要楔紧木楔后才不松动。这种做法即使不是手艺差劲，想法也不对。当你磨刨铁时木楔肯定没有楔紧。如果放刨盒子的地方不是宽敞的工作台而是窄窄的条凳，就有可能出现问题。

刨盒子的海底用得久了会有损伤，例如，碰到铁钉被划出痕迹，推窄料比较多被磨出了凹槽，就要用清刨把海底清平，称为清海底。每清一次，海底就薄一点，很是可惜。做推刨时木匠们总想把海底留厚点，这样推刨可以经用一些。但是刨盒子的海底也不能留得太厚，因为刨铁是斜着插下去的，如果海底太厚，海底开口就比较宽，所以只能适度就好。旧刨盒子海底清完了开口越来越大，木匠们通常在开口前面补上一块东西使开口变窄。补的这块东西通常是青冈，也有用楠竹的——楠竹也经磨，也见过有人用铁条补的。

同学蒋年青是个木模工，做了一个铁的刨盒子，翻砂件，中间空的，真正是个铁盒子。怕重，只有20多厘米长，这么短，居然是清刨。海底用刨床刨、磨床磨，再用铲刀铲花，为的是好抹油。他这把清刨算是标新立异，独树一帜。一起干活时几把推刨放在一起，这把铁刨鹤立鸡群。难能可贵的是还很有实用性，我试过，很好用。

同学蒋年青的铁刨子，刨盒子是铸铁的。他几十年没有用过，刨盒子锈了，上面的木质五层板已经翘皮。

3. 刨铁

我所知道的刨铁有三种规格——这里说的是宽度——38毫米、44毫米和52毫米。使用得最普遍的是44毫米的，38毫米的见过一张，用在一把二长刨上，我试过，太窄了不好用，不过这把推刨用起来轻，不费力。彭师傅有一把清刨用的是52毫米的刨铁，推起来比较重。他平时舍不得用，清写字台桌面时他用过。因为刨铁口宽，清出来的桌面平整，油漆后光洁如镜，几乎看不见刨痕。俗话说木匠怕漆匠，上漆以前的白木头家具不容易发现刨痕，因为它不反光，除非你很专业才看得到。但是油漆后的平面对着光看，即使是个外行，那瑕疵也是一览无余。透明的清漆还要好一点，刨痕不咋明显。如果是色漆，特别是光亮的色漆，看得木匠自己都面红耳赤，无地自容，想重新再刨一遍又没有机会了。

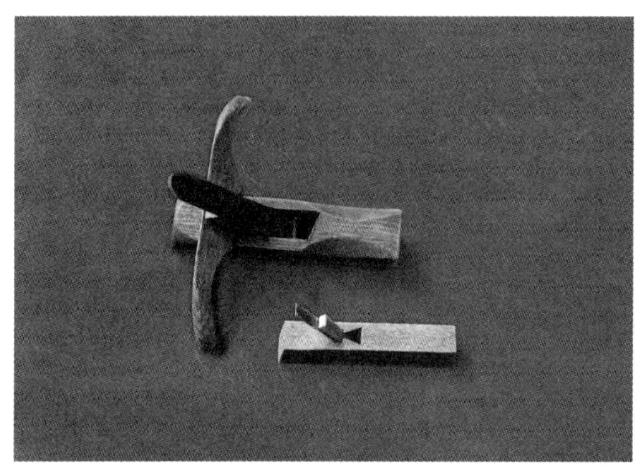

大的是边刨；小的是专门削铅笔的小刨，刨铁是钢锯条做的。

刨铁很讲牌子，当时单位有钱，买的全是上海出的“金兔”和“光明”。当时这两个牌子在刨铁里算是“劳斯莱斯”了。刨铁的好坏在于钢火，钢火好的刨铁刨杉树节疤时只是声音和手上的感觉有一点不同，一闯就过去了，刨过的节疤也很平。杉树节疤几乎是所有节疤中最硬的，特别是那种黄色的“油节疤”。钢火不好的刨铁在杉树节疤面前丢盔卸甲，钢火软（淬火时火色嫩）的卷口，钢火硬（淬火时火色老）的缺口，并且刨过的节疤不平，有阶梯。有时刨到旧木板上的铁钉，金兔也是谈笑之间一口啃过——淬过火的好钢和普通的铁钉硬度差还是大。试过其他单位木匠的大足刨铁和云南刨铁，与金兔不在一个档次上。

金兔和光明都不是全钢刨铁，是夹钢（也称偏钢）刨铁。它只有一片钢在刀口那面的前面一部分，刀背和后面的部分全是普通的铁。偏钢刨铁容易磨锋利，全钢的费力不好磨。钢火好的刨铁磨一次可以用很长时间，用不着经常磨它。磨刨铁粗磨用砂石，后来也用油石，当然油石比砂石好用。磨刀时手要稳，否则磨出的刀面呈圆弧状，不好用。磨到有一点卷口即可翻面磨。细磨用青石，没用青石细磨的刨刀不锋利也不耐用。因为刨铁的钢好，磨出的锋口（刀锋）非常锋利，刮胡子也没有问题。遇到需要切削的时候，很多木匠都从推刨上退下刨铁当刀用，一是刨铁锋利无比用着顺手，二是木匠少有现成的刀子，推刨却是随手可得。

外行可能认为刨铁磨好后刀口天经地义是绝对平直的，其实不然。如果绝对平直，不管你把刨铁敲得再嫩，即使刨铁露出海底极少，刨铁的两个边角也会在木板上留下痕迹。清刨和光刨的刨铁刀口不是直线而是弧线。这样当刨铁敲得很嫩时，刨铁中间的部分伸出海底时两个边角还藏在海底里没有露面，自然不会在木板上刮出直线的痕迹。这个弧线的半径非常大，圆弧可以说是似有非有，几乎感觉不出来。如果半径小，圆弧明显，刨过的木板有瓦楞痕迹，又顾此失彼了。当然"黄木匠"手不稳磨刀时刨铁左右晃动，也会使刨铁刀口出现圆弧，而且这种圆弧很明显。磨刀石已经有凹槽了，没有清理，还继续用它磨刀，也是产生明显圆弧的一种原因。手艺差劲的木匠被称为"黄木匠"，这个贬义词"黄"在四川也被用于其他很多场合。路人骂有些汽车司机"黄司机""黄师傅"，"太黄了嘛，车都开到慢车道来了"。几个司机谈话："他太黄了，倒车时经常把方向盘打反。"麻友评价："他娃打麻将是个黄帮，两个叫只看得到一个。"

4. 二长刨

二长刨又叫"二手"，是各种推刨中出力最多最辛苦的。二长刨比清刨短，比光刨长，二三十厘米。锯出来的或者斧头砍出来的木板、木方毛料，木匠首先用二长刨这个清道夫责无旁贷地推出个八九不离十的样子。二长刨刨铁刀面与海底的夹角以45度左右为好，角度太小推着轻但推出的面不光，角度太大推着重。那时我一上午用二长刨推出的刨花可以让一个小孩蹲在里面不被发现。如果每一次都要多费力，一上午不知要多做多少功，不划算。当木工后我买了一本《木模工工作法》，这个角度是在这本书里查到的。我用这个角度装了一把二长刨，彭师傅试了说好用，我告诉他书里写得有角度，他很感慨。我用量角器量过他的二长刨，惊叹角度也是45度，可能书上的数据就是从这些高手的工具上总结出来的。

二长刨是粗刨，它的刨铁露出海底比较多，每一次刨去的木皮比较厚，当然这个多和厚是和清刨相比较的。木匠经常需要调整刨铁露出海底的多少，被称为刨铁“吃得深”“吃得浅”或者“吃得老”“吃得嫩”。木匠左手握着推刨，海底向上，眯着一只眼顺着海底看，如果嫩了就用斧头轻轻敲打刨铁的尾部或者敲打推刨的头部，使刨铁多伸出海底一点。如果刨铁吃老了，就用斧头敲打推刨的尾部，惯性原理，刨铁会退一点出来。因为斧头的敲打，旧推刨和旧刨铁的尾部伤痕累累。也有木匠不用斧头，直接把推刨的尾部或者头部在木匠马凳上撴，刨铁也会走动，只不过这种办法效果比较差。

5. 清刨

清刨有五六十厘米长。也见过更长的，试过一下，重，可能是木匠舍不得丢料，干脆全用上了，银样镴枪头，中看不中用。清刨刨铁与海底的角度书上写的是52度，我也量过彭师傅的清刨，他两把清刨的角度都接近52度，这些高手你不得不服。

用清刨把板子推平称为清板子，把条子推直称为清条子。清刨还有一个重要工作是清缝子。当时没有现在这么多三层板、五层板、木工板。家具的面板、侧板、背板用的是木板，这些木板全要用一块一块的窄板拼粘起来。比如立柜的背板，高170厘米，宽140厘米，毛料厚1厘米，如果背板从中对分，要两块70厘米宽，170厘米长的板子。如果用五块窄板拼，就有四根缝。

首先把五块板放在地上编号。木匠编号通常并不写字，而是用墨斗在五块板上弹两根有夹角的线，通过每块板上两根线的相互位置确定五块板拼接的顺序。清缝的板用马口固定在工作台或者马凳上。马口是铁匠打的，形状像钳子，它的两个手柄上有尖锥可以钉在木板上。两个手柄形成一个锥形空间，木板越往前走被挤得越紧，不晃动。第一块木板插在两个手柄间被固定住，先用二长刨把这块板上面的侧面推直推平，再用清刨来刨。取下这张板夹上第二块板，把这块板的侧面用二长刨和清刨刨过。把第一块板放到第二块板上，刨过的两个侧面相接形成一条缝，蹲下来看这条缝。透亮处“软”，不透亮处“硬”，取下上面的板，用清刨刨下面的板，硬处稍稍压重一点，再把上面的板放上看这条缝透不透光。重复这些程序，直到清刨把缝“清”得不透光了，这条缝就算清好了。再清第二块板和第三块板之间的缝。四条缝都清好了把五块板叠上看这四条缝，如果不透光，这张背板的清缝工作就算大功告成了。说者容易做者难，清薄板的长缝是一个木匠功力的试金石，没有悟性的老木匠也怕清大尺寸薄板的缝。手艺黄的木匠五块1厘米厚的薄板清了半天竖着叠起来都还放不稳，四条缝清一个上午也还在透光，劳而无功。不过这些木匠也有补救的办法。涂胶粘板子时他们不把五张板立着粘，而是靠墙斜放两根木条，把五张板子斜靠在木条上粘，这样就不怕板子倒了。缝子清不好，他们就在每条缝的两头用铁丝做的卡子

笔者的清刨，青冈木，长690毫米，宽67毫米，高48毫米。用电线杆上面的木横担做的，表面被白蚁咬过。

笔者的清刨海底，可以看见补过的圆孔，那是以前木横担上面穿瓷瓶用的孔。海底用楠竹条补过，楠竹条的颜色比青冈木浅。

笔者的一个用来刨铅笔的小刨子，青冈木，带自生挡块，用钢锯条自制的刨铁。

钉住。这种卡子很多木匠用，因为手不稳压不住清刨，缝子的两头很容易透光，卡子可以把两头抓紧。彭师傅和我没有卡子，我们不用这个东西。缝子清得好的板子的大平面用推刨推出来后观察拼缝，如果看得见四条拼缝是因为它们太直，自然的木纹在这里发生了变化。如果木纹本身很直，而且和拼缝平行，就很难找到拼缝。写字台的面板是2厘米左右的厚板，清缝时容易放稳，但看拼缝时一定要两面都看，一面密缝了另外一面还稀缝的情况时有发生。

清刨是木匠最珍视的工具。木匠一般都不止一把清刨，最好的那一把平时轻易舍不得用，怕把海底磨坏了。其实现在想来，清刨的木料往往很硬，因为少用，几十年后退休时还是新的，精良武器少有用武之地，实在可惜。不理解物尽其用道理的木匠少之又少，但是藏一把清刨束之高阁的木匠大有人在。可能以前的木匠有子承父业、世代相传的习惯，一把好清刨可以用几代人，自己舍不得用而留给下一代的观念完全可以理解。但说起来奇怪，我也有一把清刨因为舍不得而极少使用，虽然我的舍不得肯定与传世无关。木匠的这种德行在其他工种里少见，车工的车刀、钻工的钻头、铁匠的榔头都是好用的先用。

6. 槽刨

以前的木匠都有槽刨，因为家具的面板、侧板、背板、抽屉的底板全要装在木槽里，不像现在的木匠，这些板全部用钉子钉。那时的家具上没有一根钉子，“钉子木匠”和“黄木匠”是

槽刨，木头埂子。
新做的，非实用件。

同义词。这两个称谓的起源都在木匠，但它们的使用范围不仅仅限于木匠。车工、钳工、电焊工等各工种里都有被戏称为“钉子木匠”和“黄木匠”的人。“你们三车间那个电工嗦，黄木匠。”有资格被冠以这两个绰号的人，他的手艺多半在同行里倒数第几。

其实，当时的木匠不用钉子说的是不用铁钉子。因为铁钉子要锈，即使上了油漆，铁钉子的锈点还是看得见。也许还有其他的原因，只是我不知道。那时木匠的钉子是木头和竹子做的。我们做钉子时首选楠竹，而且只要带篾青的那一层。因为篾青结实，有“腰力”，钉下去时不会弯。钉竹钉都要打预眼，就是在要钉竹钉的地方先钻孔。钻好孔再做竹钉，以便确定竹钉的粗细。竹钉不是圆的，截面是正方形。正方形的边长（不是对角线）等于孔的直径。竹子比木头硬，方竹钉打下去时会把圆孔挤成方孔。竹钉在孔里不会转，更牢固。一般家具的木料不及楠竹硬，圆孔被胀成方孔后，方孔紧紧地包住竹钉，看不到缝隙。如果木料是青冈木、榉木这种硬木料，钉子孔又在正面看得见的地方，就不能用竹钉子了。因为楠竹的横断面花纹是小圆点，和木纹差异太大，显眼得很。这种情况下只能用相同的木料做木头钉子，而且截面不是方形，是圆形。硬木料让性小，方钉不易把孔胀成方孔。圆的木钉钉入孔里用刨子刨过才不咋看得出来。有竹钉穿过的榫头与仅仅用胶粘过的榫头相比，小小的结构差异带来的是牢固度大大的不同，事半功倍。

木匠开槽用槽刨，槽刨也是木匠自己做。它比较短，二三十厘米长。槽刨海底有一根突起的埂子，埂子和槽刨同为一体，是海底自带而不是另外加上的。埂子的高度决定木槽的最大深度，通常不超过1厘米，高了不结实，容易坏。实际使用时木槽的深度由木匠的手控制。埂子的厚度一般都有四五毫米，太薄了容易坏，哪怕木料再硬，毕竟是木头。埂子的厚度决定开槽的最小宽度，因为开槽时埂子要落到木槽里去。槽刨的刨铁槽宽度小于1厘米，这个宽度决定开出木槽的最大宽度，实际使用时开出的木槽宽度由刨铁宽度决定。槽刨的刨铁一般都是铁匠打的手工刨铁，钢火差异大。一般木匠都有几块刨铁，宽度各不同，用以开出不同宽度的槽。槽刨的刨身上有一个孔，横着穿出一个定位爪。定位爪的下部位于埂子旁边，和埂子平行，使用时让它紧贴着被开槽木条的边滑动。定位爪和刨身呈半紧配合，敲击可以移动，用来改变定位爪下部和埂子的距离，这个距离决定开出的木槽到每条边的距离。

我的槽刨埂子与众不同，它的埂子不是自身木头上的，我铆了两块1.2毫米厚的铁板做埂子，埂子高度至少15毫米，可以踩深槽。铁埂比木埂薄，可以开出窄至1.2毫米的槽，而且铁板做的埂子固若金汤，不容易坏。这把槽刨借出去不见了，可惜。

7. 偏搭刨

偏搭刨用来在木条边或木板边踩出一个台阶，它和二长刨差不多样子。通常都是做好二长刨后把海底右边去掉一条做成一个台阶。台阶的边缘刚好到刨铁的边，台阶的高度决定使用时踩出台阶的最大高度。偏搭刨的海底钉有一根平行于台阶的木条，木条与刨铁边的距离决定使用时踩出的台阶宽度。当然这根木条可以用钉子钉在海底的不同位置，随心所欲地调整台阶宽度。

8. 边刨

边刨用来清理台阶的内角。只有边刨可以把台阶内角清干净，因为它的刨铁边缘与刨盒子边缘相齐。边刨与二长刨相比样子秀气多了，它很薄，不到2厘米厚。边刨刨铁多为铁匠打的手工刀。我极其奢侈地锯了一块金兔刨铁做成边刨刨铁。但是刚做好时却成了孤独求败的高手，因为边刨实在太少有机会展示功夫了。后来，成都做家具时兴“装平面”，即柜子门和柜子侧面都是一个大平面。装板与木方装平，并不比木方矮一个台阶。做法是木方上的装板槽不变，还是照样踩。而装板的边要做一个阶梯，把阶梯的第一梯装入槽内，阶梯的第二梯与木方齐平，木板和木方就成了一个平面。木板与木方之间有一条缝，这些缝全在家具的面上，所谓“牛眼睛的位置”，显眼得很，要清缝才敢涂胶装板。清这条缝木方是不能清的，只能清木板这条边。这条边是两步阶梯之间竖着的那个面，其他推刨只能望洋兴叹，唯有边刨能刨得到它。如果在这时遇到节疤，就要考考边刨刨铁的钢火了，我的边刨在这道工序中大显身手。

9. 光刨

光刨很短，结构和清刨更近，这指的是刨铁与海底平面的

笔者的边刨，青冈木，长330毫米，厚20毫米，高59毫米，刨铁是金兔牌刨铁改的，钢火极好。

边刨的海底，刨铁边缘与刨盒子边缘相齐。

上面一把是中学同班同学刘明从德国带回来送笔者的，老工具，很珍贵，伤痕累累，看那刨铁尾部都被敲成一疙瘩了。两把刨刀的角度几乎完全一样。笔者的边刨上面有圆孔，因为木料是电线杆上面的横担木，有插瓷瓶的孔。

角度，它的这个角度比清刨还大。清刨太长，有些地方去不了清不到，船小好掉头，对于这些地方，光刨就如鱼得水了。光刨的重要功能是光洁平面，它的刨铁即使敲得很嫩（刨铁露出海底极少），因为刨身短，还是可以吃到木板，把其他刨子留下的痕迹抹掉。光刨光过的平面手感和目测效果都非常好，就算漆的是色漆也经得起非专业人士吹毛求疵的挑剔。

笔者的青冈木光刨，把手找不到了，估计是上到另外一把刨盒子上借给别人了。两个木楔还在斜面上。

10. 线刨

线刨的海底不是一个平面，由几个不同的圆弧内切或外切组成，它的刨刀刀口与海底形状相同，在木料上可以刨出凹凸不平的线条。立柜的上檐、玻璃柜门的边框、镜框边，有线条要好看得多。通常一把线刨只能刨出一种线条，做镜框的木匠一般都有好几把线刨。

11. 内圆刨　外圆刨

内圆刨的海底是个凸面，木甑、木桶的内圆靠它刨光，除它和外圆刨以外，所有推刨的海底都是平的，吃不下这个活。外圆刨的海底是个凹面，用于刨弧形的外圆。外圆刨很少，因为外圆可以由很多切线围成，二长刨、光刨都可以刨外圆，刨铁敲嫩一点效果也还可以。

笔者的线刨，榆木制，镜框线。

同学刘明从德国带回来的光刨，年龄很大了，自生挡块，长240毫米，宽62毫米，高58毫米，刨铁44毫米。前面的手柄旋转一点点角度，适合习惯左手在前的木匠。

12. 压铁

木头开成木板或者木条后，木料的木纹不可能完全平行于木面，总和木面有夹角。刨刀吃进木料后，有顺着木纹前进的趋势。刨刀前进方向的木纹向上的称为顺木纹，刨刀前进时只是切断木纹，不会有钻入木头的趋势。反之刨刀前进方向的木纹向下的称为倒（逆）木纹，刨刀前进时就会产生钻入木头的趋势。刨

小学同班同学杨光理从加拿大带回一把刨子送笔者。这把铁刨长25厘米，前后两个把手是木头的，刨体是铸铁的，用螺丝和拨叉调节刨刀，比较方便。刨体上面铸有No.4字样，不知道是否相似于国内的清刨。重1.7公斤，比国内的清刨重。刨刀宽50毫米，比国内的宽刨铁窄2毫米。这把铁刨的刨刀钢火比笔者原用的刨刀差很多，两把刨刀对削时感觉非常明显，也许它不是加拿大的名牌，而笔者原用的金兔牌是中国第一品牌。但是，中国刨铁的形状与国外的刨铁完全相同，可以说是完全照搬。刨铁中间的孔槽在国外通常用于穿出固定压铁的螺丝，也用于拨叉的拨动。国内刨铁的压铁不用螺丝，不用拨叉，那个孔槽没有用处。

刀切断木纹时会撕掉一些木头，木板面上就有一些凹坑（成都话称为“起倒纤”）。木匠刨木料前往往先看木纹再动推刨，就是这个原因。这也是木匠刨完一面打算刨背面时木料并不是“横滚”着翻面，而是立着“翻跟斗”的道理。木料上多有木节疤，木节疤的前后木纹相反。木节前面的区域容易“起纤”，产生凹坑。这个问题不是换方向所能解决的，躲不掉，只能指望压铁压纤了。

刨刀使用时上面要压一块压铁（也有人叫盖铁）。压铁的前面磨得很平，很确切的道理师傅没有讲过，自己也没有想明白，也许盖铁压在刨刀上可以防止刨刀的颤动？不过不论道理如何，反正压铁可以压住倒纤。如果光有一块刨刀没有压铁，倒纤厉害，如果压铁厚实压口又平，基本可以不起倒纤，这张压铁就会被称为“压得住纤”。通常推刨刨出的刨花卷成圆环，如果把压铁口敲得非常靠近刨铁口，刨花就不卷，成了直的木皮飞出来。对这种现象我也百思不得其解。

推刨东西方都有的，发展到现在，他们的推刨与我们的差异较大。他们的刨盒子是铸铁的，不是木头；把手不在刨盒子两边，而在刨盒子的上面，一前一后各一个。我们推推刨时两手平行，他们推推刨时两手一前一后。同一个人，使用中式推刨每一次动作推刨前进的距离长一些，因为两只手都伸直了，使用西式推刨后面的一只手伸不直。1.8米身高的人这个差距大约是18厘米。中式推刨的刨铁角度不可调，而西式推刨的刨铁角度可以用螺丝进行调节，这是很大的优势。中国有推刨时哪里有什么螺丝？哪里有什么车床？哪里有什么机械加工？那时对付钢铁的只有铁匠，铁匠只有红炉、砧墩、手锤，哪里有什么螺丝的概念。西式推刨不仅刨铁角度可以调节，有的把手也可以调节。他们的推刨也用压铁。西方也用槽刨，因为刨体是金属，他们的槽刨非常精细。他们也有偏搭刨和边刨。因为他们的推刨精细，品种较多，他们甚至用推刨修整榫头。

锯

木工锯的品种多。切原木的有切锯，二人对拉，从和木纹垂直的方向把原木切断。解原木的有改（解）锯，也是二人对拉，把原木顺着木纹方向开成木方或者木板。电动的有带锯、圆盘锯。细木工用的是手锯，包括顺料锯、横料锯、粉齿锯、线锯、钢丝锯、板锯、槽锯等。

我们当时用的手锯锯条是上海快鹿牌的，钢火好，有时锯到铁钉也不在乎，并且好锉。我们也把锉锯称为发锯，快鹿的锯条发一次可以用很长时间。锯框的锯把木料首选白蜡树和杂树条，这两种料有韧性，木质又细滑，锯一上午也不烧手。青冈烧手而且重，选青冈做把手的木匠求的是经久耐用。锯框的绳子多为麻绳或棕绳。锯把下端有孔，穿有两根木质锯栓连接锯条。锯栓与孔为半紧配合，可以转动，用以调整锯条面的平正。如果锯条面有扭曲，锯起来肯定跑线。锯栓也用来调整锯条面与锯框面的角度。这两个平面呈90度时，锯条到锯框鼻梁的距离就是这把锯过得到木板或木条的最大宽度，如果更宽就只好用板锯了。平常这两个平面的夹角接近45度，角度大了手不好用劲。锯框上木质的锯栓最不结实，我的锯全用铁螺栓做锯栓，固若金汤，高枕无忧。

1. 顺料锯

顺料锯用于顺着木纹开板子、杀条子，锯条较长。通常顺料锯的锯路是“坐一拨二”。所谓锯路，就是锯齿的排列方式。“坐一拨二”指三个齿一组，第一个不动，另外两个一左一右。这种锯路踩线稳，不易跑线。拨锯路有专门的工具，在刨铁的上部用钢锯锯一条缝，就成了拨锯路的工具。木匠的马凳翻过来一头的两只腿上有锯缝，也有锯缝是在凳面上的。这条缝就是发锯和拨锯路的工桩，把锯皮夹在锯缝里就可以发锯和拨锯路了。发顺料锯用的锉刀，许多木匠不用三角锉，而用一种叫“撕毛边”的锉。这种锉刀的角度不是60度，只有40到50度，锉出的锯“吃料”，锯得快。顺料锯的锯条一般都比较长，因为顺着木纹走，不费力，锯条长的话，每推一次都可以多走一段。

2. 横料锯

横料锯用于把木料从垂直于木纹的方向锯断，它的锯路有人选“坐一拨一”，即四个齿一组，第一个不动，第二个在左，第三个不动，第四个在右，也有人选“不坐，一左一右”，即两个一组，和钢锯一样。这两种锯路讲究的是不易夹锯。

拨锯路时向左右拨齿也有讲究。顺料锯拨得轻，锯路小，锯缝就小，求的是不费料、省力。横料锯拨得重，锯路大，锯缝也大，这求的是不夹锯。特别是湿料，夹锯厉害。锯路的左右对称最为重要，因为同一只手向左右两个方向用力，不易均等，一边力大一边力小，锯路就是偏的，这种锯肯定跑线。

有时会看到一位木匠抓了别人的锯来用，没锯几下就拿起来观察锯面是否扭曲，再看锯路左右是否对称。不过很多情况下都不是锯面扭曲也不是锯路偏，而是木匠的感觉阴差阳错。如果他看过锯路马上换另外一把，试了两下没有再换了，那么前一把肯定有问题。但是大部分情况是，看了锯路没有换锯，那么问题不在锯，而是他不熟悉这把锯。锯条平面与锯框平面的角度、锯框的宽度、锯把的粗细和形状、锯把的木料等，这些因素的差异，哪怕仅仅是其中一项有细微不同，也会影响木匠手上的感觉。问题是这几项差异往往同时存在。木匠对于自己的工具了如指掌，一丝一毫的变化也有感觉。这些差异看似无足轻重，但是那种感觉的真切，非言语所能表达。当年天天骑自行车，车哪怕只有 点点不对劲，你也能感觉出来，别人要你说出来，你说不清楚，但是能感觉出来。感觉是非常真实的东西。

横料锯的锯齿角度比顺料锯角度大，多用三角锉发锯。如果用顺料锯锯横料，因为锯齿角度小，太抓料，木料断面很粗糙，并且费力。横料锯锯出的断面平整得多。

3. 粉齿锯

粉齿锯的锯齿细密，多用于锯榫头。

我们在木料上画线用的是墨签，那是用竹片做的。签头的竹片开成两层，再密密地分成细丝，前面用刀斜着削薄。用它蘸上墨画出的墨线比铅笔线更细、更黑，在木料上黑白分明，清楚得很。不过有一利必有一弊，墨签也有不方便的地方：一是需要经常到墨斗里蘸墨，二是不能把墨签夹在耳朵上。铅笔夹在耳朵上拿起来实在顺手。

彭师傅对锯榫头的要求是“留墨不见墨，留点丝丝墨”。只有锯齿很细的粉齿锯锯出的榫头能符合要求。粉齿锯的锯路要拨得小，我选的是坐一拨二。锯齿角度大，锯横料端头平整。当年粉齿锯只在精细场合抛头露面，平时都躲在工具箱里休息。可是后来我所有的顺料锯和横料锯全借出去没有收回来，只剩了一把粉齿锯。木工活就全靠它挑大梁，独当一面了，当然也只能把它的锯路拨大了一些。

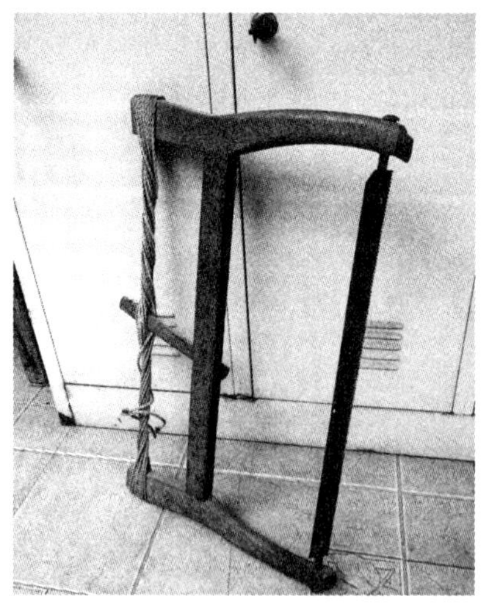

笔者的粉齿锯，锯片长400毫米，快鹿牌，铁锯栓。以前只锯榫头，后来几把锯都借出去了，现在它什么活都干。

4. 板锯

板锯用于把大板开小，它只有一张锯片，没有锯框，不受限制。当时的木匠不咋用，因为层板少，全木工房只领了一把。不像现在，不仅三层板、五层板、九层板（现在的装修师傅又称三厘板、五厘板、九厘板）和木工板全是2.44米×1.22米的尺寸，装饰板、石膏板也是大板，不用板锯寸步难行。板锯锯片宽，不易跑线，锯片厚，锯路大。

5. 线锯

线锯锯条很窄，锯木料时可以拐弯，用于锯曲线。比如锅盖、甑盖、模型上的曲线等。但是线锯的锯皮仍然有接近1厘米的宽度，只能锯大弧线的东西。如果弧线的半径太小，它就转不过弯，无可奈何了，那是留给钢丝锯人显身手的机会。

6. 钢丝锯

钢丝锯就是一根钢丝绷在锯弓上，钢丝上面有锯齿。锯弓有木条和竹片两种，竹片弹性大，锯弓可以做得深，挖大板中间的圆弧也让得开。钢丝很细，不要说小的圆弧拐得过弯，角度再小的锐角也难不住它。如果要在木板中间抠去一块，可以先在要抠去的位置钻个孔，把钢丝锯的钢丝穿过去再挂到锯弓上，不伤及周边的木料就能把这块木料挖掉。而线锯就没有这个优势，线锯的锯条很难取下来。钢丝锯的一头本来就是挂在锯弓上的，很容易取下来。

钢丝锯的锯齿是钢丝上的两排翘起的齿。买的钢丝锯肯定是机器开齿，成批生产，不可能人工干，机器怎么开齿没见过。我们的钢丝锯钢丝是自己做的，开齿倒也很简单。取一段0.8毫米或者1毫米粗的钢丝，两头做个圈，固定在一块硬木上。双手握住专用的凿子顶在肚皮上，在钢丝上凿，钢丝受力会翘起一点“飞皮”，这就是锯齿。先凿出一排锯齿，把钢丝转90度（角度大了不好用），再凿出一排齿，大功告成。

说说容易，实际操作时也有诀窍。凿子虽然是双手握住，但是用力时手并不动，而是弯着的腰动，是腰在使劲。这是因为钢丝很硬，手劲不够大，并且手用力时每一次力量不均匀，凿出的齿深浅不一，而腰劲够大并且用力很匀。第二排齿要凿在第一排齿的间隔中，这样的钢丝锯比在同一个地方凿两个齿结实。因为太费力，试过用榔头敲凿子，几次都落得“偷鸡不得反倒蚀把米”的下场——榔头力量不好控制，钢丝断了。

做钢丝锯的凿子，麻花钻改的。锋钢，凿得动钢丝。

钢丝很硬，力量小了凿不起飞皮或者飞皮太浅，只有用大力。这也是钢丝要垫在硬木上的原因，如果垫的是松木、杉木，一使劲钢丝就陷进木头里了，软着陆，无济于事。我们通常把钢丝垫在清刨的侧面上。凿子与钢丝的角度也要合适，角度小了凿子在钢丝上打滑，吃不进去，角度大了又凿不起飞皮。凿子是我们自己用麻花钻头做的。钻头选10毫米左右粗的，细的怕断。用砂轮磨出凿口，因为钢丝硬，角度要大一点。再用油石和青石细磨。麻花钻是工具钢，它的硬度对付钢丝没有问题，再上个柄用起来就得心应手了。

7. 槽锯

槽锯用来开槽，主要为穿销开槽。

大面积的木板容易变形，表现为木料在垂直于木纹的方向上会卷。为防止变形，桌面、门板、锅盖都要加穿销。穿销是一根或者几根垂直于木纹方向，穿通整个木板的厚木条，用穿销可以把木料锁住，不让它卷。写字台、方桌、乒乓台的穿销有至少5厘米厚，只有厚的穿销才抗得住木板的卷劲。

穿销插在木板上开出的木槽里，横断面为梯形，木板上木槽的横截面也是梯形。穿在梯形槽里的穿销才是名副其实的穿销，唯有用梯形槽的结构来锁木料才能够产生拉住木板的效果。因为是梯形，穿销只能顺着梯形槽的开口插进去，而不可能从梯形槽的上面出来。那些不开槽，只把木条钉在桌子背面的木匠自欺欺人，钉子抗不住厚木板的卷劲。有些桌面的一侧看得见穿销端头，木料竖纹方向的收缩小于横纹方向，桌面横纹收缩大，老家具的穿销端头往往伸出桌面的侧平面，很不雅观。做得讲究的木匠穿好穿销后把穿销的端头切掉一段，使穿销短于桌面几毫米。这几毫米是预留给桌面收缩的，再拼粘一块木条遮住穿销端头，从此无后顾之忧。

穿销槽开在木板的平面上，各种框锯都只能望洋兴叹，因为它们全有锯框，有锯框的锯下不到槽里去。槽锯就是一小段锯片铆个手柄，没有锯框、锯弓，单单一段锯片，在穿销槽里游刃有余。锯齿向后，拉锯。可惜我的槽锯借出去找不着了，否则有照片可以看看。我那把槽锯的锯片是一段快鹿牌锯条。锯大板的板锯属于洋锯，进入中国时间很短，没有板锯时中国木匠用槽锯锯大板子。

8. 板锯和拉锯

板锯把手只夹住板锯锯片的一个端头，锯齿向前，推锯时用力。锯片厚、宽，不易跑路，用力时靠锯片的厚度来保证锯片不弯曲。英国木匠有一种夹背锯，也是板锯的一种，锯齿向前，推锯时用力，也属于推锯。这种推锯的锯片比较薄，锯片的上部有铁条夹住，增加了锯片的强度，用力时锯片也不易弯曲。他们用夹背锯开榫头，锯一些比较精细的地方。英国木匠也使用日本锯。日本锯锯齿向后，拉动时用力，是一种拉锯。手柄长，可以双手持锯使用。锯片上部也有铁条夹住，增加锯片的强度。因为是拉锯，用力拉时锯片不易弯曲。锯齿细密，锯榫头比较精细。

据说日本锯可以比较方便地更换锯片。

中国框锯的优点是锯片薄，锯路小，木料损失少，省力。虽然锯片薄，根据杠杆原理，用绳子把锯片轴向拉紧，推锯时也不易弯曲。英国木匠用的板锯没有优势。日本锯属于拉锯，锯条不易弯曲，很有特点。

油　筒

锯有磨损，时间长了锯路会小，会夹锯。即使锯条的锯路合适，遇到湿料也要夹锯。湿料又不可避免。带锯、圆盘锯开料时都要淋水冷却锯片，木料也就湿了。叠在一起的木料少有间隙，很不容易干透。为解决夹锯的问题，木匠们使用油筒给锯条抹油。

油筒的筒体多为竹，也有用铁皮筒的。铁筒不好，它在工具箱里容易伤刀口和尺梢。工具箱里的凿子、斧头、刨铁都有刀口。这些刀口虽然有钢火，木匠也不愿意它们碰到铁器。新做的尺梢都平直无痕，大部分旧尺梢伤痕累累，全因与别的东西碰撞。竹子比铁软，这是取竹筒舍铁筒的一个理由。另外一个理由是竹子好找，而铁的圆筒不好找。现在的塑料瓶子多，塑料油筒可能比竹子油筒还有优势，因为它不会浸油出来。但是在当时我们根本没有见过塑料瓶子这种东西。

油筒好做。锯一段粗细合适的竹筒，锯好竹筒后再找一些粗麻绳，把麻绳切成一段一段的，长度比竹筒略长。麻绳扎成捆，塞到竹筒里，把头切齐，再往竹筒里倒些油，油筒就做好了。油筒里的油，农村木匠用菜油，闻着很香。我们用机油。遇到夹锯，用油筒在锯条两面抹一抹，有立竿见影的效果，锯起来顺滑多了。不过锯榫头时不能抹油，有油的榫头不沾胶。木匠也用油筒抹推刨的海底，倒不是在乎滑不滑，是抹点油保护海底。我们的新推刨做好后，经常在刨身上涂油，钳工房里机油多多，提一小桶过来每天用刷子涂。

木工凿

木工凿的尺寸不讲公制，而使用市制，常用的有二分凿、三分凿、四分凿、寸口。刚领的木工凿要配手柄，手柄木料的选择各有取舍。青冈木硬，经打，但是烧手；茶树条韧性强，手感细滑，但没有青冈木经打。

我的凿子手柄和锉刀手柄都是上车床车的。修配所有两台车床，一台618和一台英制的616。车工谢师傅和蔼可亲，允许我动床子，我经常用那台616。车刀是谢师傅教我磨的外圆刀，刀口有一点像个小小的调羹口。车凿子手柄简单，锉刀手柄则有几个圆弧相切，并且要钻孔，车锉刀手柄好耍一些。车粗型时吃刀量深，走刀也快，最后的几刀吃刀浅，走刀慢。再用细砂纸磨一下，光滑如玉。不能用砂纸去握手柄，虽然车木头时床子已经降了转速，但还是容易出事。用两只手扯着砂纸，使砂纸以切线位置接触手柄就不会有事。手柄的光滑度不仅和吃刀量、走刀量、转速、刀口角度有关，木质也是重要因素。硬木和木质细腻的优先选用，我喜欢茶树条和白蜡树，这两种材料的手柄细腻光滑，并且很硬。

斧头的敲打使得木工凿的手柄容易发叉，木匠们喜欢把手柄上端削小，加个圈，有圈捆着的手柄经打多了。有用铁圈的，但最有特色的是牛皮圈。把细牛皮条用水泡软，缠成大小合适的麻花圈套在手柄上端，牛皮干了以后会收缩，紧紧地裹住手柄。当时的乡场赶场时可以买到细牛皮条。

在打榫眼以前一定要检查凿子是否锋利，感觉不好就磨磨它。不锋利的凿子用起来一是效率低，慢；二是打出来的榫眼端头不齐斩，有空洞，特别是松木、杉木这些软木头。打得好的榫眼也是“留墨不见墨，留点丝丝墨”，这是榫眼表面。榫眼里面不能凸也不能空。榫眼凸了，榫头容易把榫眼胀裂，特别是木料端头的榫眼最容易裂。木料中部的榫眼不怕胀，紧一点结实。榫眼打得松，并且胶涂得不够饱满的榫头粘不紧。凿子打去榫眼最面上一层木头时，斧头每打一次凿子，凿子就在榫眼上左右摇摆地向前移动一点，很有节奏和韵律。

斧头和锛锄

木匠用的斧头，有的成都木匠称之为“小刀”。因为经常要用，通常它就在工作台上放着，不收进工具箱。把圆木架方要用它，砍去方木上多出的部分用的也是它；校正刨铁深浅，钉钉子打凿子全要用它；做楔子、削铅笔也经常用它。

木工斧有偏钢和全钢的区别，偏钢斧头只有刀口那面的前部是一片钢，斧头脑壳和刀口背面都是铁。磨斧头时可以看得很清楚，钢和铁的颜色不同。这种斧头好磨，铁是软的。正因为铁是软的，旧斧头的脑壳往往坑坑洼洼，不好用，它敲打别人时也给自己留下了痕迹，杀敌三千自伤八百。

当时商店卖的木工斧头都是偏钢斧头，钢比铁贵，全钢的成本太高。我们的斧头是红炉房铁匠师傅打的全钢斧头，铁匠师傅说材料是钢轨面子。他认为钢轨上下的钢不同，轨面的钢比轨座的钢好。这个说法也许有误，轧钢时难道不是同一块钢锭？后来才知道，钢轨的轨面经过高频淬火，确实比轨座硬得多，这才造成铁匠师傅误认为钢的质量不同。全钢斧头不好磨，太硬了，当然磨一次可以管很久。我的斧头钢火好，砍旧料时砍到钉子也不在乎，用了好几年，斧头脑壳没有一个凹坑，可惜后来送人了。后来又想用斧头时，只好买了一把偏钢的。

斧头装把子（木柄）的孔叫龙眼，龙眼不能太小，龙眼小的斧头只能装细把子，不结实。龙眼不能歪，要很正，龙眼歪的斧头装出的把子也歪，不好用。

斧头功夫好的木匠片出的木方面子，用二长刨推几下就满吃了。所谓“满吃”，就是刨子在木料上推时，从头到尾都能吃到木料。“黄木匠”片出的木方被形容为“狗啃的一样”，二长刨推了半天凹处还不到底。前面的工序出问题，后面的工序想快也快不起来。

锛锄也是制造平面的工具。细木工一般没有锛锄，它要对付的是大家伙，比如房子的梁、檩子、方柱。这些大平面斧头根本无法，如果柱子粗了，斧头只能在边角啃啃，中间部位手都进不去，这时就全仰仗锛锄了。

锛锄样子像个锄头，刀头有点像没有后跟的拖鞋。只是拖鞋头是个刀口，穿拖鞋的是一块青冈木。青冈木上有一根手柄，锛头与手柄的角度小于90度，可能只有60多度。木料不必架高，放在地上。弹好两根墨线确定平面位置，锛锄的工作就是把两根墨线之间的木料锛去，把两根墨线确定的平面锛出来。木匠站在木料旁边，像挖锄头一样用锛锄锛木料。锛锄角度小，人又站在旁边，被锛锄锛到自己小腿的人据说不少。锛锄锋利，用锛锄时使劲又大，加之伤到的位置全是小腿前面俗称“连二杆”的骨头，伤口极不易好。用锛锄的诀窍在于，拿手柄尾部的手一定要靠近身体夹紧，基本不动，控制着锛锄手柄，不让它轴向运动，只许锛锄以这只手为圆心做圆弧运动，前面的那只手使劲挖，这种锛法就不会锛到自己了。锛锄刀口宽，使得上劲，效率很高。高手锛出的平面令人叹服，两根墨线各剩半根。

锛锄在木匠工具里算是重武器，修穿斗房子时必不可少，做家具的细木工是用不上的。

木工尺

我用过的木工尺有木折尺、角尺、三角尺、扳扳尺、直钢尺、钢卷尺。角尺、三角尺、扳扳尺需要自己做。

1. 木折尺

木折尺商店有卖，由画有刻度的几片木片铆接组成，两端有铁皮封头，拉开总长度为1米，折合后只有十几厘米。木折尺一面的刻度为公制，另一面的刻度为市制。许多木匠喜欢用木折尺画线，而不用直钢尺。画线时左手拿着尺，中指指甲掐住折尺的一个点，右手拿的墨签贴紧折尺尺端。左手中指指甲贴着木料边滑动，墨签就在木料上画出平行于木料边的一条线。左手掐住折尺不动，右手翻动木料或者拿来另外的木料，重复画线的动作，几根相同位置尺寸的线就画好了。后来，我领了一把150毫米的直钢尺，精度比木折尺高，也试过用它画线，不好用。第一，直钢尺很薄，左手掐住它的感觉不好；第二，它只有公制，木工凿常用的“二分凿”“三分凿”全是市制；第三，不锈钢尺身上的刻度没有木折尺黄色木片上黑色的刻度明显。在光线暗的地方看不清楚，特别是直钢尺前端刻度密的区域。虽然直钢尺非常漂亮，但只能在做精细活路时量量尺寸，并不常用，弹墨画线还是用木折尺顺手。

图中是笔者的角尺、三角尺、扳扳尺，可以看见角尺和三角尺上面的铜铆钉。

2. 角尺

木器家具多为矩形，木条和木板间多是直角关系。角尺是确定直角的尺，用它画垂直于木料边的直线。

角尺的尺身是一根方木条，多为青冈木。尺梢是与尺身垂直的一片木片，也有用骨片或者电木板做尺梢的。骨片通常是牛骨做的，很白，有韧性，可以弯曲。有的木匠把画有刻度的白色骨片贴在尺身上，画线时把它当折尺用。

我的角尺尺身是榆木的，也是出自那批木横担的料，为的是它不走性。尺梢是一片电木板，尺梢与尺身用一个穿榫带半榫的结构连接。榫头加铆了三根铆钉，铆钉是三段铜丝做的，铜钉好看。尺梢薄，只有3毫米厚，木工凿太大，最窄的二分凿也有6毫米多。为做这个穿榫带半榫，我专门用钢丝做了一把小凿子，这把凿子只用了这一次。我在尺身的内侧打了个青冈钉，画线时青冈钉搁在木料上，不必用手扶着尺身，角尺也能贴着木料，不会掉下去，两只手都可以腾出来。青冈钉的厚度与尺梢相同，而且都位于尺身的轴线上，保证尺梢面与木料面的密贴。加青冈钉的做法我在其他人的角尺上没有见过。

角尺是木匠的直角标准，须经常检验。检验角尺的方法简单可靠，一目了然。把尺身靠着木板的直边画线，再把角尺翻个身，仍然靠着这条边在刚才画线的地方画线。如果两条线重合，则这把尺的角度是90度。如果两条线不重合，有夹角，那这把尺的角度就不是90度了，用它画出的线就不垂直于木板边，只有用

笔者的尺梢是深咖啡色的电木板，长380毫米。榆木尺身，尺身腹部有一个青冈木钉。

清刨刨尺梢来校准。当然用来验尺的木板边必须是一条直线，这是校尺的基础。机器生产的层板边肯定是直线，我们常在层板上验尺。

木匠干活过程中需要使用角尺的时候很多。干活时遇到的很多直线间的关系都是“垂直”。矩形的内角都是90度，矩形的东西又最多。立柜、写字台、窗框、门框……这些框架因为是矩形，自然很可能因“矩形的不稳定性”这个自然规律而变成平行四边形。因此经常可以看到木匠拿角尺去靠这些框架的内角，检验这些角是否还是直角。其实，矩形的对角线相等，而平行四边形的对角线不等，比较对角线就可以看出是否是直角。但是，比较两根对角线是否相等的人凤毛麟角，虽然这种方法精度高也简单易行。这种现象可能缘于木匠对角尺的偏爱。

尺面是酚醛玻璃板，尺身青冈木制。笔者做了两把三角尺，另外一把是深咖啡色的电木板，借给别人了。

3. 三角尺

三角尺用于画短的垂直线，多用于在木条上画线。木条窄而角尺的尺梢长，用起来不方便，三角尺就比角尺方便多了。当然三角尺还有不可替代的作用，就是画45度线，比如镜框的四个角、柜门的四个角。凡有“捧角”的地方，都有这种线要画，有三角尺就方便了。三角尺也由尺身和尺梢组成，只是尺梢是三角形的，有实心三角形也有空心三角形，空心尺梢使用时手拿着方便。三角尺尺梢的材料多为木板或者三层板。我做了两把三角尺，一把尺梢是深咖啡色的电木板，一把是黄色的酚醛玻璃板。深咖啡色的秀气小巧，可惜也借出去收不回来了。

4. 扳扳尺

扳扳尺又有人叫万能尺，所谓万能，是指它角度的万能。

笔者的扳扳尺，松木制。

扳扳尺尺梢的中部与尺身连接，呈“T”字形。连接处可以转动，用以调整尺梢与尺身的角度，扳扳尺这个名字可能就是源于尺梢可以扳动。有些木料需要画相对于木料边非90度也非45度的直线，这种情况虽然不多，但也还是遇得上。要画这些线条，角尺和三角尺可就英雄无用武之地了，全仰仗扳扳尺大显身手。理论上扳扳尺可以画0—180度任意角度的线，其实不然。实际上，尺梢肯定有宽度，尺身的槽也不能开穿，总有死角。也见过尺梢不夹在尺身内，就用钉子钉在尺身面上的扳扳尺，它画的角度范围大一些，但因为尺身的厚度和尺梢的宽度也会形成死角，这种扳扳尺就显得太过简陋，近乎寒酸，我们不屑于使用。我的扳扳尺是急着要用时，临时用松木做的，用的是蝴蝶螺栓，后来一直用它，也没有再另做。因为扳扳尺要调整尺梢和尺身的角度，连接尺梢和尺身的如果是蝴蝶螺栓就比普通螺帽方便，不用动扳手。

开板子　杀条子

1. 开板子

把原木锯成木板称为开板子。

木材厂开板子经常使用带锯，10厘米左右宽的带锯条绕在上下两个大轮子上，旁边有轨道车。把原木放躺，用铁爪顺着固定在轨道车的侧边，冒出轨道车。带锯条在原地转动，轨道车拖着原木前进，原木被纵向剖开。每次开始剖之前，把轨道车上的原木平行地左右调整，就能确定每块木板的厚度。

因为钢做的带锯条不可能绕在小直径的轮子上，所以两个轮子直径都很大。上下两个轮子之间有几米的距离，给木料留出通过的空间，再大的原木也够用。带锯开出的厚板多，5厘米厚的常见，也有开几十厘米大小的方料的。带锯开出的木板、方木都很平整规矩，好用。带锯的锯路只有几毫米窄，简直不费料。几十年前看到的带锯都很大，它不左右拨齿，用机器把每个锯齿的尖端夹一下捏扁，锯木料时就不会夹锯了。锯木料时有一股水喷到锯条上降温。有时会看到很多水蒸气，锯路小了锯条容易发热是一个原因。

今年在崇州怀远镇看到了小的带锯，师傅们用它开小料，把直径10厘米左右的柏木锯成做椅子、板凳的条子。我看见一位师傅在拨锯路，工具是一小段有锯槽的钢筋，他拨的锯路是“坐一拨二”，典型的顺料锯路。我说这么细的柏木树子砍了可惜，一位师傅说：“是剔的丫枝。”我没有争辩，只能摇摇头走了。柏木的丫枝哪里有一两米长、没有节疤还笔直不弯的？骗骗不懂的人还可以。

带锯条的钢很好。当年我把一段30厘米长的带锯条切掉一块，变成带柄的菜刀形状，再铆两块厚酚醛玻璃板当刀柄，做了一把菜刀。这把菜刀用了很多年，钢火好，不必经常磨。只不过带锯条好像只有1毫米厚，刀太轻，砍东西使不上劲。

圆盘锯是最常见的开木板、杀木条的机械，锯路宽，费料；声音大，烦人。圆盘锯开出的板、条质量和带锯相比大相径庭，差得太远。早期圆盘锯几乎没有考虑安全防护设施，伤人的事故时有发生。

立改锯和平改锯也是原木人工开板常见的工具。那些使用改锯的人被称为改匠。立改锯锯条比较宽，最宽处大于20厘米，手柄的平面垂直于锯条面。操作时要搭架子，一个人站在原木上方，一个人站在原木下方。直臂弯腰，用腰腹和手臂的力量提拉锯条。改匠往往赤裸上身，有力拔山河的气势，令人望而却步，驻足观看。平改锯就秀气多了，改料时也不用搭架。把原木支得比腰高一些，两人在原木两边对站，用手端着锯推拉。手艺好的改匠锯条不跑路，踩着墨线走，板子质量很好。

当时家具的门、侧板、背板都不用钉子钉，是“装”在木槽里的，被称为装板。做家具需要很多薄木板做装板，为节约材料，稍稍厚一点的木料都要一分为二。20世纪七八十年代的成都经常可以见到在门框边靠着改木板的，两个人干得汗流浃背、有声有色。具体做法是，在门框上钉颗大钉子，不要钉死，留一点钉头在外面。木料竖着紧靠在门框上，木料的上端顶着大钉子。木料旁边用另外一段木料做成杠杆，杠杆的支点多半是一块砖头。杠杆短端支着木料下端，另外一头的长端压个重物。重物各不相同，记忆深刻的有石磨盘。固定木料的方法各式各样，但这种工桩很有特点，最大的好处是可以一锯到底，比绳子捆钉子钉的办法好多了。木料被固定后两人就用手锯改板。有的手锯锯路窄，夹锯，两人又不经常配合，锯条跑线是司空见惯的事。如果剖开的两块板子都能用，那就谢天谢地了，但做下来事倍功半，只有一块能用的比比皆是。这倒无可厚非，不要说业余木匠多，就是两个专业木匠蹲在那里拉锯也时常会跑线。

2. 杀木条

所谓杀木条就是从木板上面锯一根木条下来，或者把比较粗的木条锯成几根细一点的木条。

比起开板子，杀木条就简单多了。把木料踩在木匠马凳上，用顺料手锯“杀”就是了。当然也可以不踩在马凳上，而用方凳、椅子、台阶等。木匠马凳就是一根条凳，为什么叫马凳不得而知，可能是因为有四条腿吧。通常方凳和木椅的凳面高度为44厘米，条凳高矮都有，而木匠马凳高于50厘米。因为马凳不仅要踩着杀木条、锯榫头，坐着它打眼，有时还要在上面推推刨，太矮了腰受不了。平常的条凳面板也就2—3厘米厚，10来厘米宽，我们的马凳面板是5厘米的厚板做的，20多厘米宽。凳脚6—7厘米粗，四条腿全顺着对角线往外蹬，这样的条凳纵向拖动时凳腿的榫头才吃得住力。凳腿纵向外蹬和横向外蹬的角度不同，画凳腿榫头的线时扳扳尺要扳好几次。也有木匠不画纵向的岔墨，画正墨，锯榫头和打榫眼时反着留墨线，效果一样。马凳每个凳腿都是双榫头，而且是穿榫加楔子。每一头的两条腿之间木条也是穿榫加楔子，不图好看，只求结实。在马凳上如果用半榫和单榫就是银样镴枪头的假打了。

杀木条虽然简单，但考功力，是木匠使锯水平的试金石。

画线是用墨斗在5厘米或3.5厘米厚的木板上弹好墨线。如果心里不踏实，就在背面也弹上线，这样可以翻过来看看跑线没有。右脚踩稳木条，右手握住锯把掌舵，左手按住右手加力，这是架势。每次锯条走得尽可能长，把锯条长度用够，这是效率。锯条踩着墨线走，如果翻过木料看背面的墨线也被锯掉，这是质量。连续杀它半个小时不伸腰不休息，这是体力。没有个一两年功力的学徒一杀木条就原形毕露。杀木条时推拉锯子的频率不能太快，“不怕慢，就怕站”的说法极有道理。频率快了累人，经常要歇气，看起来搞忙慌了，效率反而比频率慢但不歇气的低。

有一次，工作量大，木工房人手不够，请了几个外面的木匠帮忙。休息时彭师傅问其中一个年轻人是否干了两三年木工了，对方说干了四年多。彭师傅对另外一个人说你可能只干了半年，那人说差不多一年了。我暗自惊叹彭师傅的判断力，因为他们一没画线二没动推刨，只用了手锯和钉钉子，并没有更多机会显示手艺。重新开工后我仔细观察才看出点门道，上面说的几点是关键。

那几天的工作是做木制电缆槽，电缆槽长4—5米，长度不固定，料有多长做多长。它由四块20多厘米宽，1.5厘米厚的木板组成，底板用钉子钉死在两块墙板上。盖板不要钉死，留半个钉子在外面，到工地要揭盖放进电缆后再钉死。电缆槽的两头做公母榫，使得连接起来的电缆槽接头不容易进泥土。设计图纸的工程师不是木匠，只考虑结实，要求用的钉子长60毫米左右。钉底板时长长的钉子容易斜着穿出墙板，向里穿出容易划伤电缆，向外穿出容易刺伤施工人员的手，因此钉斜的钉子要拔出来重新钉。有人从来没有钉斜，也有人时不时地就要拔钉子。

手艺好的木匠拿斧头时握手柄尾部，力臂长，敲打时使得上劲，力量大。手越握得靠前越使不上劲，力量越小，手几乎靠着斧头的那种人肯定是新手。一颗钉子有人敲两三下就到底，有人总要多敲几下才行。羊角锤比斧头轻，如果使用羊角锤，一颗钉子总要多敲一两下，但是可以拔钉子。有人用羊角锤，有人用斧头，用斧头的人不拔钉子。槽盖上的钉子，有人留得一般高，有人钉得高高矮矮参差不齐。不比不知道，一比吓一跳。艺无止境，钉钉子这种人见人会的眼见活路也有见不到底的深浅。

墨　斗

因为要弹线，要吊墨，墨斗是木匠的必备之物，人手一个。

墨斗形状各异，但都有一个装墨的斗。斗有圆的、方的，六棱、八棱，圆锥形、梯形、直桶形，鼓腰、收腰等各种形状。不论形状如何，斗里面的棉花和墨汁是一样的。我试过蚕丝绵，效果和棉花相同。

墨斗的墨线绕在轮子上，轮子固定在两堵墨斗墙子上。墙头靠在装墨的斗上，墙尾有横墙相连。各式墨斗的变化，除了装墨的斗，就是墙子了。墙子的形状各异，力求不雷同。有的木匠还在墨斗墙子上刻出花纹，竖墙子刻了横墙也刻。

装墨的斗腰上钻有前后两个小孔。墨线穿过一个小孔进入装了墨汁的斗，从浸满墨汁的棉花中间穿过，蘸上墨汁，再从另一个小孔穿出去。穿出去的墨线拴一个尖锐的物件，弹线时把它插到木料上固定墨线。斗里的墨汁不能太多，保持棉花湿润就好，墨汁多了会从小孔向外流。用旧了的墨斗这个小孔被墨线磨大了，墨汁更要合适，不能多。墨线埋在棉花之间，墨汁如果干了加点水就行。

用墨斗弹墨时，把墨线头固定在木料上，左手拇指用墨签尾巴压住棉花，墨斗向后退，蘸过墨汁的墨线从墨斗里被拉出来。到位后左手无名指按住轮子，轮子转不动了，墨线被固定。右手提起墨线，左手食指把墨线压在木料上。右手放线，木料上就弹出一根直直的墨线。有时墨线拉出时墨汁太多，就先在空中弹一下，把墨汁弹去一些，再弹在木料上。如果左手食指先把墨线压到木料上，右手再去提墨线，木料就会沾上墨迹，容易与弹好的墨线混淆。

那些没有刨过的毛料表面粗糙，如果用铅笔和墨签画线，当时也只能是隐隐约约雾里看花，过几天没准儿还有石沉大海的味道。不是墨线脱色了，而是自己忘了画线的位置，线条不明显，找不到了。对付那些毛料，全靠墨斗弹线。而且，在三五米的长料上只能用墨斗弹线，没见过谁用墨签和铅笔画长线的。即使墨斗坏了，也是首选修好墨斗，或是重新做一个墨斗。

做墨斗的木料没有定数。多数人选用青冈木，图个结实耐用，有人选用梨木，图个光滑细腻。我在那堆木横担里选了一根颜色淡黄的料，图它颜色好看。后来两把二长刨都借出去了，急用之时找不到青冈木，还用这段料做了一把小二长刨，一直用到现在。

门、窗等各种框架安装时是否垂直于地面，也是靠墨斗来“拿墨”的。木匠吊线用墨斗，少有木匠使用专门的重锤。墨线前端拴的尖锐之物就是重锤，这个东西多是铁件。也有人吊线时再绕上个更重的东西，这样线挂得更直，也不怕风吹得墨线老是摇摆。

木匠吊线考的是眼力。其实不仅吊线，木方是否刨得平直，木板面是否有拱翘或扭曲，框架是否在一个平面上这类，也全靠眼力。比如由四根木条组成的框架，角尺只能保证它是矩形，不能确定四根木条是否在同一个平面上。要保证它在一个平面，只能涂胶后用眼睛看，校正准了之后轻轻地靠在墙边，待胶固化后粘牢，这样平面就被固定了。如果木匠看走眼了，胶已经固化的框架不在一个平面上，那可麻烦大了，很难有救。

看线看面是木匠的基本功。当时“读报”之类的政治学习多，我就找两个点，找一条直线，找一个平面，单眼吊线慢慢看。总闭左眼觉得累，就闭上右眼练左眼。后来师傅们不时借我的眼睛去复核工件。前几年装修房子，陪木匠师傅去买实木门。实木门除了木料、做工以外，最重要就是它的面翘不翘，有扭曲，翘而不平的门买回去装上后关不严。我看木门平面的眼力令木匠师傅视我为同行，在这些不费体力的木匠技能上，我还有点宝刀不老的架势。

木匠画线除了用墨签，也用铅笔。专用的木工铅笔的横截面是椭圆形的，笔芯不是圆的，而是扁的，比较软。铅笔的长处在于比墨签方便，不必去墨斗里沾墨，还可以夹在耳朵上随手可取。不足之处是铅笔线颜色浅，不显眼，特别是画在没有刨光的粗糙面上，更看不清楚。并且铅笔芯软，不论你刮得再细，画不多时就变粗了。如果是细木工，线粗了根本就没有办法做，经常刮笔芯也嫌麻烦。而墨签随便画多久都很细。没见过木匠用刀削铅笔的，都是用刨铁或宽一点的凿子、斧头等，也有用刨子刨的。刨子刨出的铅笔斜面又长又平，连最会削铅笔的工程师见到也忍不住把玩一番，赞叹几句。

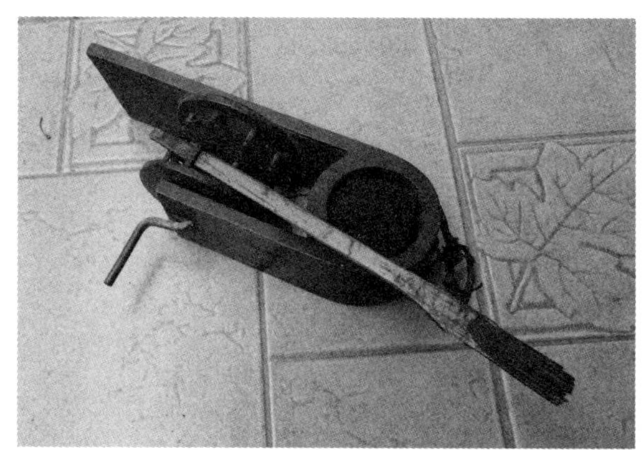

笔者的墨斗，不对称墙板，竹签还在。

笔者的直尺、三角尺、板板尺和墨斗。

木工钻

修配所有大小摇臂钻和手枪钻，还有各种规格的麻花钻头，在木料上钻孔非常简单。这里说的木工钻是不用电的那种木匠专用手工钻，我见过三种。

彭师傅的木工钻是一只手操作的，腾出另外一只手扶着工件。它由钻杆、飞轮、滑板组成。钻杆大约2厘米粗，青冈木的圆棍，长约50厘米。最下面是一个铁匠打的夹头，四棱锥体从中对剖了一半，对剖了的面中有槽，用以夹住钻头，四棱锥体的外面有一个铁圈套着，滑动它可以松开或者夹紧钻头。

钻头通常都是自己做的，普通铁丝的硬度钻木头足矣。把一根粗铁丝的端头打扁，锉成菱形或者三叉戟形状，最宽处即为钻头的直径。也有讲究的人请铁匠师傅专门打钻头。钻杆上装有一个飞轮，飞轮是青冈木的，约6厘米厚，8厘米宽，20厘米长。钻杆的上部有个1厘米厚的滑板，滑板中间有个孔，钻杆穿在滑板中间的孔里。滑板约长40厘米，两头结有绳子，绳子的另一头固定在钻杆的顶部。使用时转动钻杆几圈，滑板上的绳子就绕在钻杆上了，滑板也被拉到钻杆顶部。下压滑板，钻杆转动。

滑板到下始点后手不要再使劲，此时因为飞轮的惯性，钻杆会继续转动，两条绳子被反方向绕在钻杆上，滑板被拉回钻杆顶部。手下压滑板，钻杆反方向转动，如此循环。钻头的方向和力量全靠压板的这只手控制，另一只手可以扶着被钻的木料。

另一种木工钻需双手操作。它的夹头和第一种相比没有什么变化，钻杆有3—4厘米粗，钻杆上有两根绳子，钻杆的上端较细，套着一个竹筒或者木制的圆筒，钻杆可以在圆筒里转动。使用时用胸部压住圆筒，把钻杆转动几圈，绳子绕在钻杆上。两只手拉动绳子，钻杆转动，绳子拉完时，手要放松，利用钻杆的惯性，把绳子反方向绕在钻杆上。待绳子绕完再拉动绳子，钻杆就反方向转动，如此循环。钻头的方向和力量全靠压在竹筒上的胸部控制，被钻的木料只能用脚踩着或者由另外一个人扶着。

还有一种木工钻也需双手使用，构造和第二种差不多，只是没有两根绳子。转动钻杆靠一张弓，弓的绳子绕在钻杆上，一只手扶住钻杆上端的木筒，另一只手像拉二胡一样拉动弓来转动钻杆。它的结构和使用方法与补锅匠的钻子基本一样，只是补锅匠的金刚石钻头秀气得多。这种木工钻钻头的方向和力量靠扶住钻杆上端木筒的这只手来控制，被钻的木料也只能用脚踩着或者由另外一个人扶着。

榫　头

木料之间的连接离不了榫头。我知道的榫头有穿榫、半榫、马牙榫、圆榫头、插口榫、胀榫、偏搭榫等。

穿榫的榫孔是打穿的通孔，故此得名。穿榫多为长方形，紧配合。往往还要加楔子（成都话说“加尖”），楔子是个四棱锥，可以把榫头胀开胀紧。加了楔子的榫头很难再退出来，除非先把楔子抠出来。穿榫的长处在于榫头紧，结实，不易松动；缺点在于因为是穿孔，看得见榫头，榫头是木料的横断面，和旁边的木纹差别大，不好看。

半榫也多为长方形，紧配合。只是孔不打穿，只打一半的深度，故此得名。做得好的半榫不仅榫头大小合适，紧，榫头的长度也合适，刚刚到孔底，这样孔底的胶才吃得住劲。如果太短了，这一面的胶就没有用上力；如果太长了，榫肩处就有缝，当然也不行。半榫的优点是看不见榫头，好看；缺点是不及穿榫结实。

马牙榫是连接木板的榫头，比如箱子的四面墙板就用马牙榫连接。好的马牙榫应当很均匀整齐，公母榫大小相同。当然是

蒙平的一些手工作品。iPad架，三把刀子，一把弹绷子和一把弹绷子叉叉。

紧配合，从箱子内外看榫都不应当稀缝。关键在箱子里面，外面看得过而里面经不住看的为数不少。马牙榫虽然也是穿榫，但是不能加楔子。因为马牙榫属于插口榫，榫孔是开孔，而不是闭孔，如果加楔子，榫孔容易裂开。

圆榫的榫头截面为圆形，榫头是个圆柱。多为半紧配合或者松动配合，可以转动。

插口榫的孔是开孔。用粉齿锯锯个槽，用凿子把槽芯剔除即可。镜框的四根木条就是用插口榫连接，当然面上有个45度的线条那是为了好看。

胀榫，也有人称为内楔子榫头。做好半榫，在插榫时先要把一个楔子插在榫头前面，再把头上顶了一个楔子的榫头插进半榫孔。拍榫头时楔子的尾部顶到孔底，楔子会随着榫头的进入往榫头里插，把榫孔里的榫头越胀越大，榫头和榫孔就会很紧，胀榫是拔不出来的。楔子的长短、楔子的锥度、榫头的松紧、榫孔到木料边的距离等，都会影响胀榫的质量。胀榫是半榫，不露榫头好看，并且加了楔子也很结实。敢做胀榫的木匠不多，小小一个胀榫，技术含量高。

偏搭榫最简单，两根木条各锯掉一半，相互对插就行。马槎，临时用的凳子、架子等多用偏搭榫，因为它方便简单。

掌墨师

木匠盖房子不能单枪匹马，要一班人一起干。不过人再多也只有一个掌墨师。掌墨就是弹墨画线，掌墨师就是掌握墨签和墨线的师傅。一个穿斗四合院要多少柱多少梁、多少檩子多少椽子，各是多少尺寸，打多少榫眼，打在哪里，榫眼大小，多少榫头，榫头尺寸……这些全由掌墨师一个人弹墨画线决定。其他人只是踩线下料，踩线开板，踩线锯榫，踩线打眼。上不起梁首先看墨，墨错了找掌墨师，榫头锯错了或者榫眼打错了是徒弟的事。我们学校高67级的戢朝生，下乡后在公社当掌墨师，盖了十间穿斗大瓦房，确立了他在全公社木匠中的地位，从此门庭若市。当然这也要归功于他的掌墨师爸爸，他在冕宁县泽远公社盖房子，老爷子在成都扎场子。他不仅盖房子，做家具的细木工也在行，据他说一共给社员做过不下一百件家具，这些成都样式的家具当然比冕宁样式的受欢迎。

细木工做一个立柜要多少立柱，多少长方，多少短档，几张厚板做隔板，几张薄板做装板，做多少榫头，打多少榫眼，穿榫还是半榫，四只脚怎么安装，穿衣镜、拉手怎么安装……这些也由掌墨师弹墨画线解决。料备齐后，面对一大堆木条木板，掌墨师有条不紊地一组一组分堆，一块木板几根木方地画线，眼前虽然还是一堆料，柜子却已经立在他心里了。

彭师傅算得上掌墨师中的高手。有一次，工件的一个部分是个椭圆，图纸上工程师标注了椭圆长短轴的数据，长轴接近两米，短轴差不多一米。彭师傅拿了一整张五层板放在工作台上，用墨斗弹了两根相互垂直的墨线，用墨签把长轴和短轴的尺寸1:1标在两根墨线上，这样两根墨线上就有四个点，它们应当是椭圆长轴和短轴的端点，画好的椭圆应当踩着这四个点。他在长轴上对称地钉了两颗小钉子，又找了一根细绳结成一个绳圈。他把绳圈套住两颗钉子，把铅笔放在绳圈内，踩在一个点上，收紧绳圈打结。用铅笔绷紧绳圈，在木板上画圆，画出的是个椭圆，但是这个椭圆只踩得到两个点。彭师傅胸有成竹地不断调整绳圈大小，移动钉子，不断地画椭圆。椭圆越来越接近四个点，最后终于准确地踩着四个点了。

彭师傅画第一个椭圆时我就非常惊诧了。我的数学不错，还记得椭圆的定义，“到两定点距离之和等于常数的点的轨迹”“到两点距离之和不变的点的轨迹”。彭师傅的操作完全符合椭圆的定义。晚上回家我查看了钣金钳工的《钣金作图》，书上就写得有，对于给定的长短轴，用圆规直尺可以画出“四心扁圆”。作图的目的就是找出这四个分别在长短轴或它们的延长线上的圆心。然后用圆规画四段圆弧，这四段圆弧非常近似地内切，组成一个椭圆。记得结尾处有一句说明，说四心扁圆不是椭圆，只是非常接近椭圆而已。彭师傅的椭圆不是近似，不是接近，而是完全符合长短轴要求的标准椭圆。

无独有偶，几年前装修房子时，餐厅屋顶有个椭圆造型，掌墨的老师傅也是用两颗钉子一根细绳画的椭圆。我对他说我的木匠师傅几十年前也用这个方法画椭圆，他说：“师傅要教。”他们是师傅教的，师傅是师傅的师傅教的……如果无限溯源，是先有画法还是先有定义？那第一人绝非凡人，是个神仙。

掌墨师技术好是硬件，处世之道是软件，只有硬件软件都强的掌墨师才是高手。彭师傅有一次对我说，给国家干活拿工资，轻松多了，不费心思，如果给主人家干，就不是这样。我问那又如何，他说：“会做活路的人要不到好多活路就做得到一天，不会做活路的人一天很要做些活路。”这句话有点绕口，请他重复了一遍才听清。成都方言里的“要不到好多”是“用不了多少”的意思，“活路”即“工作”。在成都，常听见人说“最近你做啥子活路”“你儿子大学毕业找到活路了吗”。活路，看字面意思是能使人活的路，走这条路的人才可以活着，当然要干、要劳动才能活。他的这话有道理，三下五除二地把这家活路干完了，没有下一家，哪儿来活路做？没有“活路”可做，就没有“活路”可走。活路不仅涉及掌墨师一人一家，还有徒弟们的家人。干活要“悠”着点，不能太拼命。

另一句话“活路比命长”就更有味道了。这句话是有一次我们加班赶任务，大家光顾着干活，没怎么休息，他就说了这么一句话。命是有限的，活路却无限。最近腰椎间盘突出，躺在床上休养时想到这句话，似有顿悟。不怕你是再能干的匠人，手脚再快，能够把事情做完吗？歇口气再干又如何。

“活路比命长”揭示的是自然现象、自然规律。人对自然的态度只能是敬畏，是顺其自然，是随缘。对于自然要认账，是小服小，是弱服弱。做不完的事不必赶，违背规律争强好胜必遭报应。

工作台　工具箱

1. 工作台

我们木工房里的工作台长3米多，宽不到2米，一张2.44米×1.22米的层板放上去也不显得它小；高1米左右，推推刨很合适。搭工作台的料全是没用推刨刨过的毛料，几乎全是厚板。台面用两张5厘米厚的板叠放而成，很铁实，不仅推推刨时它纹丝不动，在上面钉钉子时它也不颤。

两个人用一个工作台，各站一边，像是两个工作台合在一起似的，当然比两个合在一起的还结实。推推刨时工作台要在人的右边，所以两边的布置方向相反，工作时两人面对相反的方向。台面上钉着马口，用于刨木料时固定木料，工作台侧面有清宽板缝的工桩。工作台上也有几条锯缝用于发锯。工作台的下面做成两个工具柜，放置大工具和一些好木料。在工作台上干活方便顺手，大台面上可以同时放好几件工具，用时伸手就得，固定木料的工桩也很现成。农村乡场的木匠和在城市街道上干活的木匠不可能有正规的工作台，只能有一个马凳作为工作台。虽然不及工作台方便，但是也能够应付了。

老外的工作台也是一个大大的台面，下面是柜子。他们的夹具很像钳工的台虎钳，只是虎口是木头的，金属的螺纹丝杆，比起我们的夹具高级多了。

2. 工具箱

每个木匠都有工具箱，因为那么多的工具要有个地方归栏。那些经常要带着走的工具箱做得小巧，我们的工具箱则放在木工房里不动，尺寸大。

拼四块2厘米厚的木板，画马牙榫。选定锯开箱盖与箱体的位置，这个榫要大一点，以期锯开刨过后与其余的榫一样大，看起来整齐一些。马牙榫的角度大于45度，不能用三角尺，扳扳尺又太大太长不方便。我画马牙榫用的是一块电木做的小模板，这样不仅每个齿的角度相同，模板小也很好操作，精度高而且快。用粉齿锯锯榫，公母榫各留半根墨线，用钢丝锯锯掉榫肩上多余部分。因为马牙榫是斜的，很多木匠用凿子打去这部分木头，但是凿子打时容易伤了榫肩。母榫也是斜的，用凿子剔除多余部分时也容易伤到母榫。而且松木板比较软，用凿子打容易产生小空洞，所以我都用钢丝锯来锯。

榫涂上熬好的明胶，把公榫敲进母榫，用木条垫着敲到位。不能用斧头直接敲打木板，否则木板上会打出凹坑。四张木板拼成了一个框，这是工具箱的四面墙。用角尺确定四个角是90

度，再用钢卷尺拉对角线复尺确认矩形。等待明胶完全干燥固化的一段时间可以用来准备底板和盖板。钉上底板和盖板，用粉齿锯和推刨把箱子四周多出的榫、板锯掉刨平。在选定的位置把箱子锯开，分成箱体和箱盖，把箱体和箱盖锯过的那个面刨平，相互严缝。安上合页，大功告成。箱内墙板上钉几颗小钉子，好挂刨铁、三角尺、角尺。

1986年我给女儿买了一台卡西欧牌电子琴，原包装用的是纸盒。当时我离开木工房已经快十年了，但仍然亲自动手给她做了一个琴盒。盒体是1.8厘米的木板做的，马牙榫。盒底和盒盖是5毫米的层板。琴盒外面用绒布蒙皮，蒙皮是用明胶粘的。送她去学琴时，琴盒就夹在自行车后架上，怕碰坏琴盒，八个盒角和长边都包了金属的保护层。琴盒里面六个方向全部垫了泡沫塑料，把琴包住，箱底留出位置放谱架。在人们多使用纸盒子的年代，这个木头琴盒很是风光。

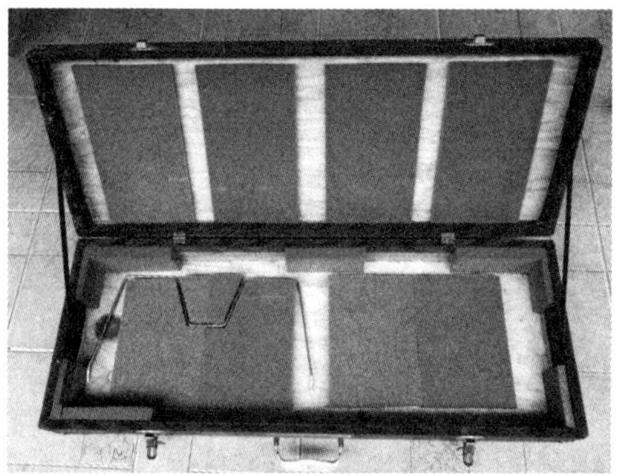

20世纪80年代初，单声道电子琴也要640元，木头盒子装了放在自行车后架上，跟着女儿去学琴。

胶

木匠拼缝抖榫都要用胶粘。现在木匠用的白乳胶那时没有，当时几乎全部木匠都使用牛皮胶。牛皮胶是用牛皮熬制的。买到时呈巴掌大的块状，1厘米左右厚。黄色的多，黑色的差劲，半透明或不透明，透明度高的好。牛皮胶要加水用火熬好才能用。我们熬胶的容器是一个两升的小油漆桶，也有很多人用罐头盒。活路忙时几乎天天要熬胶，用油漆桶糊的炉子，烧火就用木头，木工房里有的是木头。熬胶容易，要时时搅一搅，不能粘锅。小火，火大了胶会糊，糊过的胶黏性差，只能丢掉。熬好的胶用小火煨着，烫胶比温胶好用，冷胶就需要再热了。比牛皮胶好的是“工业明胶”，比牛皮胶贵，单位有钱，我们都用它。明胶不成块，粗粉状，很浅的淡黄色。听说明胶原料也是牛皮，这个说法可能不错，因为它的用法、性质与牛皮胶完全一样，只是质量更胜一筹。也许明胶是质量好一些的牛皮胶。明胶的黏力很强，把明胶拼粘的装板折断，断缝不在拼缝处，而在其他位置。这个实验我试过不止百次，拼板下料时都有预留长度，最后锯下的端头多余部分毫无用处，经常断着玩。再想想那些明清老家具，当时的木匠可能也只有牛皮胶，几百年过去了，也没听说件件都脱胶掉榫地散成一堆木板木条。

我也用过其他的胶。黏力最强的数环氧树脂，20世纪70年代时的型号好像是6101，20公斤一桶的大包装。淡黄色，用乙二胺固化。乙二胺用量非常少，只加一点点，加多了胶脆。加入后赶快搅拌，搅拌时有烟冒出，听说烟有毒，只能在室外搅，还要憋住气。调好后没用完的胶固化得比较快，当然固化时间与乙二胺的用量、天气温度很有关系。为了挂蚊帐，我把天花板的石灰刮出四个长宽都是2厘米的小平面，露出水泥，把四个2厘米见方的小松木块用环氧树脂粘上去，木块上拧螺丝钩，用来系绳子。方蚊帐顶用四根竹竿穿了，再用绳子吊在四个木块上。这样一来，房间里没有蚊帐立柱，显得清爽宽敞，这四个木块几年后搬家时也还纹丝不动地粘在天花板上。

我做过一个立柜和一个写字台，正面和侧面贴的木纹纸，木纹纸当时成都没有卖的，是托人从上海带的。我和弟弟粘木纹纸用的是脲醛树脂胶，不记得固化剂是什么了。这种胶不怕水，因为贴纸前木纹纸要用水浸湿，如果怕水的话就肯定粘不紧。我们还用脲醛树脂胶粘过塑料贴面板到方桌桌面和写字台桌面上。塑料贴面板很硬，有几十丝的厚度，为防止它翘起来，想粘得很平，木方、米口袋、沙袋、父亲的厚字典、石锁等十八般兵器统统上阵，压在上面，粘出的桌面平整如镜。当时我的月工资也就37元，一张方桌塑料贴面板售价8元多，贵。但是贴了塑料贴面板的桌面耐烫，硬到不怕敲打，光亮，木纹大方。得到众人交口称赞时，也就觉得值了。

立柜、写字台的门，以及抽屉上的拉手，都颇费心思。当时拉手几乎全是木头做的，只是形状有所不同，梭子形和辣椒形的比较风行，条形和菱形的已经被认为过时了。也有人改变拉手的安装位置和角度以求变化，但是跳不出木头这个如来佛的手掌。

我和弟弟用有机玻璃做拉手，菱形，透明，5毫米厚度的两张有机玻璃板，叠起来有1厘米厚，手拉得住，能使上劲。用细齿钢锯把有机玻璃锯成菱形，再用锉刀锉，用从粗到细的砂纸磨，最后用牙膏抛光。下面的一张钻3.5毫米的孔，再用10毫米的钻头铣沉头，用沉头木螺丝把这张有机玻璃固定到木门上，因为铣了沉头，螺丝钉没有冒出有机玻璃板。如果直接把上面一张有机玻璃粘上，有机玻璃是透明的，就看得见螺丝钉。我们就想在两张有机玻璃板之间粘一张不透明的东西遮丑。当时无法找到有颜色的有机玻璃板，不像现在，商店里有各种颜色各种厚度的板子。最后买到小学生写字时用的塑料垫板，不透明，很薄，也不贵。为粘接有机玻璃和塑料垫板，我们试过各种有机溶剂，现在还能记得起的有香蕉水、丙酮、冰醋酸、三氯甲烷几种。选择的标准，一是黏性强，二是粘接面透明。最后选定三氯甲烷，它粘得牢，粘接面也透明。粘接时门和抽屉要卸下来，面板向上，把塑料垫板粘在两张有机玻璃板中间。唯一的麻烦在于，胶没有干时就得固定，因为担心它会错位，错了位又没有办法拆下来，螺丝钉已经被封在里面了。另外，它体积小而且光滑，想加压又不易加压。不过这几个拉手始终晶莹剔透，与众不同。

胶还可以用来堵漏。我住一楼，书房外面有一个露台，露台有一部分没有遮雨棚。露台下面是一个储藏室，有一次储藏室里面漏雨，雨水从两块预制板之间的缝隙往下滴。找来装修的师傅，他得知露台以前没有做防水，就建议把露台做一遍防水。工程说起来比较简单，实际操作起来却很麻烦。建议不打掉以前的瓷砖，直接在瓷砖上面做防水，但这样露台地面会抬高两厘米以上，书房的门是向外开的，除非在门口做一个台阶，否则就开不了门。后来他又建议干脆把整个露台上面全部盖上雨棚，但这样露台的采光和风格就变了，就不是露台了。三个方案都被否定了。

有一天下雨我蹲在储藏室里看那个漏点，想既然没有做防水，那么雨水应该不会横着走很远再漏下来，漏点可能就在储藏室上面不远。天晴后我拿了一个装水的瓶子和一块旧毛巾，在露台上面做实验，发现了漏水的点。等太阳把地面晒干后，我拿了那种AB胶，在瓷砖上面调了一些，抹到那个小孔里面，第二个下雨天到储藏室一看，屋顶不漏了。真是庆幸没有采用做防水和搭雨棚的方式。

漆

单位里的家具或其他木作由漆工房上漆，他们忙不过来时我们会去帮忙。业余时间自己做的家具就肯定是自己上漆了，同学做的家具我也去帮忙上过漆。当时的漆种类不多，只有几种清漆，还有胶片漆、家具漆、土漆。

胶片漆也叫虫胶漆，当时用得最多。商店里买到的胶片漆是一小片一小片的，很薄，红色，据说原料是树上一种小虫子的分泌物。这种胶很轻，按重量称着卖，有点贵。胶片漆的溶剂是95%的工业酒精，把胶片漆慢慢放入酒精里，泡上十来天，就能用了。若是先把胶片漆放入瓶子再加酒精，胶片漆不容易化开。

用细砂纸打磨好的家具要上底色，需要用一种叫“哈巴粉”的染料，商店里有卖。调哈巴粉可以用很稀的胶片漆或者很稀的牛皮胶，也有干脆用水的。把哈巴粉泡开，用油漆刷子涂到家具上，干燥后用细砂纸砂，观察颜色，如果颜色浅就再涂一遍。刷漆的刷子一般用羊毛做的排笔，就是好几只毛笔拼在一起的那种，很少用猪毛做的油漆刷。猪毛粗而且硬，用来刷油漆会出现明显的刷痕。

泡好的胶片漆里溶质很少，清汤寡水，涂一遍只有很薄的一层，要涂很多遍才有厚度。不过每一遍涂得薄，容易涂均匀，当时的时间不值钱，多涂几遍就是了。不打底色的胶片漆呈淡黄色，净哈巴粉打底色的胶片漆呈浅咖啡色，如果在哈巴粉里加一点“膏子”，就是染料，就可以改变颜色。膏子在化工商店里买得到，当时比较多的是把颜色调成“偷油婆”（蟑螂）的颜色，也有加一点黑色调成深咖啡色的，但喜欢的人不多。胶片漆的附着力好，亮度也不错，就是漆皮比较薄，好像不耐烫。

底色上好之后，就可以上清漆、家具漆或者土漆了。最普通的是酯胶清漆，又叫“凡立水”，价格便宜，但我很少用。酚醛清漆和醇酸清漆档次高一些，当时最好的是聚氨酯清漆。这些清漆都用油漆刷子涂刷，它们的淌平性好，油漆刷的痕迹自动就淌平了。漆面也厚，刷一遍就行，并且光亮，聚氨酯清漆好像还不怕烫。

还有一种硝基清漆，俗称“蜡克”，溶剂是香蕉水，因为香蕉水挥发性强而且有毒，只有在室外施工。没有稀释的蜡克呈淡黄色，很稠，需要很多香蕉水稀释。蜡克的施工麻烦，前面几遍用排笔涂，后面就要用包着棉花的丝绸“揉”。所谓“揉”，就是转着小圈涂，要揉很多遍，有耐心的人揉几十遍，每一遍蜡克漆面非常薄，几十遍下来漆面也不见得够厚。有人说乐器厂小提琴是用蜡克揉出来的，还真没见过谁的家具漆出小提琴的水平，连比较接近的都没有。

土漆又叫生漆、大漆。专业漆匠里也只有少数人才敢端这碗饭。二弟的一套家具漆的土漆，请漆匠师傅到家里来漆的，颜色是“偷油婆”色。我们的土漆是从川北青川、广元那边买回来的，漆匠师傅说质量很好。土漆装在瓦罐或者铁罐里，面上有一层颜色很深，近乎黑色的漆皮，拨开漆皮，下面的漆呈淡淡的黄白色，稀膏状，遇到空气后颜色会变深。

土漆要过滤，不是用纱布，而是用新的土白布过滤。现在已经想不起来要用几层布了，不过肯定不止一层，也想不起来里面垫没垫棉花了。因为土白布比较密实，过滤时很费力，把土布缠绕在一根棍子上，封住口，转动另外一根棍子使劲挤压。土漆比较贵，漆匠师傅把白布挤得很干才舍得丢掉。这也是为什么要用新的土白布，一般的布经不住那样挤压，会裂口的，土布结实，新的土布更结实。

滤过的土漆要熬，漆匠师傅用小火熬，不时蘸一点放到一块干净的鹅卵石上看它的颜色。土漆被放在鹅卵石上颜色会变，先快后慢，通过观察颜色确定合适的火候再退火。熬过的土漆加一些桐油就可以涂了，桐油是不是熬过已经忘了。加了桐油的土漆很稠，专用的土漆刷子毛很短，不到1厘米长，使得上劲。

上土漆时要用刷子使劲地“赶漆”，使劲把它揉进木头里面去，很费手劲。土漆刷子的毛是包在刷柄里的，可以削掉一些手柄，再漏一部分毛出来。用过的土漆刷子毛会干，只有切掉，再削一些出来。家具上土漆要刷几遍，刚开始桐油加得不多，最后的那一遍桐油加得比较多。

土漆的漆面非常光亮，一般的漆无法和它比。土漆耐烫，开水锅直接放在土漆桌面上也没有问题。土漆还耐强酸强碱，四川医学院的各个实验室和附属医院检验室里面全是1910年建校时老外制备的木头试验台，厚厚的台面全是黑黑的土漆。几十年过去了，不知道有多少老师、学生在上面做过实验，盐酸、硫酸、硝酸、纯碱、烧碱难免滴落在台面上，但是土漆台面几乎无损。从一些物理外力破坏的台面边缘可以看到，土漆漆面很厚，接近1毫米，那时候的漆匠师傅真舍得下功夫，不知道漆了多少遍。20世纪50年代成都市内还有一些棺材铺，有一些黑色的棺材非常亮，也是土漆的。听说最好的棺材漆几遍土漆后蒙上一层绸布再漆，那种棺材是不会裂口的。

很多人对土漆过敏，闻到土漆味身上就长疙瘩。土漆不光熬漆时有气味，涂刷时也有一点淡淡的气味。据说也有人听到“土漆”两个字就害怕，很多人一听说漆土漆就躲得远远的。我和二弟很幸运，不怕土漆，漆他那套家具时，不光看了全过程，还试着“赶”过土漆，确实很费力。

鸡公车

20世纪五六十年代，成都的鸡公车比比皆是，不仅农村里面多，盐市口、春熙路也随处可见，鸡公车是当时最主要的运输工具。现在的成都，鸡公车已经绝迹，好在很多旅游景点卖工艺品的摊位上还有鸡公车的模型出售，否则，年轻人和娃娃们真不知道鸡公车为何物了。

冕宁也有鸡公车，但是，和成都鸡公车以及北方大轮车相比，差异很大。

成都鸡公车轮子大，轮子大的车在颠簸不平的路上好走，小沟小坎容易过。成都鸡公车的车梁（车辕）高出轮轴最多6寸，约20厘米，货物放在车上重心低，稳当，推的时候好掌握，不容易侧倒。这个优点非常重要。推过鸡公车的人都知道，货物如果重了，鸡公车很容易向侧面倾倒，被称为侧翻。轮子大和重心低的设计最能体现设计者的良苦用心，只有实际推过车的人才会重视这两个问题。

北方大轮车因为轮子大，车梁安得低，轮子就高出车梁一大截。木匠会在车梁上安四根立柱，做一个方方正正的框架，把轮子罩着，解决货物与轮子接触的问题。成都的木匠则会在车梁上安两根弯曲木料做的拱梁，两根拱梁间用木条和木板连接，把轮子盖住，车上的货物和轮子就被隔开来了。

比较两地木匠的作品，从功能角度看，使用北方大轮手推车，长条形货物只能顺着放，并且货物必须分成重量相等的两份，分别放在车的两边，否则容易侧倒。这样一来，装车肯定比较麻烦，因为并不是所有的货物都容易平均分为两份。并且这种车中间有一个高高的框架在那里顶起，整件的大东西根本没法装车。成都鸡公车用的是弯曲拱梁，虽然车面也有个拱起，不是大平面，但这个拱起与车梁圆滑过渡，货物顺放横放均可，整件的大东西也很好放。因为弯曲拱梁没有锐角，麻袋之类的货物也不容易被扎破。

成都鸡公车连接轮子和车梁的是两片木头，叫“耳朵”。耳朵上部用榫头和车梁连接，下部有圆孔用于穿轮轴。耳朵的中心线与地面有夹角，不是垂直于地面的。这个角度越小，货物重力向前的分力越大，推起来越轻，俗话称为“杀路”。但是，这个角度越小，耳朵的榫头受力越大，越容易断，只能把榫头做结实些。而角度大，鸡公车推起来就重，就“不杀路”了。最先发明鸡公车的人可能为这个角度绞尽了脑汁，反复试验，也或许他的徒子徒孙又进一步进行了修改，反正现在我们看到的这个角度已是定数，木匠们只需量一量传下来的鸡公车实物就可以照着做了。

北方大轮手推车用一个架子连接车轮和车梁，架子的中心线与地面垂直，没有向前的分力。

比较两种手推车，结构设计上的优劣是显而易见的。据说成都的这种鸡公车是诸葛亮设计的。但另有一种说法，20世纪五六十年代在成都木匠掌墨师圈内传得很盛，说诸葛亮到成都后见到什么都不以为奇，唯独摇着羽毛扇围着鸡公车看了半个时辰。我相信后一种说法。成都鸡公车是历代掌墨师传下来的，对于上至皇帝下至百姓无人不佩服得五体投地的诸葛亮，只有木匠当得了他的师傅。

冕宁鸡公车的轮子也算大的，车梁和轮子用很粗很长的木头连接，上部用榫头和车梁连接，下部有圆孔用于穿轮轴，形状不怎么像耳朵。这两根木头的中心线也向前倾，与地面有夹角，看来设计制作时也有保证“杀路”的考虑。但冕宁鸡公车耳朵的长度大于车轮的半径加上车梁的厚度，比较长，榫头受力大，所以通常选很粗的料。冕宁鸡公车与成都鸡公车的最大差别在于，前者的车梁位于整个车轮的上面，这让整辆车看起来像只“高脚鸡”。所以冕宁鸡公车装货的车面是个大平面，货物顺放横放都行，车轮没有高出车面，也不必考虑货物与车轮的摩擦问题。但是，这种我们称为“高脚鸡”的车，重心高，不好推，容易侧倒，这是它最大的缺点。

“高脚鸡”的“高脚”也有用处的。冕宁是山区，路不是小不平，不只是坑坑洼洼，而是大不平。因为山区路上多大石头，被踩出来的小路紧贴着一块块大石头，旁边就是沟坎。“高脚鸡”脚长，背着货物的背部离地面远，不侧或稍稍侧一点就能把石头让过去。车有宽度，成都的“矮脚鸡”恐怕得完全侧卧才让得过，货肯定也倒了。

成都鸡公车的车把端头往往安有两个铁环，推车的人有一根背带，背带的两头有两个铁钩，推重车时将铁钩挂住铁环，重量吃在肩上，手轻松，车也稳当。也见过空车挂背带放双手走路的。在冕宁从来没有看见哪个鸡公车有这两个铁环，但是，用绳子当背带的人是有的，至少我们知青这么干过。

鸡公车都有两个支腿，停车时支着鸡公车稳稳地站在地上。成都鸡公车因为个子矮，支腿很短，北方大轮车和冕宁鸡公车都是“高脚鸡”，支腿长。很多成都鸡公车的车面下有一个竹子编的储物筐，储物筐的长度等于鸡公车的宽度，宽度通常为20—30厘米，把两个支腿包在筐里，放些零碎东西很是方便。成都鸡公车需要坐人时可以安一个靠背在车上，靠背两边是木条，中间用篾条编，比较软，好靠。

冕宁鸡公车的车梁不是直的，它的前部有一个弯曲，向上翘，使得载货的大平面成为铲子形状，一是好看，没有大平面那么呆板，更重要的是当推车的人抓住车把站直身体，车体前倾时，货物不易向前滑动。这一点是冕宁木匠的精巧之处。成都地区的鸡公车是用那个弯曲拱梁解决这个问题的，弯曲拱梁的后拱使得车面也有一个上翘。

冕宁鸡公车因为车梁前部要求有一个上翘，做车梁的木料就不太好找。它必须是大头有一个弯曲，后段很直的一段料。首先是它的材质，青冈、栗材、苦株、皂角这些硬杂木都可用；桤木、桦树、香樟这些就没有资格，更不用说松、杉了；女贞，也就是“爆疙蚤”，勉强。第二是尺寸，直径至少是六七寸，架方了对剖开才够用；长度要1.8米左右下料才够。

打柴的社员如果看到一段鸡公车木料，肯定不打柴了，砍到木料的心情比砍一背柴好多了，休息时话都要多得多。木料背下山后，不剥树皮，连皮泡在粪坑里一段时间。泡得好的木料“不走性”，没有泡过的木料或是太着急没有泡够的木料“性大”，不仅架方了对剖后会变弯，有的甚至都做成鸡公车了还在变弯“走性”。队上有走了性的鸡公车，看起来是歪的，也不好推。越硬的木料“性”越大，泡的时间要越长。木料在粪坑里泡过，刚刚做成的新车当然会有一丝淡淡的气味，日晒雨淋后就再也闻不到了。

社科院的学者和专家把耕牛、犁、耙、拌桶、风车归类为“大型农业生产资料”，除耕牛外，其他的也被称为“大型农业生产工具”，这些大东西我们知青都没有。我们只有锄头、钉耙、背架子、背篼、柴刀、斧头、镰刀、麻绳、蓑衣、斗笠、粪桶、扁担这些“小型农业生产工具”。鸡公车不大不小，分在哪

两个初68级女知青。背背篼的女知青身穿羊皮褂。另一位女知青推的是冕宁鸡公车。她的父亲是成都16中的罗校长，她的左眼在“文化大革命”中被手榴弹炸坏，仍然下乡当了知青。

一类不清楚，反正我们没有，有事只能向社员借用。到泸沽区送公粮，到巨龙区买水缸，到县上买化肥，送同学到区上看病等远途搬运的活路，鸡公车是离不了的。学者和专家对那些大东西在农业生产过程中的作用和在划分阶级成分时的分量颇有研究，鸡公车他们并不在意。当我们推着鸡公车看着路上背背架子的人时，那种轻松感，那种庆幸，那种对发明鸡公车的人的由衷赞美，他们一定没有感受过。那种感觉，真是一种享受。

做沙发

当时很多人自己做过沙发，我和弟弟当然也做过。

做沙发首先需要考虑的是弹簧，当时商店里可以买到弹簧，但那些弹簧太软，我们看不起，我们都是自己缠弹簧。先找了一些做铁路轨枕的高强预应力钢丝，这种钢丝据说是进口的。蒋年青又借到一副缠沙发弹簧的青冈木模具。把钢丝端头折个90度的弯，插到模具一端的孔里，一人转动模具手柄，另一人拉紧钢丝，使钢丝落入模具上的螺旋槽里，留够长度，剪断钢丝。把模具拆成两部分，取下钢丝，这时候钢丝已被模具缠成了中间小两头大的形状，只是两个端面没有“操头”。

所谓“操头”，就是把钢丝的端头在弹簧最大的那一圈上缠一下。操头的质量标准要求钢丝缠钢丝要缠得紧，圈数倒无所谓。不过通常只缠一圈半，为的是节约钢丝。同时钢丝头要留在弹簧圈内，这样的弹簧不扎手也不扎麻袋。钢丝很硬，钢丝头子又短，只有专用的“操头签子”好用。操头签子非常简单，用一段8毫米或者10毫米粗的钢筋在距端头1厘米的地方打个孔就是了，长签子省力，短签子操作时方便。操头时把弹簧的最大那圈夹在台虎钳上，将签子孔套住钢丝，杠杆原理，围着弹簧最上面的那段钢丝绕，可以缠得很紧。也有人用老虎钳操头，不及操头签子好用。

自己缠的弹簧因为钢丝好，比买的弹簧质量高好几篾片，6寸模具缠出的簧有7寸高，弹力强，很硬。这是坐簧，沙发靠背的背簧去商店买，舍不得用好钢丝做背簧。

用硬杂木方料做个沙发架子，把弹簧用钉子钉在架子上。用麻绳或者棕绳把各个弹簧的最上面一圈连接起来，再把弹簧的腰也相互用绳子连起来，形成一个弹簧八卦阵，一个弹簧受力，所有的弹簧跟着动。把一根门型的钢丝捆在坐垫边缘，也就是加“边筋”。蒙一层麻袋在弹簧上，麻袋上铺一层厚厚的竹绒，竹绒上再盖麻袋。把沙发坐垫边子用麻袋针（也有人叫麻袋签子，就是一根很大的针，针眼穿得过麻绳）挑着缝出一条拇指粗细的埂子，埂子里包着那条边筋，做得好的埂子很直很硬，坐垫就有棱有角。

做沙发靠背比做坐垫简单，背簧少，一般不加边筋，不挑埂子，为求坐着软和，也有再铺一层棉絮的。

可能沙发布比较贵，而且沙发布不及人造革结实，当时的人做东西讲究长远打算，一件衣服都要求“新三年，旧三年，缝缝补补又三年”，何况沙发这种大件，所以一般都买人造革做沙发面。沙发面好做，它几乎全是直线，尺寸好量，做工简单，量好尺寸，裁好，缝纫机打好，蒙上即可。沙发套的坐垫边和靠背边要打出线条，俗称“加牙子”，牙子在沙发套上犹如锦上添花。

沙发扶手有木扶手和包扶手两种，木扶手秀气不占地，包扶手庄重大方，萝卜青菜各有所爱。我做了一对木扶手，板与板的结构几乎没有直角，贴的淡黄色塑料面板，别具一格。

划玻璃

家里很多地方要用到玻璃，至于窗户和镜框这些东西就更加离不开玻璃，当时专门的玻璃匠少，很多木匠都是自己划玻璃。那时的玻璃刀全是钻石刀，没有现在的滚轮刀。如果用木折尺确定尺寸，就和画墨线时一样的手法，只是把墨签换成玻璃刀。木折尺要在玻璃上走两遍，第一遍用蘸了煤油的毛笔走，这是在往玻璃上涂煤油，据说这样可以散去钻石刀和玻璃摩擦时产生的热。第二遍把毛笔换成玻璃刀，手要稳，保持住玻璃刀和玻璃的角度，声音很好听，一声轻轻的“嗞”，玻璃上就有了一根细细的划痕。用玻璃刀的铜块轻轻敲打划痕背面的端头，玻璃会顺着划痕走出一条裂缝，用手一掰，就把玻璃分成了两块，或者把划痕放到桌子边缘，颠一下玻璃，就能把它分成两块。3毫米厚的玻璃很好对付，5毫米厚的比较困难，更厚的没有试过。

如今在玻璃上打孔实在简单，商店里可以买到各种尺寸的玻璃钻头，夹到手枪钻上，人人都会干。当时要自己在玻璃上打个孔确实比较麻烦。先要用铁皮卷个圆筒或者用车床车个圆筒，圆筒的直径等于孔径。圆筒轴向开几根槽。刚开始开槽只有用什锦组锉，因为圆筒直径只有几毫米。后来懒了，用罐头皮来卷，卷以前先用剪刀剪几个槽。但这样做的圆筒直径公差大，好在孔径精度要求不高。把这个圆筒固定在一根笔直的细竹竿端头上。在一块三层板上钻个相同孔径的孔，把三层板放到玻璃上，以确定钻孔的位置。把细的金刚砂（也有人叫碾磨砂）堆在三层板的孔里，把铁皮钻头放到孔里，手拿一个酒杯盖住竹竿上端，另一只手用一把竹弓像拉二胡一样转动竹竿，另外一个人不停少少地向钻头滴水。钻头来回地转，直到把玻璃钻穿。

这种方法是靠金刚砂把玻璃磨出个孔，和补碗补缸的匠人的做法如出一辙。当时的成都有补碗补缸的匠人沿街走动，碗或缸裂了缝，或者裂成几块，他在裂口的两边打一排穿孔，用细铜钉插在孔里，把裂缝拉住，裂缝变成一条两边长着脚的“蜈蚣虫”，收费按照铜钉个数计价，虽然不好看，但碗和缸肯定不漏水。他们钻孔的工具也是“酒杯扶顶拉胡琴”，当然竿和弓都很漂亮，因为那套工具是他们吃饭的家当，不是用一次就丢的东西，并且钻头是颗金刚石，“没有金刚钻，不揽瓷器活”，说的就是他们。当时很多人家里有补过的“蜈蚣虫”碗，这种手艺现在已极少见。

做台灯

同学龚世大送给我一段好木料做清刨，舍不得用，因为清刨太费料，这块料要是做了清刨就所剩无几了。可是既然是块好料，心里痒痒的，总想用一下。当时商店卖的台灯，样式俗气，价格也贵，就想着用这块料自己做台灯。因为心疼木料，只锯了3厘米厚15厘米长的一块下来，怕其他锯的锯路大，就用的粉齿锯。也许是我的快鹿牌锯条好，这块料虽然比我碰到过的其他青冈木硬，还不至于锯不动。从这块小料上锯了3厘米见方的一块做台灯柱，刨光了以后得到2.9厘米见方的一根立柱。

台灯底座颇费思考。还用这块木料做，肯定漂亮，但是料不够宽，如果用两块料拼一个底座，一怕看得见拼缝，二怕太费料。如果用玻璃做底座，容易造成头重脚轻的感觉，因为木质台灯柱颜色深，质感好，玻璃底座压不住它。铁的底座只能电镀防锈，镀锌不好看，镀铬又太亮了，和木头台灯柱不配。如果是紫铜的底座肯定好看，氧化铜的颜色深，压得住那块木头，可惜只有几毫米厚的铜条和铜板，找不到厚铜块，只得作罢。

后来想到用石头，石头厚、重，有质感，压得住那块木头。在二仙桥大理石厂门口废料堆里捡了一块3厘米厚的边角料，为了突出深色台灯柱，选了颜色比较浅的石料，反差稍微大一点，也许效果好一些。石料厚，如果做成矩形，太费功夫，于是切掉一块，成了个五边形。石料的大平面和一个侧面是已经磨光的，自己再把其他几个侧面磨光，台灯底座就成型了。石头的磨光也是先粗磨再细磨，最后牙膏抛光。

在底座上钻个8毫米的通孔，把一根18毫米的麻花钻的头磨得平一点，在底座背面把孔口铣成沉头坑。把台灯柱夹到车床上钻4毫米通孔，上下两端1.5厘米深的距离扩孔，攻M8的内丝。台灯柱的下端用一根M8的铜螺丝杆与底座连接，铜螺丝杆拧进台灯柱，底座下面用铜螺丝帽固定。灯头座用M8的铜螺丝从灯头座里面固定在台灯柱的上端，这个铜螺丝中心打4毫米通孔，穿电线。下端的电线出口原来想从螺丝杆中心打孔穿到底座背面，从底座背面开槽出去。但石头底座重，搬动台灯时往往是抓住台灯柱提着，这根螺杆受力大，铜虽然不锈，但是强度比铁差，我怕M8的铜螺丝杆钻4毫米的孔强度损失太大，所以这根螺丝就没打通孔，而是在台灯柱的背面离底座3厘米高的地方钻了个4毫米的孔出线。本来这个孔只钻到灯柱的中心线处，与中心通孔接通即可，谁知钻这个孔时，一分心，钻成穿孔了，只好磨了一块小白石头补洞。

我买了一个纱灯罩，灯罩里有铁丝圈，能卡住灯泡，省去了固定灯罩的工作，这种灯罩现在买不到了。如果做台灯柱的木料硬度不够，不仅没有好的质感，不好看，而且不敢用攻丝上螺丝的办法固定，做起来就少了许多乐趣，而制作过程中的乐趣往往比产品本身更吸引人。

一个方案，想个办法，动手实施，顺利完成，当然高兴。方案受阻，办法受挫，另找出路，达到目的，则更加刺激。如果办法简单，操作容易，感觉自然巴适。要是工艺复杂，动用工具品种多，特别是需要新做一件专用工具解决问题，那个感觉又是一番味道。动手享受的是过程，过程只有动手才能享受，可惜现在动手的机会少了。如果这篇回忆能使当年喜欢动手的兄弟们，回忆回忆动手的各种事情，再回忆回忆动手的享受，也就值了。其实动手的不只是男同胞，会打毛衣、绣枕套、做衣服、炒菜的能干女同胞也不少。

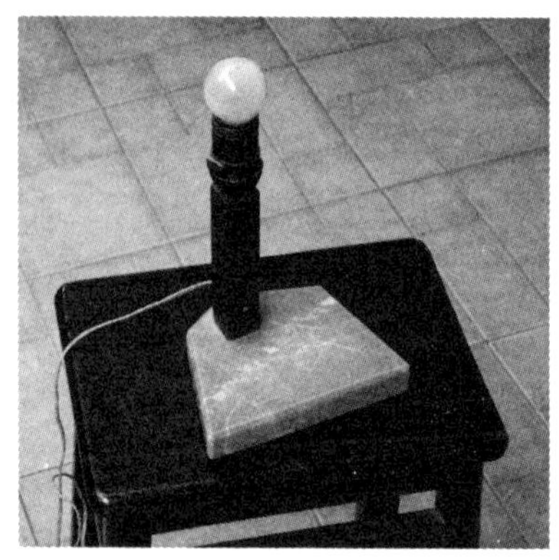

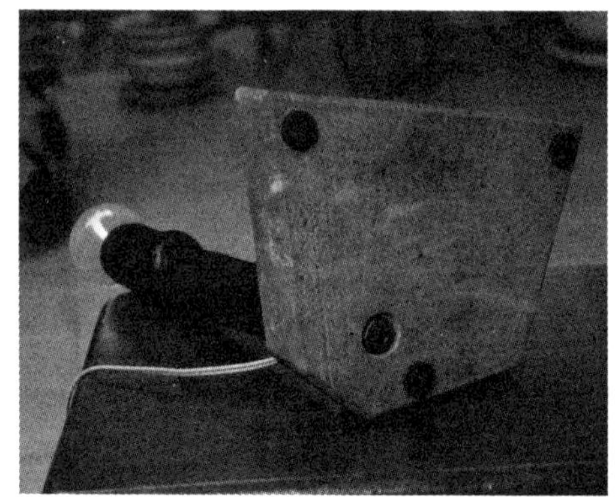

做花架

实木地板标签上说是红檀，木料很硬很重，颜色也好，觉得锯下的短料丢掉可惜，就选了一些留下，做了几个花架。原想做马牙榫的，后来放弃了，只用螺丝钉固定。原因一是没有钢丝锯；二是露天使用日晒雨淋，容易脱胶；三是觉得为几个花架大动干戈好像不值。下料、画线、打孔、上螺丝，原来想想可能简单，哪知道木料太硬，螺丝拧不进去，只好量量木螺丝除去螺纹后的直径，选定麻花钻，再用手枪钻打预眼，买了质量好的钢螺丝。但是因为木料太硬，螺丝钉又长，螺丝钉还是拧不进去，只好用了二弟的组合工具里的螺丝刀，几个花架才算完成。

二弟的这套组合工具有一字形、十字形、内六角、外六角的各种尺寸刀头、套筒，钢火极好。除了一把常用的螺丝刀手柄，还有一根钢条，上面可以横插另一根10厘米长的钢条作为手柄，扭力很大。组合工具有双向手柄、接杆、万向接杆，全套工具装在一个金属的小盒子里，实用、方便、漂亮，是他20世纪90年代初去瑞典时买的。

有一次我遇到一道难题，要在硬杂木上取下几根螺丝钉，这些螺丝有八九厘米长，一字形槽口，换了几把螺丝刀它们都纹丝不动，二弟带了这套组合工具来，螺丝钉老老实实地退出来了。看着那几根已经生锈的螺丝钉，立马想起“人强不如家当硬”“手把木头抠不平”“磨刀不误砍柴工”“工欲善其事，必先利其器”等各种说法。

说到上螺丝退螺丝，软木倒也简单，无论什么螺丝刀都能对付着用，但遇到硬木的话，那就事倍功半了。如果螺丝刀的口子（也有人叫劈口）已经磨损，上螺丝的时候螺丝钉的槽很容易被刀口拧坏，螺丝刀就在槽里打滑。这种情况，一字形螺丝钉比十字形螺丝钉更容易发生。十字形螺丝钉受力好一些，但是十字螺丝钉槽口尺寸多样，如果刀口的大小和螺丝钉的槽口不匹配，也很麻烦。特别是刀口大槽口小，一拧槽口就坏。上硬木的螺丝，螺丝刀手柄的直径一定要选大的，否则遇到硬木，根本拧不

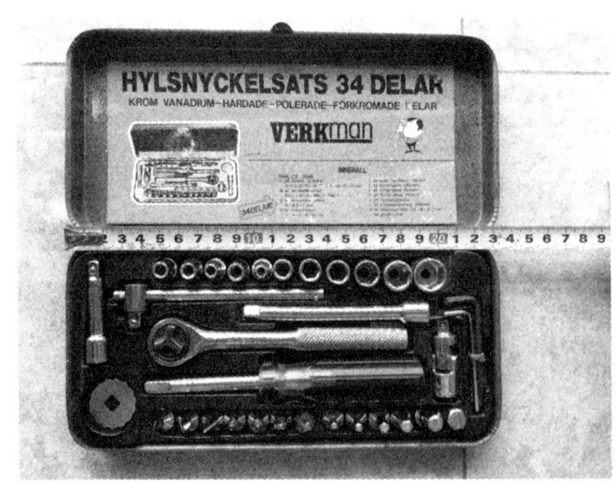

这套组合工具是二弟20世纪90年代初去瑞典时买的，方便，钢火极好。

动。以前的木匠必须一字形和十字形的螺丝刀各有一把才能走路，现在的组合螺丝刀很巴适，不仅一字形和十字形各有几种尺寸的刀头可选择，并且刀口的钢火好，手柄直径也大，有一把组合螺丝刀，就走遍天下无敌手了。

前几年看见修一条新路时挖倒了几棵树，路修好了一截树桩倒在路边无人理睬，人行道和绿化做好了它还在那里。我去乡场买了把斧头装上手柄，把刀口磨出来。星期天把那树桩砍成两段做了两个木墩花架，倒也耐看。木墩太粗，我又只有粉齿锯，根本用不上，只好从头到尾一把斧头当家。

左边三个花架是树墩做的。右边是木地板的边角余料做的，接近20年了，油漆已经掉皮，依旧结实如初。

动手的乐趣

动手的人更在乎的是动手时自己得到的乐趣。动手做一点东西，享受动手过程中的乐趣，倒不在乎这个东西的大小与重要与否。不动手的人少了半个世界，没有去过那个很有趣的领域，实在可惜。

其实婴儿的本能是会动手的，并且喜欢动手，拨拉挂着的玩具、自己拍床时发出声音，奶娃娃会笑。幼儿天生喜欢把东西扔到地上，不知是东西落地的动作还是发出的声音吸引了他们，反正他们高兴。稍稍大一点的娃娃喜欢玩沙，喜欢拆玩具，玩得很认真，说明他们喜欢。可是大人有大人的标准，“东西不能丢在地上”“不要玩沙，脏”“玩具不能拆，会拆坏的”。大人认为听话少动的娃娃乖，孩子动手的天赋从小就被扼杀了。

至于学校教育，则极少鼓励、支持、放任孩子动手。读书、做作业、考试是孩子躲不掉的任务，好学生的重要标准是不调皮，而喜欢动手的孩子多有调皮的评语跟着他。现在喜欢动手的人也许源于孩提时代的各种玩法，那时风筝要自己糊，水枪、弹弓、踢的毽子要自己做；也许源于家里爸爸妈妈的动手习惯；

也许源于在工厂里当过钳工、车工、电工等的经历。生物专业搞基因研究的人说动手习惯源于基因，只要有那种基因，你还没出生，就注定是个喜欢动手的人。基因说法也许有道理，我的爸爸妈妈都喜欢动手，我们三兄弟喜欢动手，我女儿也喜欢做手工，她做的沙画和十字绣很是漂亮。

爸爸20世纪60年代装的矿石收音机，用漆包线绕在一个胃舒平圆筒纸盒子上做成线圈，用细铜丝在小矿石上检波，没有喇叭，用一副黑色电木的大耳机，不用电池，无电源。爸爸自己做的相片放大机，是个卧式的，躲过了支架和放大机上下移动的问题，机身是粗细不同的硬纸板圆筒，镜头是上海58—Ⅱ照相机上取下的镜头，放大机放在写字台上，相纸钉在墙上。当时的一副直径10厘米的玻璃透镜现在还在。

中学同班外语科代表刘明是个喜欢动手的人。前几天听他说，他在美国时有一次房东外出几天，回来后发现花园的栅栏门修好了，就免去了他每个月的房租。刘明后来又替她修理、改装了多样东西。老太太问刘明，你到底会干哪些事情，刘明反问，这里有什么事情我干不了吗。有同学说每个月省了房租还算个事。刘明说他更在乎干活过程中的享受。他自己动手搬家，甚至板式大柜也自己拆，板式家具的料很重，他上下楼梯十几趟搬下七楼，想办法塞进小车拉走，到了新家再组装。至于其他的家具，他就蚂蚁搬家地自己干。对大学教授来说，请搬家公司的费用不是问题，他喜欢的是过程。

我的表哥表嫂是“文化大革命”前北京航空学院的毕业生，在一个飞机研究所工作。他们喜欢动手，20世纪70年代的业余时间花了不少在装落地音箱、装电子管电视机、装晶体管电视机、改灶、裁衣做衣、做木工这些事情上。他们厨房里台面上和橱柜里各种食品加工机械琳琅满目，连加汽的碳酸饮料也自己做过。客厅里的植物养得郁郁葱葱。钢琴和电动微型缝纫机个头差别大，但动手的乐趣相同。最近，他们把老式手电筒的钨丝灯泡改为发光二极管，别看改个灯泡简单，也会用到万用表、尖嘴钳、镊子、电烙铁、电工刀这些工具，也可以把破坏钨丝灯泡的玻璃和灯丝、上锡、发光二极管成型、焊接等各个工序耍一耍。对于这些动手的事情，他们说好玩。

动手的人喜欢工具，说起百安居、东方家园里有一些外国工具很是巴适，在那里一看就好长时间。刘明说美国有一种叫Home Depot（家得宝）的商店，各种材料和工具样样齐全，可以想象得出或者无法想象得出的工具都可以买到，单去逛逛就是一种享受，大饱眼福，转那种商店才叫巴适。如果去美国，花上半天时间仔细逛逛这种商店倒是个不错的选择。

华西坝老三届里动手族多多。仅我所知，对动手和工具痴迷者，罗克柱算得上一个。他的房子交房时内外墙壁见砖，门窗连框全无，只有一个个空洞，是清得不能再清的“清水房”。他居然把公司交给下属打理，全身心地同工人一起进行装修。电，把开发商的2.5平方的铝芯线换成10平方和4平方的铜芯线，每间房屋的配电布线，开关插座的安装，各种灯具的安装，全部自己干完。水，把开发商的镀锌管全部拆了换成PPR水管，买了切管器和PPR热合枪，设计排管、安装、倒拐接头，上三角阀、安水龙头，安浴缸、装便器，也自己干。油漆，内墙涂料是油漆工刷的，但是木匠做的柜子、门、窗，包括地板全部自己漆。除了这些大的工程，对于那些搁架搁板、镜子相框等小事更不求人。虽然他以前在工厂里当过多年模具钳工，但房屋装修的这些活路与模具钳工不沾边。一次去他家，我们俩在地下室和储藏间里检阅他的“武器”，“重兵器”有小钻床、双头砂轮机、大小三个台虎钳、切割机、电锤、冲击钻、手枪钻、电动打磨机、电刨、工作台……“轻武器”则不计其数。

一般而言，模具钳工的工艺精细和规范程度比装配钳工和修配钳工更甚。也许是出自模具钳工的习惯，他的大工具保养得巴巴适适，五花八门的小工具和各种规格的冲击钻钻头、麻花钻钻头、丝锥、套筒、螺丝、螺帽、小铁板、小铜板、小角铁以及电线、水管，分门别类地装盒、摆放，工具擦得干干净净，很多机具的包装盒还完好如初。他说一次去峨眉山的路上汽车雨刮器坏了，害得他几十秒就要伸手出去手动刮一次。后来修理厂说必须换雨刮总成，他不信，自己把总成拆下来，钻孔、加弹簧垫圈、加不锈钢垫圈，用螺丝固定，修好了，固若金汤。家里有些家具是他自己做的，可能是钳工出身，首选钢材，不用木料。电器如果坏了，他的办法是与厂家联系购买零件——自己修。一次与他在小区散步，小区后面的河堤上长了一些树木，毁坏河堤，影响美观，还有可能为小偷爬上河堤进入小区提供方便。河堤有四五米高，那些树不易除去，大的树径已经接近七八厘米了。他说一直想找个工具把树去掉——动手族里不少人有管闲事的嗜好。

娃娃开车床。

女儿送给她二叔的十字绣。

芭蕉扇手柄局部，浅色手柄是真皮，深色手柄是紫竹。

成都地区的芭蕉扇是棕榈树叶做的。蒙平选的叶片，压平，成型，削边框竹条，固定，绲边，缝边，做手柄。他说椭圆形状比圆形风大、轻。

中学同学洪时明在冕宁县农机厂当过几年车工，现在西南交通大学高压物理研究所工作。他的实验室有台车床，实验中一些模具、夹具等，总爱自己上车床去做。他带我看那台车床时的表情证明车工的享受延续到现在。带着老花镜磨车刀、夹工件、摇手柄时活脱脱一个老车工，哪里还有一点教授、博导的样子。

白强是我们中学初67级的同学，从知青招工到一个仪器厂当车工，成为工厂的生产骨干技术尖子，参加成都市电子系统大比武和成都市大比武得过冠军。他们两个都是车工，都是个中高手。

朋友钟雨禅，经常独自开车去藏区。他喜欢摄影，对相机脚架的云台不满意，要求近乎苛刻，换过高档的仍然不满意。他学的外语专业与机械根本不沾边，但是此兄买了一台小车床，自己改进云台。不知道他改装的是三维云台还是球形云台，反正改过的比原装的好用。他儿子十岁时就在这台床子上捣鼓，车一些小娃娃认为有趣的东西。这个娃娃喜欢动手，做的舰船模型很是漂亮。

大约一百年以前，识字卡片里“工人”最早的图案是铁匠，那是一个光着膀子穿着帆布长围裙，举着铁锤对着铁砧敲打的铁匠，这个形象和我们看到的铁匠完全一样。光膀子是因为红炉里能把铁和钢烧软的炭火太热，帆布长围裙是防止那些溅出来的铁屑烫伤铁匠。几十年以前识字卡片“工人”的图案换成了车工，一个戴着工作帽和袖套，穿着背背裤站在车床旁边正在车工件的车工。工作帽、袖套和背背裤是防止头发、袖口、衣服前襟被缠绕到车床夹头上面去的标准防护用品，现实中的车工也是这一身打扮。识字卡片上面车工的形象保持了很多年。车床是金属加工的代表性设备，车工是金属加工的代表性工种。

蒙平是我小学同班同学，华西坝校南路的邻居。抛开校北路、校东路、校西路、后坝、广益坝、宁村、西苑不说，校南路八栋房子里面的娃娃，蒙平、姜涪陵、历娃儿是巧手。他们做的弹绷子（弹弓）叉叉、叫叽子笼笼、雀雀儿笼笼总是比其他娃娃的漂亮。蒙平改不了动手的习惯，他在屋顶花园的墙壁上固定了两块捡来的铝型材，上个台虎钳，小巧玲珑的工作台就有了。一把刀子砍东西时铁手柄松了，他用木地板的边角余料做了个木手柄，加了两个铆钉，结实多了。他老婆小陶想在厨房做事时看电视剧，他也用木地板的边角余料做了放iPad的架子。木地板木料好，重，硬，厂家说是檀木。他看起了一段桂花树的干丫丫，用一节树杈做了个弹绷子叉叉。树杈的角度刚好，免去了火烤的工序。嫌把手太细握着不舒服，套了一段竹筒。也许小时候可供选择的树杈多，没听说谁套竹筒，其实这倒是个节约资源的办法。他儿子蒙炜是华西医大心血管外科副教授，我问过他，他毫不犹豫地说他爸爸比他手巧。蒙平不是外科医生，可惜了那双巧手。他从楼下提腐殖质的土到屋顶种菜，捡每年秋天园林公司锯下的树枝，用螺丝固定搭菜架，又是一种乐趣。收成好的月份他自己栽的菜可以自给自足。他最高产的一棵番茄结了六十多个果实。

说到华西坝里的动手族，姜涪陵算得顶尖高手。华西坝里的朋友们都叫他姜疤儿，成都话把外伤后长的疤叫作“僵疤”，可能是因为他姓姜，和僵字同音，得此绰号。姜涪陵手巧，从小就喜欢自己动手做很多东西，20世纪50年代华西坝男娃娃耍的东西，诸如牛牛儿（外省有人叫陀螺）、弹绷子、叫叽子笼笼、水枪、风灯儿（风筝）等，他做的肯定比其他人做的精巧一些、结实一些、巴适一些。小时候，他家里的玩具、钟、自行车这些东西，只要是他感兴趣的，都被他拆开来又装回去地折腾过多次。当然也有闯祸的事情，有一次他带着我们在校南路3号地下室用火烤蝉子吃，他和我二弟历历把一个点着火的小炉子拖到地下室里，被一个保姆告了状，派出所还找他谈了话。因为当年加拿大人修的房子全是木地板，我们所说的地下室不过是架高了一米左右的防潮空间，火炉进去的确很容易引起火灾。

姜涪陵是成都16中初63级的，1964年4月去西昌专区米易县插队落户当了知青。米易县是个大山区，上山打猎的农民不少，当然姜涪陵也想打猎。打猎首先需要解决的是猎枪问题。姜涪陵的第一支猎枪是从成都带到米易去的，那是一支他爸爸自己做的猎枪，打霰弹的前膛枪。

姜涪陵的枪法好，在米易县的猎人圈子里很有口碑。天上飞的鸟和地上跑动的猎物，他经常一枪命中。有一次他和孙传刚、姜达岷去成都市凤凰山射击场打靶，也许是因为年纪大了，也许是因为不熟悉，他打手枪简直不咋样。但是后来打飞碟，双向侧飞的也一枪一个百发百中，射击场的教练都惊呆了，问他是否练过飞碟，答曰打猎练的。他说那些猎物基本都在运动，地上跑的跳的，天上飞的，都要打下来，打飞碟的提前量比打飞鸟的提前量简单多了。打运动着的猎物不靠瞄准，也无法瞄

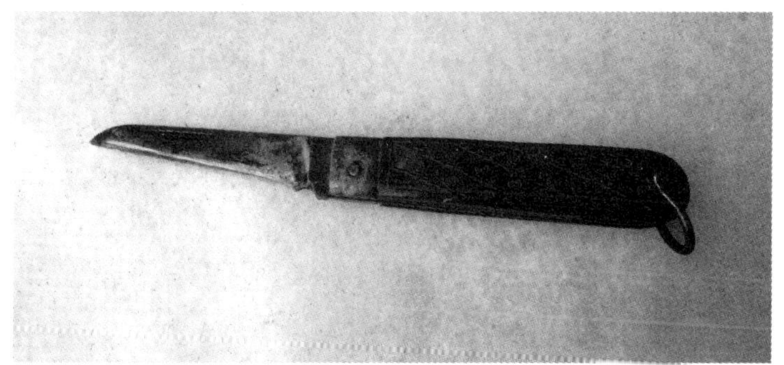

洪时明在开车床。

1972年笔者从单位领用的电工刀，钢火极好，刀面磨窄了。

准，举枪就扣扳机。现在的说法是凭感觉，当时的说法是靠“手风”，“手风”好的人准头好。其实小时候打弹弓，靠的也是“手风”，他弹弓就打得很准。姜涪陵枪法好，舍得走路，喜欢到深山里去转悠，各种鸟以及野鸡、野鸭、野兔、黄羊都是他的猎物。经常打猎回来时猎物用手提不动，而是用绳子捆了背在背上。他很早就封枪不打猎了，现在他经常念叨的就是“那时杀生太多，罪过”。

姜涪陵儿童时期喜欢动手，下乡当知青时喜欢动手，老天有眼，后来安排给他的终身职业也是一个动手的行当。他在四川医学院读的口腔科专业，毕业后分配回米易县医院当了牙科医生，后来在惠州当牙科医生直到退休。在医生这个行当里，外科医生和牙科医生都是动手族。其实，外科医生的手术质量一般情况下病人感觉不明显，全身麻醉状态下又不能以痛不痛做评价，伤口愈合以后里面到底怎么样，除了特别差劲的，一般人也区分不出来。但是牙科医生有点不同，医生操作过程中病人就很有感觉，痛不痛？痛到忍不住？流血多不多？医生的手轻还是手重？手术时间长不长？这些都是亲身感受。至于装的假牙用起来舒服不舒服当然就更直接了，一天三顿饭，一顿饭咬多少次？要用多少次牙？吃饭时每咬一下都在感受，不同的牙科医生那差别可就大了。有些医生做的假牙调整四五次还是不舒服，甚至得重新做。姜涪陵做的假牙最多调整两次，口碑好得很，香港、澳门的病人也慕名而来。姜涪陵做种植牙时间不长，但是一上手就非比寻常。

蒋年青与我幼儿园就是同学，他从幼儿园起直到现在一直都与牙医打交道。照他的说法，牙医根本不必看是哪个大学出来的或者年龄大小，手艺好坏全在手上，全在他对牙齿的感觉上，他的牙齿就是测试仪。他搬家后为了选一个牙医，可以去附近四五个医院试医生的手艺。20世纪80年代末，他和姜涪陵去米易县，他牙齿痛得无法忍受，不光脸肿，半个头都肿起来。姜涪陵说不能上火车了，就带他去县医院借牙科的设备给他处理。蒋年青说钻头一进去，就知道姜涪陵是高手，现在说起来还赞不绝口。并且，外行看热闹，内行看门道，如果能够被医生同行评价为“手巧”“手术做得干净利索”“精巧”，那是很难得的，姜涪陵就属于内行也佩服的牙科医生。

住一楼和顶楼的不少朋友喜欢在花园里弄弄花木，但商店里卖的工具不专业，有点像幼儿园小朋友玩沙的家当。我去铁匠铺定打了小花撬（更专业的成都人称其为“手撬子”），买了硬杂木的锹把，锯短了用斧头和二长刨把它弄细一点，把一头削尖做成花撬手柄装上，砂纸砂一下，后来还用电烙铁在手柄上写了“干活，先利器”字样，分送了几十把给同学朋友。动手这件事，工程不在大，过程不在长，程序也不要求复杂。其实很小的事情，哪怕是非常简单的操作，只要做，其乐无穷。

同学聚会，饭桌上一位同学把粤菜和川菜进行比较，他说粤菜的味道源于材料，海里的各种鱼、各种虾、各种蟹、各种蚌，不仅模样奇特，味道也大不一样。更有那些其他海产品，味道和体型同样奇形怪状。为了留住它们的本味，厨师尽量少用佐料到了吝啬的地步，清蒸和煲汤是粤菜的看家本事。听他说到这里时，想起1993年在海口的一个早市，一位老阿婆颤巍巍地在选蚌，篮子里已经有七八种小蚌了，每种三四个，我请教她做什么菜要这么多品种，阿婆说是煲汤，一定要这么多品种，少一种味道也会差很多，只有早一点来才能买得齐。当时只敢对她说能够吃到阿婆这罐汤的人有福气，现在想想，能够品出差了一种蚌则汤味就不同的阿婆真是神仙。

对于川菜，那位同学说川菜用的多是猪肉、牛肉、羊肉、鸡、鸭、草鱼、鲤鱼、鲫鱼以及各种内脏下水、头、蹄这些大路货，很多还是在其他菜系里上不了席的边角废料。原料不奇特就全靠佐料当家了，辣椒和花椒是必不可少的，朝天椒、二荆条、小米辣、牛角椒、鲜辣椒、干辣椒都是辣椒，但辣味大不相同。汉源花椒和西昌花椒的麻味香味各异，干花椒和新鲜花椒则完全是两个世界的味道。豆瓣酱和豆豉的品种数不胜数，有些自制的家传豆瓣酱味道很是独特。四川厨师多数手重，盘子下面一层辣椒铺底或者菜面上一层辣椒当被子满盖的菜品不在少数，上面飘满辣椒和花椒的火锅最为典型。粤菜的特点在原料，川菜的特点在佐料，他对着一桌中学同学娓娓道来时表情复杂，认真？执着？争辩？讲课？都有点，但是最明显的是回忆和陶醉。他是一个特级大厨师，他的味蕾肯定精细和敏感，他掌灶时品尝动手的乐趣，讲述、回忆又给了他回味和享受的机会。

俗话说“天干饿不死手艺人”。其实，各种匠人赖以生存的财产都只有工具和手艺。手艺所对付的对象有：磨刀匠磨的刀、补锅匠补的锅、剃头匠剃的头、漆匠漆的家具……都不是自己的，全是别人的东西。属于匠人自己的只有手艺，他们仅仅靠手艺挣钱，他们挣的是手艺钱。汉语方块字的奥妙无处不在，当

1972年6月1日米易县山上窝棚前面，姜涪陵和孙传刚在剥皮。窝棚门口挂着那支猎枪。

姜涪陵拿着他爸爸做的那支猎枪，孙传刚拿着一支气枪。地上是猎物。

在山上抓到的大蝙蝠。山洞位于大水沟（中坝大队），名叫无底洞。听说几十年前有人进洞走了一天一夜从会理县的益门渔洞沟出去。

然包括字的部首偏旁。匠人们“挣”钱，动词“挣”字是提手旁，“挣钱”源于手艺，源于动手，挣钱付出的是手工劳力。不像商人“赚”钱，动词“赚”字是贝字旁，古时贝做过货币，贝就是钱，“赚钱”源于钱，源于价差，钱赚钱，赚钱付出的是钱。手和贝不同，天差地别。

在民间各种匠人又被称为“手艺人”。手艺，手艺，手上的艺术。无须考证，有“手艺人”这个称谓时，绝对没有车、铣、刨、磨各种机床，更没有数控组合机床，那时的手艺人全靠手上的功夫。铁匠就靠手上的铁锤，把一块毛铁千万遍地像和面一样折叠锻打成一把剑，削铁如泥。而手上的功夫上升为艺术时，很朴实的一句话“天干饿不死手艺人”，那是世人对手艺人实实在在的最高评价和羡慕。

手艺，《辞海》的解释是：“手工制作器物的技能。”粗看，这个解释好像忽略了手艺人的思想，其实不然，手艺受思想支配，手艺是思想的表达。中学同学吕玲珑，在中国摄影界被誉为“西部探险摄影第一人”。他的作品《稻城央迈勇雪山》被《中国国家地理》杂志2004年第7期“川滇藏大香格里拉典藏版·给中国最美的地方画个圈”专辑选用为封面。在该书第7页“封面选择”里，编辑部说明这幅照片是从“国内最优秀的摄影师……提供的最完美的……几百幅精美的片子……图片编辑们花了近一个月的时间终于筛选出了四幅。最后，由杂志社全体编辑人员选出了这期的封面”。他那完全区别于“主流”艺术家的苦行僧和朝圣者行为以及作品表达出的对西部自然、历史、文化的敬畏感，显示出他“狼”的特立独行性格。

人们都说中学同学何多苓的《春风已经苏醒》与改革开放有关，但他说是被人误读。他追求画布上的诗意和抒情。他说：“回顾这些年来，我发现我关注的仍然是技艺。”他的作品与《去安源》和《父亲》完全不一样。这恰恰表现出他与那些“具有时代感”的艺术家们不同。他的风格表现他的思想，他的作品表现他的风格。

动手的事情多多，煮饭、炒菜、开车、洗车、绘画、摄影、种花、种菜、换灯泡……事无巨细，五花八门，数不胜数，但是不同的过程带给你的乐趣，和干木工别无二致。

左起第一人坐在飞机轮胎上的是姜涪陵的爸爸姜耘莘。

番外

母亲返乡记

母亲陆以佳，1928年秋出生于江苏太仓。1938年抗战时随外婆逃难到上海，住在母亲二伯父陆长丰家（他家在极司菲尔路的中行别业“九宅头”）此后再也没有回过太仓。偶尔，母亲也说想回太仓看看。

2014年夏天，华西坝朋友张晓光打电话给我，说他要去太仓见他的几个战友，记得我母亲好像是太仓人，问带不带东西给亲戚。我说好像妈妈这一支的亲戚都已经离开太仓了。有一个妈妈称为湘公公的本家是状元第的账房先生，也许这一支的陆姓亲戚还在太仓。他问什么状元第，我说妈妈的曾祖父是道光年的状元，叫陆增祥，在太仓城里有个宅邸叫状元第。“文化大革命”前四川医学院组织去大邑县刘文彩地主庄园参观收租院泥塑，参观出来听人都说刘文彩庄园大，妈妈小声说了一句太仓老家的宅子比它大多了，因为这句话“文化大革命”中妈妈还被贴了大字报。不过听说状元第被日本飞机炸毁了。

张晓光真是有心，也是缘分，他一个战友的女儿肖敏刚好在太仓市文广局工作，送给妈妈一本《娄东文化读本》。张晓光还见到了湘公公的曾孙陆寿咸，陆寿咸托他带给妈妈几页描述状元第的复印件。妈妈说复印件是陆以正写的《微臣无力可回天》里的内容，陆以正送了她一本，书里对太仓状元第有很详细的描写。陆家的大人们说到陆增祥时都称状元公为敬，不敢改旧习，我也这样称呼。听妈妈讲，陆增祥状元公这一支的堂名为“宝俭堂”，状元第大厅正中横匾上是陆增祥状元公手书的这三个字。宝俭堂的辈分按照“长以孝恭承世泽 式时彝训倬邦光”的顺序排列。这是挂在状元第里面家祠内一副木雕对联，这副对联也是陆增祥状元公手书。状元公五个儿子，妈妈的祖父陆继昌最小，陆家称为老五房。陆继昌也有五个儿子。妈妈父亲是“长”字辈，兄弟五人。妈妈是四房陆长鼎生之女，因为五房陆长益无子女，妈妈和二房陆长丰的次子陆以正都过继给陆长益，陆家称为新五房。妈妈字兆麟，陆家小辈叫她兆麟伯伯。

妈妈说她想回太仓看看，我和妻陪同，女儿定好机票及上海、太仓的宾馆。把返乡之事告知两个弟弟，二弟吕历嘱咐当心妈妈身体，三弟吕丹要我去见见大伯伯的子女，不过只有地址，没有电话号码。

6月28日早上，女儿送我们去机场。很顺利，机场只是问了一句老太太身体如何，没有要求出具身体健康证明。到上海后妈妈感觉不错，还说看来可以与彭孃孃一起去英国。入住火车站旁的上海邮电大厦，还过得去，选这里图的是交通方便。

下午先去王兆五伯伯家，他是爸爸沪江大学的同学。爸爸毕业于沪江大学1944届化学系。沪江大学创办于1906年，教会大学，原名上海浸信会大学。王伯伯夫妇俩很是高兴。王伯伯说

本家陆寿咸来看望妈妈。

吕为霖、王兆五、蔡伊训、徐伯英是1944届沪江大学化学系最能玩的四个同学，成绩也顶好。九十多岁的王伯伯虽然坐轮椅，但是思路清晰，声音洪亮。说到他们常去爷爷家打桥牌，说爷爷家客厅里有一个浑身长绿毛的乌龟，还有一个小型轮盘赌的盘子也很好玩。王伯伯谈话中不时冒出些英文，使我想起大舅舅陆以中。大舅舅是沪江大学1939届的。沪江大学有英文专业，而大舅舅是政治系毕业。但非英文专业的他是空军学院最好的英文翻译，也有人说1966年以前他是空军的首席英文翻译，可见沪江大学的英文水平。王伯伯夫妇说到王伯母的大户出身，令人咋舌，谈及亲戚们在“文化大革命”中的境遇，令人唏嘘。

离开王伯伯家，我们去了华叔叔家。华叔叔是西南电工厂厂长。西南电工厂是上海中国电工厂内迁到成都附近新繁县的。爸爸的沪江同学蔡伊训伯伯是上海中国电工厂的总工程师，爸爸去世后是他告知华叔叔，以后两家一直有来往。

6月29日上午唐乐珠和唐乐平俩姐妹来看望妈妈，她俩的母亲陆以金是妈妈的亲姐姐。华叔叔的女儿萍萍也来了。妈妈想买衣服，说了一会儿话后就一起去南京路的新世界二楼。一个老太太买衣服，四个小辈出主意，上海话和四川话“阿姨”“阿婆”“妈妈”交杂的情景感觉温馨。买了一件外套，妈妈很满意，听小辈们的建议，马上就穿上身了。我陪妈妈去音乐厅附近的顺风饭店见她仁济的同学，萍萍与妻去城隍庙。

顺风饭店二楼人不多，环境也好。11点我们到时，四个阿姨都已经到了。刘天龙阿姨、杨俊琏阿姨、张国英阿姨、胡淑英阿姨都是妈妈上海仁济医院高级护士职业学校1948年毕业的同班同学。那时学制五年，1944年入学，这一年刚好是她们入学70年，她们说是入学70年的聚会，很高兴。因为爸爸妈妈在家里说上海话，我们三兄弟不会讲但是听得懂，她们的交谈我能够听懂。前几年二弟吕历陪妈妈在上海见到的也是这几位阿姨。妈妈说同班同学在上海的只有这几位了。

上海仁济医院建院已经170年。1844年英国某基督教会开设了上海第一家西式医院，称为“中国医院”，是仁济医院的前身。1932年正式命名为仁济医院。当时主要的教会医院都开办了护士学校。据上海地方志记载，仁济医院护士学校正式创办于1914年。妈妈和阿姨们说到仁济医院时经常出现“LCH”的缩写语。我问刘阿姨，她写给我看，原来是Lister Chinese Hospital。看着刘阿姨写的中文和英文，心想她们那一辈人可能每人都是练过字的。一次妈妈带护士早查房，问一位水稻专家：“昨晚睡得好不好？”答曰：“一夜冷雨敲

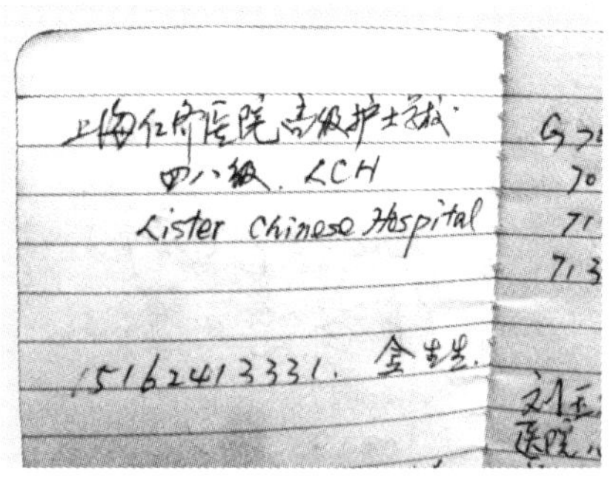

刘天龙阿姨在小本子上面写的字。

上海仁济医院高级护士学校1948级几位同学。

左起：陆以佳、刘天龙、张国英、杨俊琏、胡淑英。

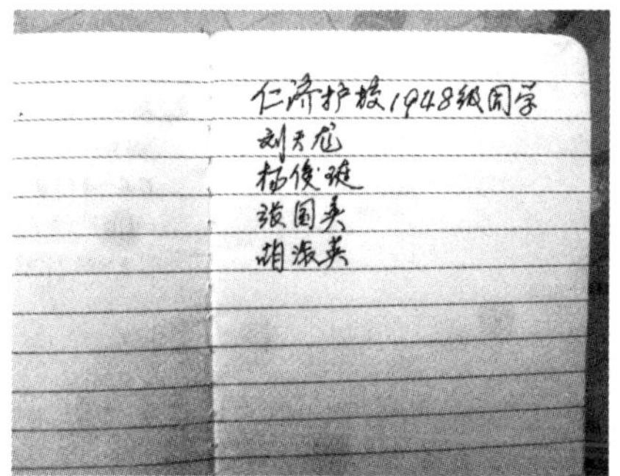

妈妈在小本子上面写的字。

刘天龙阿姨和妈妈在看老照片。

窗。”妈妈说：“哦，专家成林妹妹了？”专家仔细看着妈妈，从此以后对护士态度客气配合治疗。“冷雨敲窗”出自林黛玉《葬花吟》“青灯照壁人初睡，冷雨敲窗被未温”句。妈妈后来在讲课时提到这件事情，要求学生提高素质。妈妈会象棋、围棋、桥牌，早年二弟历历曾陪妈妈下围棋。

阿姨们说她们那个班入学时17人，毕业12人。同学家境都不错，入学时交的6块钱不是小数，当时保姆一个月的工钱也就2块钱。她们回忆学校的同学和老师，经常出现的词语是上海话“老早走忒”“走忒亦”。她们都是八十好几的人了，同学和老师已经去世的肯定多。她们说学校的条件“邪气好”，制服和鞋子有专人洗，晚上有嬷嬷检查寝室并锁门，还负责叫醒上夜班的同学。医生包括一个日本人对人也都客气。毕业后她们基本都留在仁济医院工作。说到哪位同学后来去其他医院，因为是从仁济医院去的，很受重用。她们对仁济医院的感情和自豪溢于言表。说到一位妇产科医生时，妈妈说“人嘛老好”，指着我说“伊拉就是娜接生的呀”。刘阿姨拿出一些老照片，看着她们指着照片叽叽咕咕，我赶紧用手机拍了下来。家里原来也有很多老照片，“文化大革命”时怕被抄家，基本都烧掉了。

刘天龙阿姨和杨俊琏阿姨与妈妈同岁，胡淑英阿姨大一岁，张国英阿姨小一岁。说到年龄，她们约好一起过九十岁生日，刘阿姨说：“陆以佳，侬一定来上海，阿拉一起，好哇？”妈妈当然满口答应。分手时妈妈说明天离开上海去太仓，几个阿姨都说不行，说好不容易才见面，话没有说够，没有过瘾。约好第二天中午南京饭店再聚，妈妈当然很高兴。顺风饭店的菜品精致，阿姨们点的又多是上海家乡菜，味道很好，价格也不贵。回到宾馆已经下午两点多。

下午，南京沈莎表姐到宾馆，她来陪妈妈几天。沈莎的祖母是妈妈的亲姑姑，沈家和陆家历代沾亲带故。妈妈的奶奶姓沈，是清朝军机大臣兵部尚书沈桂芬的女儿，嫁给状元公的儿子陆继昌。沈家原籍江苏吴江，沈桂芬是道光二十七年二甲第八名进士，同榜李鸿章是二甲三十六名，沈葆桢是二甲三十九名。傍晚，刘爽和刘大元姐弟到宾馆看望母亲。姐弟俩的外婆是沈莎的亲姑姑。她们带了一些老照片，陪妈妈看照片聊家常，姐弟俩礼貌周全。

6月30日上午，表姐沈莎和妻一起陪母亲去城隍庙看看。我去见堂弟吕侃，希望能够见到堂妹吕华，她们姐弟的父亲是大伯伯吕为榕。大伯伯毕业于格致公学和圣约翰大学，生前在上海仁济医院工作。三弟吕丹给我的地址是“新华路329弄32号”。1955年全家从山东医学院到成都，路过上海时去过爷爷家，只是记不得房子的样子了，估计那是白克路爷爷开医院的地方。1967年全家逃武斗到上海，爷爷奶奶已经去世，去这栋房子看过大伯伯，当时好像叫法华路。花园洋房，大院子，大伯伯住一楼，楼里还有其他房客。三弟吕丹前些年去看过吕侃。

我到了329弄32号，门口一扇铁门紧锁，铁门上面“谢绝参观　建筑维护　闲人免进”大字赫然。仔细观察楼里似乎已经搬空。从门缝看，发现门廊贴有上海市人民政府“优秀历史建筑”的牌子。听隔壁人讲，这个楼要维修，住户全部被置换出去了，建议去房管所问问搬到哪里去了。去了房管所，答复只能到居委会去问。居委会的一位女同志挺客气，翻看了两本登记簿后没有查到32号有吕侃这个人。说估计搬走得比较早，建议去派出所问问。派出所的民警很忙，因为中午11点要赶到南京路，等了大约半个小时后只好离开。没有堂哥吕萌萌和堂妹吕华的联系方式，只得扫兴作罢。

接到表哥唐乐明电话，他是唐乐珠和唐乐平的哥哥，他到邮电大厦看望妈妈，可是我们都出去了。只好告诉他我们中午在南京饭店。也是巧，我一到南京路就见到妈妈她们三人。我们到南京饭店后，表哥唐乐明已经等在门厅了。妈妈陪他说话，叫我和沈莎进去给刘天龙阿姨她们道歉。刘天龙阿姨、杨俊琏阿姨、张国英阿姨已经到了，选的桌子就在总台旁边。趁沈莎陪她们说话时，我悄悄告诉总台店员说她们都是八十多岁的老太太，是我妈妈的同学，我付账。这位店员真是配合，后来当张阿姨去付账时，店员说已经付过了。张阿姨问“啥人啊”？店员指着我说“伊拉”。张阿姨回到座位对刘阿姨说“伊拉没有起身，啥个辰光又付特亦？”后来我借接电话的机会到柜台把卡悄悄给服务员，她会心地笑。南京饭店地处闹市但店内环境还好，菜品地道，星期一，人也很少，两三桌而已。

阿姨们和妈妈又回忆了一些她们的老熟人。“文化大革命”时刘阿姨是上海第一医院护士学校的校长，“文化大革命”中平时看起来温文尔雅的学生们变得一个比一个凶，批斗了还命令她打扫卫生，扫厕所，很高的窗户也要拿下来擦干净再放上去。“苦嘛苦得来。”刘阿姨说，“阿拉对伊拉邪奇好，伊拉做啥那能样子对阿拉？”后来有学生请刘阿姨吃饭道歉，刘阿姨对她们说："不能怪你们，都是政治形势作孽。"豪爽大度的刘阿姨。阿姨们还说到她们在仁济护校一起演话剧，阿姨们告诉我："侬妈妈是班长，学生会主席，成绩也好，话剧演男角，蛮漂亮。"阿姨们还记得妈妈喜欢栗子蛋糕，说起那时她们都喜欢这个味道。专门定了一个上海凯司令的白脱栗子蛋糕带来给她，一公斤的。晚上吃了一些，第二天早饭才吃完，味道非常好，可惜成都没有见到过。

7月1日早上大巴车到太仓，住娄东宾馆。娄东宾馆是老的县政府招待所，环境极好，是这次出去最好的宾馆，与成都金牛坝宾馆格调相同。下午联系肖敏，她说文广局在太仓博物馆，妈妈说去博物馆看看。肖敏在门厅等候，与她一起的还有博物馆朱巍馆长和《娄东文化读本》的高琪主编。在会客厅休息后他们陪着我们参观博物馆。

博物馆建得大气，装修也气派。太仓文化历史悠久，又是郑和下西洋的出发地，内容丰富。馆内有陆增祥状元公的简介：

> 陆增祥（1816—1882），字魁仲，号星农，清太仓人。道光三十年一甲一名进士，授翰林院修撰，官至辰永沅靖道。不久，回籍专事撰述。陆状元敦厚耿直，为官守正不阿。在金石、文字、考古等方面造诣很深。著有《篆墨述诂》《金石偶存》《金石萃编补正》《红鳞鱼室诗存》等。

馆内有两方陆增祥墓志铭碑刻青石。朱巍馆长在《苏州文博论丛》发表的论文《清代状元陆增祥墓志考析》中写道：

> 2010年12月，江苏省太仓市城厢镇新毛万丰村农田中出土清代陆增祥墓志铭一合，原石现藏太仓博物馆。该墓志铭由志盖和志石组成，均青石质，正方形，边长77厘米，厚19厘米，形体完整，字迹清晰。志盖阴刻篆文7行35字："皇清赐进士及第诰授通奉大夫布政使衔湖南辰永沅靖兵备道翰林院修撰陆公墓志"。

参观后，我把道光庚戌科进士提名碑拓片照片的电子文档和《道光庚戌科进士题名碑拓片记》送给朱巍馆长，他和高琪主编都很感兴趣（见下一篇《进士题名碑拓片记》）。朱巍馆长拷贝给我一个文件夹，里面有陆增祥墓志铭志石和志盖的拓片、陆增祥手书的对联、陆增祥会试试卷两页、陆增祥朱书扇面以及陆增祥撰文的《太仓州试院碑》照片。太仓州试院碑在太仓市一中校园内，可惜我们回到成都才得知，未去。

高琪主编说陆家祖坟在太仓北面半泾河边，叫火烧塘市（也叫唐市）的地方，现在叫万丰社区。

回到娄东宾馆，本家陆寿咸来访，他是湘公公的曾孙，湘公公是状元第的账房先生。早前张晓光短信描述他："满头银发，红光满面，精神矍铄，器宇轩昂，敏捷健康。"见面后感觉的确如此。湘公公这一支的后代土地改革时在太仓，多灾多难。陆寿咸和他哥哥在乡下多年，后来同在太仓肉联厂工作直到退休。据他讲状元第日本鬼子没有炸完，有一些房子是1956年以

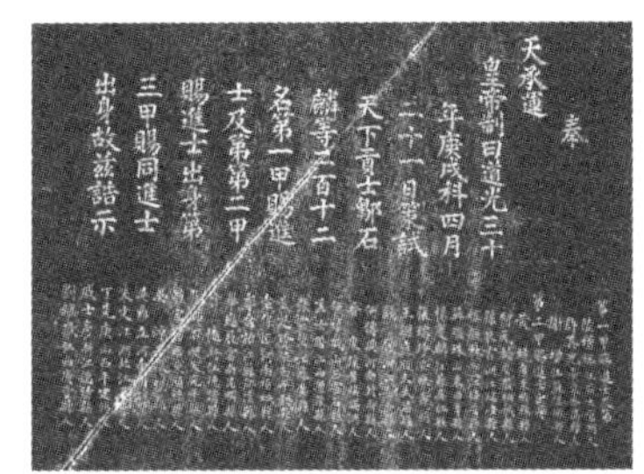

左上：碑帖局部。可见“第一甲赐进士及第陆增祥江苏太仓州人”字样。

左下：碑额篆书科年拓片。“庚戌科题名碑”。

右：碑帖拓片。

后才拆掉的。陆家祖坟地址在万丰村，老地名叫唐市，与高琪主编所说一致。只是“文化大革命”后祖坟已经荡然无存，我们只有打消去看看的打算。陆寿咸说城里太仓公园里面有一块太湖石，以前是状元第里面的，可以去看看。晚上陆寿咸陪妈妈吃饭，他只顾了说话，吃得很少。

第二天太仓大雨，仍去逛了太仓公园。听陆寿咸讲那块太湖石假山在保素堂对面，可是公园的工作人员不知道保素堂。我们就向右转，在公园里绕了一大圈。妈妈的衣服都湿了，又打电话问陆寿咸，才知道以前的保素堂现在叫弇山堂。弇山堂离公园大门很近，在进大门的左边。那块太湖石有大约三米高。当地传说乃北宋花石纲之遗物，整块太湖石远望如奇兽翘首遥望大海，

以前在状元第里面的太湖石。品评太湖石的四字标准为：瘦、透、漏、皱。据说这块石头占齐四字。

沈莎与妈妈在保素堂（现在叫弇山堂），远处是那个太湖石。

故称“望海峰”，侧看如百岁寿者，因此民间亦有“老人峰”的称谓。妈妈一看到这块石头就说不要找了，就是它，说当年就是这块石头在状元第里。据介绍，这块太湖石明朝时为文坛“后七子”王世贞的弟弟王世懋所有，后归陆家。1956年被太仓市政府移至公园中，以此推知1956年以前状元第还没有被拆完。

太湖石前面有一块介绍的小碑，因为下雨，更因为拓片的墨迹，看不清楚。太湖石对面是弇山堂，走廊里几个老者在锻炼身体，他们说每天都来。

下午，妈妈午睡后说想去郑和公园看看。公园在郑和七下西洋起锚地的太仓港附近，距太仓城50公里。没有公交，单边打的费98元，请司机在公园门口等我们回太仓。15:57进公园，打算先参观郑和纪念馆，谁知那天下雨，没有游客，16:15就见很多工作人员离去，说纪念馆已经闭馆。我们只好看看郑和铜像和宝船算是了愿。

在太仓两天，印象很好。干净，人少车少，且来以前完全没有想到一个县级市会有如此好的博物馆和图书馆。据《明清进士提名碑录索引》记载，清代自顺治三年（1646）到光绪三十一年（1905），共取状元114名，排名前面的几个省为江苏49名，浙江20名，安徽9名，山东6名，广西、直隶各4名。清代文人江南占先，吴地苏州一府状元26人。

7月3日上午乘大巴去苏州。沿途的建筑与成都地区差异明显。特别是小青瓦的屋顶只挑出山墙一点点，檐口很短，看上去像是瓜皮帽。川西地区的小青瓦屋顶檐口挑出去很宽，看起来大气。

华叔叔的大女儿小红夫妇在苏州，她老公潘杰来车站接我们。直接去了太湖，他说上一次阿婆去过太湖南边，这一次去北边看看。湖边一户农家乐，木板吊脚楼伸进湖面，有薄雾，看不到对岸，太湖之大出乎意料。小雨转阴天，连我们在内只有两拨游客，清静，很有味道。拉家常，吃鱼，悠闲。下午，在潘杰家附近找了商务酒店入住，小红和妻去转街，我们三人在酒店休息。谁知道电视节目搜不到央视体育5频道，问服务员，答复说从来就没有。想看世界杯，只好退房，到马路对面另外一家宾馆住下。潘杰夫妇请吃晚饭，饭后潘杰开车带我们去看夜景。

第二天上午去苏州老街，小巷小河挺有味道。见到街边卖粢饭团的摊点。一大勺糯米饭放到毛巾上，糯米饭中间夹一根对折的油条，隔着毛巾把糯米饭捏成团。糯米饭顶饿，油条带一点咸味，口感很好，是自古以来下力之人常选的早点。可惜吃过早饭，没能再尝尝。以前在上海吃过，沈莎表姐说南京也有。20世纪70年代在重庆也见过，不知道是不是40年代抗战时节下江人带去重庆的。

苏州丝绸铺子多，妈妈说想给彭孃孃买睡衣，小红说带妈妈去大一点的铺子选。那个铺子的确不错，给彭孃孃选了一套真丝睡衣，妈妈自己也选了一套。老太太平时极少逛商店，进去后兴致很高。彭明惺孃孃是华西医科大学教授，小儿外科专家。这次出来她每天与妈妈通电话。1972年四川医学院的下乡巡回医疗队在三台县有一个点。妈妈、彭孃孃、李廷谦孃孃在同一个医疗队，住同一间房间，三人成为最好的朋友。多年以前妈妈和彭孃孃就住在一起，直到现在。彭孃孃曾经担任过四川医学院附属医院大外科主任，手术、教学、科研三项全能，是五份专业杂志的编委，医术、医德一流。

彭孃孃比我们三兄弟更关心、更照顾、更理解妈妈。有一次与彭孃孃说起妈妈，她说妈妈的护理临床工作厉害，在外科几个不同的科做过几十年护士长；护理管理工作方面，担任过几千张床位的医院护理部主任；护理教育工作方面，主持恢复了华西医科大学护理高等教育。以前华西协合大学有护理高等教育，1914年启尔德（Omar.L.Kilborn）在四川成都四圣祠医院开办男护士学校，次年开办女护士学校，1939年两校合并，定名为仁济高级护士职业学校（校名中的“仁济”与妈妈的母校上海仁济医院高级护士学校的“仁济”完全相同），归并到华西协合大学，1952年后被撤销。妈妈七十岁退休，八十几岁还讲课，担任教学督导员听课。彭孃孃说这些都很不容易，但是最值得一提的不是这些，而是高等教育自学考试的护理专业开办和第一套适合护理专业的高等教育护理专业的统编教材。

20世纪50年代以后，全国护理教育都是中专。除了1951年以前毕业的护士，医院里几乎全部护士都没有受过高等教育，不仅业务教育受限，评定职称更是先天不足。虽然后来恢复了护理高等教育，但是医院的在职护士几乎没有机会进入大学接受高等教育。护士群体中的很多精英都想再学习接受高等教育。妈妈去四川省高等教育自学考试办公室联系，要求开设高教自考的护理专业。经多次商量并且承诺教材、师资、考题、阅卷这些工作都由华西医科大学全部承担，护理教研室（护理系）主办主考。终于，四川省高等教育自学考试有了护理专业。四川省（那时重庆市还没有分出去）各省市级医院、专区医院、县医院、区医院的在职护士有了报名学习的机会。妈妈去学院和医院各系各科各病房联系老师，落实经费，真把这件事情办起来了。

好像现在四川省的高教自考还有护理专业。当年参加学习的很多人坚持数年，取得大专文凭，一些佼佼者取得副主任护师和主任护师职称，在各医院里进入管理层。妈妈曾经说起那些自考生的答卷与在校大学生答卷差异很大，感叹那些在职护士读书真是不容易，也感叹许多读完或者读过高教自考的护士业务能力和管理能力真是很好。

高教自考办学过程中殷磊和朱丹是重要的助手。朱丹后来是华西医大护理学院的教授。殷磊先后毕业于香港理工大学、University of Manitoba（加拿大）、Monash University（澳大利亚）和澳门科技大学，获护理学学士和硕士学位以及管理学博士学位；曾任华西医科大学护理学院院长、华西医院护理部副主任、澳门理工学院高等卫生学校校长；现任澳门理工学院教授、副院长；主编了《中华护理学辞典》、全国统编高等教育护理专业教材等。殷磊的爸爸殷恭宽伯伯曾是四川医学院教授。

1983年，天津医学院首先恢复了高等护理教育；随后，又有11所医学院校相继开办了高等护理教育。1984年卫生部组织编写了供全国高等医药院校护理专业试用教材共5种。但是这些教材与医生的教材大同小异。随着护理学科的快速发展，医学模式向生物医学—心理—社会模式的转变以及社会人群对健康保健服务需求的提高，第一轮的5种教材已不适应护理临床与教学的要求。1995年，妈妈向美国中华医学基金会（China Medical Board，CMB）主席William D.Sawyer（1987—1996年任美国中华医学基金会主席）提出建议和申请：资助中国编写高等教育护理专业教材，获得CMB批准立项及10万美元的资助。

妈妈立即联系卫生部教材办公室和人民卫生出版社，希望能将这套教材纳入卫生部教材办公室的全国统编高等教育护理专业教材。很快，卫生部教材办公室和人民卫生出版社均表示支持该项目的实施，并组成了“高等教育护理专业教材编审委员会”，由妈妈出任“主任委员”。1996年11月在华西医科大学召开了编审委员会的第一次会议，确定这轮教材共编写9种，遴选并确定了各本教材的主编和副主编，妈妈担任《外科护理学》主编。

彭孃孃说，20世纪七八十年代以前，医院里护士的地位比医生差很多，学院里护理专业的老师比医疗专业的老师地位差很多，这是不正常的。护士和医生从两个不同的方面对病人进行治疗。病房里，医生一般只关心手术效果、体征指标，比较直接、简单。而护士与病人有更多沟通，关心、了解、理解病人的各种情况，特别是病人及家属的情绪和心态。现代医学认为，病人的心理、情绪、配合程度、期望值等都直接影响治疗效果。很多解释答疑、心理疏导都由护士完成。业务能力好的护士还能够对医生的治疗方案提出建设性意见。仔细想想，最理解妈妈的非彭孃孃莫属。

下午坐高铁去南京。晚饭去月牙湖边的大上海酒家吃饭，靠近中山门。沈家三姐妹都来了，李晓梅夫妇已经等在那里。李晓梅的妈妈姓沈，是沈莎的姑姑，在重庆。去年二弟吕历陪妈妈去重庆看过她妈妈。李晓梅比我小，算是表妹。沈莎的二姐姐沈汉夫妇和儿子、女儿，沈莎夫妇和女儿都在。我坐在表姐沈汉旁边，表姐把沈家与陆家的关系讲给我听。她头脑清晰，言词准确，七十多岁还很是干练。她和姐夫都是南京大学毕业的。那天李晓梅买的单，饭后妹夫开车送我们回的宾馆。

7月5日上午去南京国子监，国子监打围，说是正在维修，无奈只得作罢。去对面的夫子庙，里面搭功名车的项目皆多铜臭。妈妈对大成殿里面的孔子圣迹壁画挺有兴趣。

在上海、苏州、南京坐公交车的印象比在成都市差多了。三个城市的公交车都显得旧，甚至有一些还显得很旧，成都的公交车很新,这也许是因为成都市有公交车制造厂的缘故。上海公交车上的售票员拿一个盒子，到每一位乘客面前，乘客把卡刷一下，人再多也要挤过去。成都公交车没有售票员，双门车前门上车后门下车。三门车前门和后门上车，中门下车。上车门安装一个缴费器，乘车卡有预存的车费，乘客把卡在缴费器上刷一下，缴费器自动扣费，显示缴费成功或者要求重新刷卡，同时显示卡上的余额。没有卡的乘客把钱放进缴费器。人多时下车门上车的乘客把卡递给旁边的人，卡就被传递到缴费器上刷一下再传递回来，一声谢谢就好了。没有卡的人传递钱。传递已经成为习惯。上海可能太多人，解决就业要紧，不在乎人员成本。也许是惯性，既然以前一直有售票员，那么现在也应该有。那三个城市让座的极少，基本没有看到过。成都公交车让座的比比皆是，不让座的很少。不知道为什么成都地铁的让座率就差很多，也许是地铁快，不必让座吧。

沈汉表姐穿城过来送妈妈，晚饭她请客。几十种南京小吃，很有特点。沈汉表姐还带来了《吴江沈庆源族谱》的“前五代（含部分姻亲）谱系”给我。从这份谱系表上可以看到，沈庆源做过台湾知州，是沈桂芬的父亲。南京沈家三姐妹是沈桂芬哥哥沈桐丰那一支的，沈桐丰做过海防知州。

晚饭后沈汉表姐和沈莎夫妇送我们去乘机场大巴，她们在民航酒店陪妈妈说话，大巴车开走后才离开。妈妈说沈家姐妹礼貌周全，家教好。飞机晚点，23点以后才到成都，妈妈怕彭孃孃等，早就说好在我们家住一夜。也许因在飞机上面坐得太久，妈妈的小腿三天后才消肿。

吕帖

2014年7月

进士题名碑拓片记

进士题名碑现存于北京的孔庙和国子监博物馆。

国子监是监庙合一，左庙右学。庙即孔庙，监即国子监。现被称为“孔庙和国子监博物馆”。北京国子监位于北京安定门内国子监街，是中国隋代以后的中央官学，为中国古代教育体系中的最高学府，又称国子学或国子寺。同时作为当时国家教育的主管机构，是元、明、清三代国家管理教育的最高行政机关和国家设立的最高学府。明永乐十年（1412）以前的进士题名碑在南京国子监。北京孔庙中的进士题名碑起于永乐十四年（1416）丙申科，止于光绪三十年（1904）甲辰科，计195通。碑上刻有姓名、甲第和籍贯。明清两代举行科考201科，中进士51624人。甲第顺序为第一甲进士及第，第二甲进士出身，第三甲同进士出身。

殿试由皇帝或者皇帝钦命大臣主持。殿试分为三甲，一甲只有三人，赐进士及第，称为进士一甲第一名，进士一甲第二名，进士一甲第三名，民间称为状元、榜眼、探花，合称为殿试“三鼎甲”。进士一甲第一名别称殿元，因位居三鼎甲之首，也称鼎元。

1987年陆以中舅舅告知我应当去国子监看看，说道光三十年进士碑上面的状元是陆家先祖。1998年我去北京国子监，进士碑风化严重，字迹已大不如前。询问可否拓片，答曰可以，需收费一千元，且拓片需时日，几日后才能取。交费，将一取拓片的收据带回成都。一个月后二弟弟吕历去北京，持收据去国子监，然工作人员遍寻不得，说只能新拓，需隔几日才得。二弟弟说不能久等，议定第二日下午交付。次日，二弟弟取得三张拓片带回成都，最大的一张为碑文拓片；其次为碑额云纹拓片；最小的一张为碑额篆书科年的拓片。去成都春熙路胡开文隔壁的老字号诗婢家装裱店装裱。成都诗婢家别看门面很小，却与北京荣宝斋、上海朵云轩、天津杨柳青并称文化老字号四大家。店员看过拓片后说如果把碑额云纹拓片和碑额篆书科年拓片裱在碑文拓片上面，挂轴太长，无法裱，可以单裱碑文拓片，只得答应。诗婢家收费120元。当年母亲70岁生日时，我们三兄弟将挂轴送给她，母亲甚喜。

对于进士提名碑字迹模糊的问题，国子监博物馆人员称，字迹脱落主要是因为风化严重，加上部分游客用手触摸对字迹造成损害。博物馆不会对风化的字迹进行修复，因为修复之后就不再具有文物价值。至于石碑上的字迹，馆方已将碑文拓片保留，交文物部门留存。据称博物馆已为进士题名碑搭建新棚而后欲将其置于玻璃罩内。如此一来，世人已再无可能对进士题名碑拓片。母亲的这一进士题名碑拓片弥足珍贵。

2014年陆以中舅舅的女儿陆红夫妇去国子监，她说1958年以后还没有去过。见博物馆已经将题名碑编号，道光三十年的进士题名碑编号为126号。石碑严重风化，碑文基本看不清字了，连大字也只是勉强认得出，二百多进士的名字和籍贯就更加模糊了。还算运气，道光三十年的进士题名碑在栏杆的第一排。如在后面一排，远一点就更看不清了。

2014年夏陪母亲回太仓，临行前请同班同学唐俊乘将碑文拓片拍照。在太仓博物馆将碑文拓片照片的电子文档拷贝给博物馆朱巍馆长。回到成都把碑额篆书科年六个篆字的拓片拿出，辨认出那是“庚戌科题名碑”六个字——道光三十年是1850年，农历为庚戌年。想把这张拓片裱一下，去春熙路找诗婢家不得，上网查才知搬到了琴台路。去琴台路诗婢家，接件的店员说拓片太小，不裱。去北边艺林阁，艺林阁后面有作坊，两块大台子，小的一块玻璃台面，大的一块土漆台面。问过师傅，答曰还是使用面粉糨糊，不用化学粘剂。想来能在琴台路上打天下的也非等闲之辈，就交给店家裱了。师傅说尺寸太小不宜做挂轴，建议装框，收费150元。再请唐俊乘拍照，得到电子文档。

吕 帖

2014年8月